LES CINQ SŒURS

PERCY KEMP

LES CINQ SŒURS

ROMAN

ÉDITIONS DU SEUIL
57, rue Gaston-Tessier, Paris XIXᵉ

ISBN 978-2-02-151485-8

www.seuil.com

À Veronica

« Tout être humain normalement constitué doit être tenté, des fois, de cracher dans ses mains, de hisser le drapeau noir, et de se mettre à trancher des gorges. »

Henry Louis Mencken

1

Assis sur sa terrasse à l'ombre d'une glycine feuillue Harry Boone savourait tranquillement son premier whisky de la journée en suivant d'un œil nonchalant la course du soleil vers l'ouest. Après avoir caressé les palais d'hiver des Nasrides, flanqués d'un côté de l'Alcazaba, de l'autre de leur résidence d'été du Generalife, il glissait à présent le long des murailles crénelées de l'Alhambra et Boone, qui puisait un certain réconfort dans ce spectacle dénué de tout bruit ou mouvement, se disait qu'une fois n'est pas coutume, le genre humain semblait vivre au rythme de la nature et, plus encore, au sien. Tout va pour le mieux, se disait-il donc, rasséréné.

Certes, pour une âme torturée telle celle d'Aldous Huxley, notre monde pouvait bien être l'Enfer de quelque autre planète, mais contrairement à Boone Huxley n'avait jamais eu le loisir d'admirer la lumière du Couchant embraser une Alhambra vidée des hordes de touristes qui lui ôtaient d'ordinaire toute sa féerie. Par une si belle fin d'après-midi printanière, et dans une Grenade apaisée, Boone était loin de partager le pessimisme de ce penseur anglais. Ce jour-là, sans le savoir, c'était plutôt du côté de Leibniz qu'il penchait. Leibniz, pour qui notre monde était sans conteste le meilleur de tous car, de tous les mondes possibles, c'était sur lui et lui seul que le choix du Créateur était tombé. Sans avoir lu ce philosophe allemand, Boone n'en pensait pas moins ce jour-là. Pas tant pour les raisons que Leibniz avait eues mais parce que depuis la veille à minuit tout, mais absolument tout, allait pour le mieux pour lui.

Seule ombre au tableau, Boone se savait heureux. Il était pleinement conscient du bonheur dans lequel il baignait. Et parce qu'il l'était, son bonheur cessait étrangement d'être parfait. Pour qu'il l'eût été, se disait-il, il lui aurait fallu ne jamais pouvoir s'arrêter pour s'exclamer : « Quel bonheur ! » Pour qu'il l'eût été, il aurait fallu qu'il n'y eût plus eu de césure entre son bonheur et lui, et que dans la proposition « Harry Boone est heureux » le mot « heureux » cessât d'être un adjectif pour devenir un substantif. Pour tout dire, il aurait aimé être heureux sans le savoir. Un peu comme le bourgeois gentilhomme de Molière qu'il ne connaissait pas davantage mais qui, l'heureux homme, connaissait, lui, la joie de faire de la prose sans le savoir. Il ne désespérait cependant pas d'y parvenir un jour. Encore quelques mois à ce train-là, se disait-il, encore quelques mois semblables à cette magnifique journée où rien – mais absolument rien ! – n'était venu le déranger, et il y arriverait. En attendant, comme il n'était pas homme à bouder sa chance même quand elle se présentait à lui sous la forme d'une épidémie mortelle, il était tout à fait disposé à cohabiter avec le bonheur sans le brusquer.

Neuf mois auparavant, il avait été dépêché en Espagne avec, en guise de lettres de créance, un manuscrit arabe vieux de cinq siècles. Rédigé dans une écriture quelconque sur du papier des plus ordinaires, dénué de toute enluminure ou autre prétention artistique et serti dans du maroquin brun de piètre qualité, ledit manuscrit, long d'à peine deux cents pages et faisant à peine quatorze malheureux centimètres de haut sur huit de large, ne payait pas de mine. C'était pourtant sur ce piètre opuscule que reposait la mission très délicate que son patron lui avait confiée.

L'auteur du manuscrit, un certain Yûsuf al-Faqîh dont l'Histoire n'a pas retenu le nom par ailleurs, avait semble-t-il fait partie de la cour de Boabdil, le dernier souverain musulman de l'émirat de Grenade avant la chute de la ville en 1492 aux mains des Rois Très Catholiques. Et il avait semble-t-il aussi été assez proche de son suzerain pour que ce dernier l'eût dépêché en ambassade à Constantinople auprès du sultan ottoman Bayezid II dans l'espoir que les Turcs musulmans enverraient une flotte soulager leurs coreligionnaires andalous assiégés par les chrétiens. En mandatant auprès de Bayezid un ambassadeur quémander en son nom son aide contre les Infidèles Boabdil espérait sans doute que ce sultan turc qu'on surnommait Sofu, ou le Pieux, ne resterait pas sourd à ses appels et volerait vite au secours des Grenadins. Et en lui envoyant cet ambassadeur-là en particulier, dont le nom – al-Faqîh – signifiait « Docteur de la Loi », il pensait sans doute aussi avoir mis toutes les chances de son côté. Mais tout bon musulman qu'il eût été Bayezid était aussi et surtout un sultan. Chez lui la raison d'État l'emportait sur la piété. Au moment où le navire transportant l'ambassadeur grenadin accostait à la Corne d'Or, Bayezid venait de signer un traité humiliant avec les mamelouks d'Égypte qui s'étaient avancés jusqu'à Adana pour le narguer, et il n'avait pas été question pour lui de dégarnir son front sud pour aller secourir le petit émirat nasride à l'autre bout de la Méditerranée. Il fit donc attendre l'émissaire de Boabdil des mois durant avant de le recevoir.

Dans le récit qu'il fit de son ambassade auprès de Bayezid, al-Faqîh raconte que lorsqu'il fut finalement introduit en la sublime présence du sultan ce dernier l'écouta en silence, le laissa exposer longuement son argumentaire en faveur de l'envoi d'une flotte ottomane pour sauver Grenade et finit, lorsqu'il eut terminé sa plaidoirie, par échanger quelques politesses avec lui avant de le congédier en l'assurant qu'il recevrait sa réponse en temps utile. Tout cela, nous dit al-Faqîh, dans un arabe impeccable car Bayezid, qui était non seulement un grand sultan mais aussi un grand lettré, maîtrisait parfaitement et la langue du Coran et le persan.

Commença alors pour l'ambassadeur grenadin une longue attente. Une attente rendue certes des plus agréables du fait du confort dans lequel il vivait et de ses entretiens quasi quotidiens avec Ahmed Âghâ, le fonctionnaire de l'administration centrale qui l'avait pris en charge et chez qui il logeait depuis son arrivée dans la capitale ottomane, mais une attente qui lui pesait néanmoins de plus en plus au fur et à mesure que, la réponse du sultan tardant à lui parvenir, l'espoir qu'il avait entretenu d'une conclusion heureuse à son ambassade s'amenuisait.

Puis vint le jour où il comprit que cette réponse qu'il attendait si impatiemment et dont le sort de son souverain et l'avenir de l'Islam andalou dépendaient ne viendrait jamais. Ou, pour être plus précis, il comprit qu'au cours des longues semaines qui s'étaient écoulées depuis son audience au Palais cette réponse-là, son hôte et désormais ami Ahmed Âghâ la lui avait petit à petit distillée. Sans qu'il s'en soit rendu compte, au fil de leurs conversations ce haut fonctionnaire ottoman avait subtilement démonté, jusqu'à le faire s'effondrer, l'argument principal sur lequel al-Faqîh avait fondé sa plaidoirie auprès du sultan : à savoir, qu'en volant au secours des Grenadins et en empêchant le dernier bastion musulman en terre européenne et chrétienne de tomber aux mains des Infidèles, Bayezid, dont la renommée était déjà grande, en serait grandi davantage, et à travers lui toute la dynastie ottomane, étoile montante dans le firmament de l'Islam. Or qu'avait fait Ahmed Âghâ ces dernières semaines, sinon lui parler, encore et encore, des récentes conquêtes ottomanes ? Constantinople, bien sûr, que Mehmed, le père de Bayezid, avait conquise trente-neuf ans auparavant, mais aussi la Bulgarie, la Thessalonique, l'Attique, le Péloponnèse, les possessions génoises en mer Égée, la Valachie, la Crimée, la Serbie, l'Albanie, Raguse et l'Herzégovine. Sur le coup le Grenadin avait pensé qu'Ahmed Âghâ ne faisait là que chanter les louanges de la dynastie qu'il servait. Mais avec le recul il en était venu à se dire que discourir en long et en large sur les conquêtes ottomanes en terre chrétienne et européenne était la manière très byzantine que ce fonctionnaire impérial avait eue de lui faire comprendre que

Grenade était loin d'être le dernier bastion musulman dans l'Europe chrétienne et que son maître avait bien assez de fruits européens mûrs à portée de main – la Hongrie et la Moldavie, pour ne citer que ceux-là – pour penser à aller disputer à des roitelets chrétiens enragés et prêts à tout pour qu'elle leur chût dans la main une petite grenade poussant sur un arbre lointain.

Une fois qu'il eut compris cela, en désespoir de cause et le temps, comme les armées chrétiennes d'Isabelle et de Ferdinand, pressant, al-Faqîh décida de jouer son va-tout en révélant à Ahmed Âghâ un secret qu'il avait pourtant juré de ne jamais divulguer. Ayant demandé à s'entretenir avec lui en privé, et ayant auparavant jeté un œil furtif autour de lui, en chuchotant presque il lui confia que son maître Boabdil avait en sa possession une relique tout à fait unique : un miroir de bronze que la jeune Aïcha, l'épouse préférée du Prophète – la paix de Dieu soit sur lui – avait un soir et dans un tendre moment tendu à son saint époux – la paix de Dieu soit avec lui – et qui, le visage radieux de ce dernier – la paix de Dieu soit sur lui – s'y étant un court instant réfléchi, avait gardé son noble reflet imprimé sur le bronze à tout jamais. S'il l'avait lui-même vu ? Hélas non, avait répondu al-Faqîh, une pointe de regret dans la voix. Car depuis qu'un lointain descendant des Omeyyades fuyant il y a de cela près d'un siècle la ville de Damas mise à sac par les hordes tatares de ce maudit boiteux de Tamerlan (le même Tamerlan, mon cher ami, avait-il tenu à préciser à Ahmed Âghâ, qui avait jadis capturé et humilié l'ancêtre et homonyme de votre maître, le sultan Bayezid Ier) était venu trouver refuge à Grenade avec, dans ses maigres bagages, cette sainte relique qu'il avait confiée à l'émir al-Musta'în en signe d'allégeance, seuls les souverains nasrides de la ville – onze en tout et pour tout – avaient eu le bonheur de contempler le noble reflet du Prophète, la paix de Dieu soit sur lui. N'étant qu'un humble serviteur de Boabdil et avant lui celui de son père Moulay Hassan, avait-il aussi dit, il n'avait pas eu l'honneur et la joie de poser son regard sur le Noble Reflet. Mais il savait par contre où le Noble Reflet se trouvait. Imaginez, s'emballa-t-il d'un coup, imaginez, Ahmed Âghâ, ce que cette sainte relique pourrait apporter à votre sultan ! Imaginez la résonance de l'événement, quand les musulmans du monde entier apprendront que votre maître n'est pas allé jusqu'en Andalousie pour simplement sauver Boabdil, mais qu'il y est allé pour empêcher le Noble Reflet de tomber entre les mains des Infidèles ! Car qui sait quel sacrilège ces sauvages ne commettraient pas à son égard ! Imaginez, mon cher ami, qu'en signe de gratitude comme en guise d'allégeance – oui, d'allégeance ! –, mon maître, désireux de remercier le vôtre de l'avoir secouru, lui confie le Noble Reflet, tout comme, jadis, un lointain descendant des califes omeyyades l'avait confié à son ancêtre l'émir al-Musta'în qui régnait alors sur Grenade ! Imaginez le prestige que la Maison d'Othman que vous servez en tirerait ! Imaginez le Noble Reflet ici, à Constantinople, et votre maître s'en targuant face à ses rivaux mamelouks dont l'étoile pâlira alors assurément d'envie, avant de s'éteindre entièrement. Imaginez tout cela, mon ami, et dites-moi encore si le sultan peut laisser passer une telle opportunité !

Dans le récit qu'il fit par la suite de sa conversation avec Ahmed Âghâ Yûsuf al-Faqîh précise que plus il s'enthousiasmait ce jour-là, plus son hôte lui semblait dubitatif. Là n'est pas la question, ce dernier lui aurait-il finalement répondu après qu'al-Faqîh lui eut demandé s'il doutait de sa sincérité, sinon de l'authenticité du Noble Reflet. Là n'est pas la question mon ami, mais connaissant mon maître je crains que la relique dont vous m'entretenez ne le laisse froid. Cela vous étonne ? Peut-être vous dites-vous même qu'il ne mériterait pas son surnom de Pieux ? Notre sultan, je peux vous l'assurer, est un homme d'une grande piété. Mais sa piété, voyez-vous, diffère de la vôtre. Si c'était à mon seigneur Bayezid, et non à moi, que vous vous adressiez, et s'il daignait s'entretenir avec vous librement, vous parlant pour ainsi dire d'égal à égal, je pense qu'il vous dirait que sa conception de l'islam ne laisse aucune place aux représentations figuratives de l'homme, cet homme serait-il le Prophète, la paix de Dieu soit sur lui. Il vous rappellerait sans doute aussi qu'il avait fait enlever du Palais, pour les détruire, les œuvres figuratives que des peintres européens avaient exécutées à la demande de son père. Et on ne parle pas de n'importe quel père, n'est-ce pas, mais de Mehmed le Conquérant : de celui qui, confirmant la prédiction d'une Tradition orale justement rapportée au Prophète, la paix de Dieu soit sur lui, avait conquis Constantinople et mis à bas l'Empire romain !

Quand le Grenadin avait objecté à son hôte et ami que le Noble Reflet ne saurait en aucune façon être assimilé à une effigie mais que c'était là une véritable œuvre acheiropoïète que la main de l'homme n'avait point façonnée, un vrai miracle en d'autres termes, au même titre que la Nuit du Isrâ' et du Mi'râj qui avait vu le Prophète, la paix de Dieu soit sur lui, rallier Jérusalem sur Burâq le cheval ailé, puis s'élever jusqu'au ciel avant de revenir à La Mecque, Ahmed Âghâ lui avait répondu que, quand bien même cela serait, son idée d'acheminer cette relique de Grenade jusqu'à Istanbul pour en faire le point focal d'un lieu de pèlerinage – une sorte d'attraction à des fins de propagande – pourrait fort bien provoquer le courroux de son maître. Que Bayezid dirait sans doute que c'était là du *shirk*, pas moins : de l'associationnisme digne de ces Infidèles chrétiens qui adorent un homme dont ils font un dieu, comme de ces hérétiques chiites qui font de l'imam Ali et de sa descendance des demi-dieux. Que s'il voulait retourner en sus le couteau dans la plaie Bayezid le taquinerait sans doute en lui disant que les musulmans andalous avaient bien trop longtemps vécu entourés de chrétiens, allant jusqu'à leur payer un tribut, et que, peut-être, l'associationnisme de ces derniers aurait-il déteint sur eux. Qu'il lui rappellerait en tout cas que nous autres musulmans nous ne sommes pas des mahométans : que nous n'adorons pas le Prophète Mahomet, la paix de Dieu soit sur lui, mais seulement Dieu, et Lui seul. Et pour finir, avait conclu Ahmed Âghâ, si le sultan a réellement confiance en vous, peut-être vous soufflera-t-il qu'en tout état de cause, et *shirk* pour *shirk*, plus que d'un miroir de femme censé avoir préservé les traits du Prophète, que la paix de Dieu soit sur lui, lui visait une relique ô combien plus importante : la Kaaba, pas moins, dont il entendait bien s'emparer en occupant les Lieux saints aussitôt qu'il aurait chassé les mamelouks de la Syrie et de l'Égypte.

Voyant sa déception, Ahmed Âghâ lui promit cependant que, même s'il se garderait bien de demander audience au sultan dans le seul but de l'entretenir de ce sujet (ce qui ne serait pas, à ses yeux, judicieux), il évoquerait néanmoins le Noble Reflet incidemment devant son maître la semaine d'après lorsqu'il serait admis en son auguste présence à l'occasion de l'audience mensuelle qu'il accordait à l'ensemble des collaborateurs de Hadim Ali, son conseiller le plus écouté.

Yûsuf al-Faqîh écrit que le mercredi qui suivit, jour de ladite audience, il avait toute la journée été sur des charbons ardents, attendant impatiemment que son hôte rentrât du Palais. C'était une froide, grise et venteuse journée du mois de janvier, et quand son hôte eut finalement rejoint son foyer, rien qu'à sa mine al-Faqîh avait su qu'il n'avait pas réussi à convaincre son maître. Il s'attendait donc au pire. Mais le pire s'avéra être plus désespérant encore que tout ce qu'il aurait pu imaginer.

Lorsqu'ils se furent installés autour d'une cafetière bien chaude, d'un œil coupable et d'un air contrit Ahmed Âghâ lui apprit en effet, et sur un ton lugubre, que deux semaines plus tôt, le premier jour du mois de Rabîʿ al-Awwal de l'an 897 de l'hégire, pour être plus précis, coïncidant avec le deuxième jour du mois de janvier de l'an 1492 de l'ère chrétienne, la ville de Grenade – *sa* ville de Grenade – était tombée aux mains des Infidèles et passée du calendrier hégirien au calendrier grégorien qui rythmerait désormais la vie de ses habitants. Ayant remis les clefs de la ville aux chrétiens, Ahmed Âghâ lui avait-il aussi appris, son maître, Boabdil s'en était ensuite allé en exil à Andarax, dans les montagnes au sud-est de Grenade, et tout portait à croire qu'il traverserait bientôt la mer pour aller se réfugier à Tlemcen chez les Zianides.

Entendant cela, Yûsuf al-Faqîh avait cru s'abîmer. Refusant de le croire il avait, l'espace d'un instant, vécu dans un déni total. Puis, touchant à nouveau terre, il avait senti la rage l'envahir, quand il avait été à deux doigts de maudire ce sultan turc qu'on surnommait pourtant le Pieux, qui était à la tête de l'armée la plus redoutable qui soit, mais qui n'en avait pas moins regardé, les bras croisés, disparaître le dernier vestige de la conquête musulmane de l'Espagne, condamnant ainsi les hauts faits d'armes de Târiq ibn Ziyâd, ainsi que sa mémoire, à l'oubli. Il s'était certes retenu, mais il n'en avait pas moins continué de bouillonner, et sa colère rentrée avait cherché un exutoire que seul un passage immédiat à l'action pouvait lui offrir. S'étant donc brusquement levé, il avait remercié son hôte pour son hospitalité comme pour son amitié, et il lui avait fait part de son désir de s'embarquer sur-le-champ à bord du premier navire marchand génois qu'il trouverait, pour rejoindre la côte andalouse, et de là, Andarax.

Mais Ahmed Âghâ, nous raconte-t-il, l'avait adjuré de n'en rien faire. Un tel voyage en plein cœur de l'hiver serait particulièrement éprouvant pour un homme de son âge, lui avait-il dit. Et puis, n'avait-il pas précisé que, ne s'étant jamais marié et ses parents ayant déjà été rappelés auprès du Tout-Miséricordieux, il n'avait nulle famille à Grenade ? Pour qui s'inquiétait-il ? Et quand bien même il s'inquiéterait, que pouvait-il espérer faire, à présent que tout était perdu et que les persécutions contre les musulmans restés en Andalousie ne devraient plus tarder ? Pourquoi ne pas demeurer à Constantinople sous la protection de mon maître, avait-il insisté. Ma maison est la vôtre, avait-il ajouté, et elle le demeurera aussi longtemps qu'il vous siéra. Manière sans doute pour lui, écrit al-Faqîh, de faire au nom de tous les Turcs ottomans amende honorable pour la conduite lamentable de Bayezid.

Il avait donc fini par accepter l'invitation de son ami. Mais il en voulait tant au sultan de n'avoir rien fait pour venir en aide à sa patrie qu'il n'avait pas pu se résoudre à demeurer longtemps en terre turque. Le printemps venu, ayant fait ses adieux à son hôte, il quitta donc Constantinople, prit le chemin de la Syrie (une terre qui avait jadis eu l'honneur d'abriter le Noble Reflet avant que l'Andalousie n'en prenne le relais) et finit par se poser à Alep, une ville certes arabe, mais une ville proche du royaume de Bayezid. C'était comme si, malgré l'amertume qu'il ressentait envers les Turcs, il avait eu à cœur de ne pas couper tous ses ponts avec la puissance ottomane.

Il eut d'ailleurs à se féliciter de son choix, car à Alep où il se trouvait il put croiser un marchand grenadin de passage dans cette grande ville commerçante du nord de la Syrie, l'un des quelque deux cent mille Juifs que Bayezid avait fait évacuer en masse avec sa flotte après que les persécutions contre les juifs et les musulmans andalous eurent commencé, et qu'il avait installés à Constantinople comme à Salonique. C'est de sa bouche qu'al-Faqîh put enfin avoir des nouvelles directes de sa patrie désormais perdue. Il apprit ainsi que moins de deux ans après la chute de Grenade son maître Boabdil, lâché par les Mérinides et les Zianides d'Afrique du Nord, et trahi aussi par son propre vizir, avait dû abandonner sa seigneurie montagneuse d'Andarax et, contraint de quitter l'Andalousie, avait embarqué à Adra pour un exil africain. Regardant la côte andalouse s'éloigner, Boabdil, disait-on, aurait lancé son épée dans les flots en se promettant de revenir un jour la chercher.

À en croire la piètre qualité de papier de son manuscrit et la reliure bon marché du seul écrit qu'il nous ait laissé, Yûsuf al-Faqîh dut vivre chichement à Alep, survivant nous apprend-il sur la maigre pension que lui versait le cadi chaféite de la ville qui, ému par l'histoire de ce juriste andalou déraciné, et bien qu'al-Faqîh lui-même eût été malékite, ne l'en avait pas moins pris sous son aile. Sans doute, écrit al-Faqîh, cet homme bon se serait-il souvenu que l'imam ash-Shâfi'î avait été le disciple de Mâlik ibn Anas. Le temps qui lui était resté à vivre al-Faqîh le consacra à la prière, à la contemplation, à l'étude et à la lamentation. Il prit néanmoins soin de coucher sur papier le récit de son ambassade à la cour de Bayezid. Écrit cathartique dans lequel il narre toutes ses tribulations, désillusions et déceptions, et où il mentionne aussi – et c'est bien là le plus important – l'existence du miroir d'Aïcha et le miracle du Noble Reflet. Ce récit-là, il lui donna pour titre *Il n'y a de vainqueur que Dieu*. Titre qui reprenait mot pour mot la devise des émirs nasrides de Grenade.

Sans doute al-Faqîh avait-il voulu consoler par là Boabdil, son malheureux prince défait et exilé, relativiser la victoire remportée par les chrétiens sur les musulmans andalous, et remettre aussi à sa place le grand sultan

Bayezid auquel il semblait n'avoir jamais pardonné. Et à la toute fin de son manuscrit, après avoir émis le vœu que le Noble Reflet n'ait pas été découvert par les Infidèles après la chute de la ville et profané par eux (car il était persuadé que Boabdil, qui s'était juré de revenir un jour à Grenade, ne l'aurait jamais emporté avec lui de l'autre côté de la mer de peur que les Mérinides ou les Zianides ne s'en emparassent), al-Faqîh évoque l'endroit précis dans l'Alhambra où le Noble Reflet aurait été caché par son maître Boabdil loin des regards indiscrets. Comme s'il avait cependant craint que son écrit ne tombât entre de mauvaises mains al-Faqîh ne l'avait pas fait ouvertement mais sous la forme d'une énigme. Énigme dont il faisait don, écrit-il, à celui parmi ses lecteurs à qui Dieu accorderait suffisamment de grâce et assez de discernement pour la résoudre : « Quand dans la Justice tu baigneras ; Et que de ton cœur, la Vraie Foi toute superstition balaiera ; En t'attachant au troisième précepte d'Allah ; Le Noble Reflet tu dévoileras ; Et pour ta plus grande joie tu le contempleras. »

Et c'est sur cette énigme que la petite équipe d'experts mise sur pied peu après l'arrivée de Harry Boone en Espagne (experts tous triés sur le volet, mis au parfum, et soumis au secret) se cassait les dents depuis de longs mois, arpentant les palais de l'Alhambra de long en large et en fouillant chaque coin et recoin tout en marmonnant, comme s'il se fut agi d'un mantra, la formule absconse du juriste grenadin.

2

Nul ne sait entre quelles mains cet écrit de Yûsuf al-Faqîh passa au cours des cinq cent et quelques années qui s'écoulèrent entre la mort de son auteur, sans doute au tout début du XVIe siècle, et le début du XXIe. On suppose qu'il n'aurait jamais quitté la ville d'Alep. Car une petite dizaine d'années plus tôt il se trouvait encore en possession d'un certain Andraos, dernier représentant d'une vieille et richissime famille chrétienne de la ville. Ce vieux monsieur n'avait semble-t-il jamais envisagé de prendre épouse, préférant se consacrer corps et âme à la remarquable collection d'objets d'art islamique et de livres anciens que son arrière-grand-père avait commencé à constituer à la fin du XIXe siècle et qu'il avait par la suite lui-même considérablement rehaussée.

Lorsque, au cours de l'été de 2012, le combat politique entre le régime syrien et l'opposition avait dégénéré à Alep en une confrontation militaire entre forces gouvernementales et groupes islamistes armés, ce monsieur n'avait pas souhaité quitter le magnifique palais mamelouk datant du XIVe siècle qui était dans sa famille depuis la fin du XIXe. Il prit néanmoins la précaution de faire évacuer vers sa résidence de Knightsbridge à Londres l'essentiel de sa précieuse collection, et il vécut les trois années qui suivirent, entouré de ces objets-là qu'il n'avait pas jugé dignes d'être mis à l'abri. Et parmi eux, le *Il n'y a de vainqueur que Dieu* de Yûsuf al-Faqîh, qui, il faut bien l'avouer, n'avait rien d'un objet d'art, s'apparentant plus à une vieillerie qu'à une antiquité.

Toujours est-il que, lors de l'offensive rebelle du printemps de 2015 contre les positions gouvernementales dans la Vieille Ville d'Alep la belle demeure de ce monsieur fut prise entre deux feux, ce qui coûta la vie à ce malheureux. Son palais fut alors occupé pour quelque temps par des rebelles islamistes, lesquels, avant de s'en retirer sous la pression des forces loyalistes, prirent soin, leur conscience bien tranquille à l'idée que le propriétaire des lieux avait été un Infidèle, d'emporter avec eux tout ce qui, demeuré intact, leur semblait avoir de la valeur et pouvait être aisément transporté.

Or parmi ces djihadistes se trouvait un certain Jalâl qui, tandis que ses compagnons d'armes faisaient main basse sur les bibelots, tapis en soie, argenterie, icônes et crucifix ouvragés de l'infortuné Andraos, ne s'intéressa, lui, qu'à la bibliothèque de ce dernier. En tout cas à ce qui en restait après qu'un obus de cent vingt-deux millimètres l'eut frappée de plein fouet. Contrairement à ses compagnons cet homme-là n'était d'ailleurs pas un musulman de souche, pas même un Oriental, et son vrai nom n'était pas plus Jalâl. Né vingt-cinq ans auparavant au pays de Galles d'un père médecin de campagne et d'une mère institutrice, tous deux fervents méthodistes, Jalâl était le nom qu'il s'était choisi cinq ans plus tôt quand, ayant épuisé les charmes du bouddhisme, de l'écologisme, de l'altermondialisme et du véganisme auxquels il avait successivement goûté sur un campus universitaire, il s'était, l'année de son diplôme, entiché de l'islam, se convertissant, prenant des cours d'arabe, et rejoignant finalement le djihad.

Tout cela pour dire que si, nés musulmans, les Orientaux aux côtés desquels il combattait vivaient leur foi comme allant de soi, chez lui identité et foi ne se confondaient pas. À défaut donc de ces gènes dont il était dépourvu et qui auraient tant fait pour l'aider à concilier sa foi avec son identité il s'était, pour réussir la quadrature du cercle, rabattu sur les mèmes. Or si ses compagnons d'armes baignaient dans les mèmes de l'islam depuis la conquête arabe du Levant byzantin treize siècles auparavant, lui n'avait pas cette chance. Son passé, son environnement social et son cercle familial ne pouvant lui être d'aucun secours là, c'est dans les écrits qu'il cherchait donc ces mèmes qui continuaient de lui faire défaut. Et c'est sans doute pourquoi il ne s'intéressa guère, comme ses camarades, aux objets que le malheureux Andraos avait possédés, mais à ses seuls livres. À moins, bien sûr, que son comportement ne s'expliquât autrement : par le fait que contrairement à ses camarades lui n'avait jamais souffert de la faim ni eu à se soucier du lendemain.

Toujours est-il que tandis que ses compagnons empilaient leur butin dans des valises et des draps avant de l'emporter, lui fouillait la bibliothèque dévastée à la recherche d'écrits arabes qui auraient échappé au déluge de feu et de fer qui s'était abattu sur le palais. Il s'empara vite fait de trois manuscrits que leur reliure en cuir avait protégés de l'incendie, et il les glissa sous sa vareuse, à même la peau, avant de rejoindre ses compagnons. Et parmi ces manuscrits se trouvait le récit que le Grenadin Yûsuf al-Faqîh avait fait de son ambassade à la cour du sultan Bayezid II.

Au cours des neuf mois qui suivirent Jalâl n'eut pas trop loisir de lire, tant la bataille pour Alep faisait rage. Et quand, l'hiver venu, les forces du régime réussirent à couper la principale route d'approvisionnement des rebelles vers la Turquie, sentant le vent tourner le commandant du bataillon au sein duquel Jalâl servait ordonna à ses hommes d'évacuer leurs positions pour se replier sur Raqqa à deux cents kilomètres plus à l'est.

Raqqa étant alors un fief islamiste incontesté auquel nul ennemi n'osait encore s'attaquer de front, une fois là-bas Jalâl put se poser, souffler, et reprendre sa quête des mèmes. Des trois manuscrits qu'il avait rapportés d'Alep celui de Yûsuf al-Faqîh lui sembla, une fois qu'il l'eut feuilleté, le moins intéressant. Le laissant donc de côté pour l'instant il s'attaqua en premier aux *Perles du raffinement*, une œuvre poétique d'Usâma ibn Munqidh, un prince, poète, lettré et diplomate syrien contemporain de la première croisade. Il n'eut d'ailleurs qu'à se féliciter de ce choix car il y trouva maintes Traditions merveilleuses du Prophète sur le djihad, qui lui firent brièvement oublier les exactions dont ses compagnons d'armes se rendaient coupables dans leur guerre menée au nom de la vraie foi et qui le confortèrent en outre dans sa décision de se convertir à l'islam. Après quoi il s'attaqua à *L'Essence de la discipline généalogique* d'Ibn al-Athîr, un historien mossouliote des XIIe-XIIIe siècles, et la lecture de ce traité de généalogie lui donna semble-t-il des idées puisque, peu après, il prit pour épouse une toute jeune femme rencontrée à Raqqa, une Britannique, quoique musulmane, qui s'appelait Basma et qui, comme pour mériter son nom, avait, faute d'un amoureux, embrassé le djihad. C'était comme si, dénué de gènes musulmans, il avait cherché à en épouser ; et comme si, incapable d'en trouver dans son ascendance, il était déterminé, en procréant avec une musulmane, à les trouver dans sa descendance. On retiendra en tout cas que parmi les milliers de jeunes femmes étrangères qui avaient rejoint le djihad ce fut tout de même sur une Britannique que son choix était tombé. Il lui arrivait d'ailleurs de s'en vouloir de sa décision. Non qu'il n'aimât pas Basma tendrement, mais elle lui rappelait que sa fusion totale avec l'islam ne durait que l'espace d'un coït et le temps d'un enfantement.

Ainsi donc, ce n'est que vers la fin du printemps de 2017 que Jalâl se rappela le troisième et dernier manuscrit qu'il avait rapporté avec lui d'Alep, un peu comme un fumeur invétéré, en manque soudain de tabac, se rappellerait la cigarette à moitié consumée que d'une chiquenaude désinvolte il avait la veille jetée dans un fossé. Il ouvrit donc le manuscrit de Yûsuf al-Faqîh comme un pis-aller et le parcourut d'un œil distrait. Peu intéressé par le sujet, il en tournait les pages de plus en plus vite au fur et à mesure qu'il avançait, et ce n'est qu'arrivé vers la fin qu'il ralentit l'allure et se permit même deux ou trois retours en arrière. C'est qu'il venait de tomber sur les passages où l'auteur évoquait le miroir d'Aïcha et les traits du Prophète qui s'y seraient imprimés, et où il mentionnait aussi l'énigme dont il faisait don à son lecteur pour le guider à travers les palais de l'Alhambra et l'aider à y retrouver le Noble Reflet afin de le restituer à l'Oumma : à la Communauté des Croyants. Et lorsqu'il eut refermé le manuscrit, il l'embrassa. Comme s'il avait été touché par la grâce, son visage, alors, rayonnait. C'était là, il le pressentait, *son* moment : le moment où, en deçà du martyre – sacrifice ultime qu'il était évidemment plus que jamais disposé à faire –, l'opportunité lui était offerte d'accomplir quelque chose de grandiose pour l'islam tout en demeurant en vie et parmi les siens, s'en réjouissant pleinement avec eux et évoquant ce haut fait avec bonheur longtemps, très longtemps après.

On retiendra, cela posé, qu'ayant saisi toute l'importance de la découverte qu'il venait de faire pour le groupe au sein duquel il guerroyait, mû par quelque élan atavique puisé dans l'Occident d'où il était issu et où la famille nucléaire demeurait le noyau de base de la société, ce ne fut pas à ses compagnons d'armes ou plus généralement à la Communauté des Croyants qu'il alla en parler en premier, mais à sa femme. C'est d'ailleurs d'elle – de Basma –, que nous tenons tous ces détails sur le cheminement du manuscrit d'al-Faqîh depuis son sauvetage par Jalâl à Alep. Et ce n'est qu'après s'être confié à elle et avoir partagé avec elle sa joie (joie à l'idée qu'il pourrait un jour prochain contempler lui-même les nobles traits du Prophète), mais aussi son tourment (tourment à l'idée du temps précieux qu'il avait perdu pour n'avoir pas lu le livre du Grenadin plus tôt), qu'il alla, ce fameux livre toujours à la main, voir son commandant.

Ce dernier n'avait pas l'esprit d'escalier. Et si même il l'avait eu, il ne devait pas être plus long que les quelques marches menant au minbar d'où il lui arrivait parfois de faire le prêche du vendredi. Il n'attendit pas d'avoir lu ce que Yûsuf al-Faqîh avait à dire sur le miroir d'Aïcha et le Noble Reflet pour comprendre que c'était sans doute aussi là *son* moment à lui. Quoique, pas pour les raisons que Jalâl avaient eues. Il faut dire que contrairement à Jalâl, ce n'était pas tant aux yeux de Dieu que cet homme-là entendait se distinguer qu'à ceux de son chef vénéré d'où tout pouvoir temporel découlait. Pour l'instant du moins. Sans perdre une minute il entraîna donc Jalâl et son manuscrit chez ce dernier qui venait de rejoindre Raqqa après avoir fui la grande offensive combinée des Kurdes, des hérétiques chiites et des Infidèles chrétiens contre sa bonne ville de Mossoul où, trois ans auparavant, il avait été proclamé calife.

Certes, la première réaction de ce fidèle disciple du juriste médiéval iconoclaste Ahmad ibn Hanbal, réaction viscérale, fut d'éprouver un sentiment d'horreur à l'idée qu'on puisse venir lui proposer d'introduire dans son califat, pour la vénérer, voire l'adorer, une image, fût-elle celle du Prophète. C'était à ses yeux du *shirk* pur et simple – de l'associationnisme comme en pratiquaient les chrétiens et les païens. Mais nécessité fait loi. Et pour illuminé qu'il fût, le calife autoproclamé n'en était pas moins un politique qui savait que ce bas monde n'était pas tant régi par les principes que par les circonstances. Très vite donc, et les récents revers essuyés par son armée à Alep comme à Mossoul aidant, il comprit tout le parti qu'il pourrait tirer d'une telle relique, si elle existait vraiment, voire de la seule rumeur de sa présence dans son califat à supposer qu'elle n'existât pas. Seul le symbolisme, se disait-il, pouvait encore pallier l'affaiblissement de ses forces sur le terrain et renverser la tendance néfaste qui se dessinait. S'il réussissait à s'emparer de ce miroir et à l'acheminer jusqu'à Raqqa il pourrait, se disait-il, se targuer de protéger la relique la plus sainte de l'Islam, et c'est tout le réduit syrien où il se voyait désormais acculé qui s'en trouverait du coup sanctuarisé. Tout comme pour le pèlerinage du Hajj à La Mecque et à Médine, les musulmans voudront affluer du monde entier chez lui pour contempler le Noble Reflet. Même ces hérétiques de chiites n'oseraient pas s'y attaquer, se disait-il, et si les Infidèles, eux, l'osaient, s'ils venaient, ne serait-ce que par pure inadvertance, à le détruire ou à l'endommager avec leurs maudits missiles à longue portée, jamais au grand jamais les musulmans ne pourront le leur pardonner. Il voyait bien aussi que la possession de cette relique le mettrait quasiment à pied d'égalité avec ses ennemis de la Maison des Saoud qui, depuis près d'un siècle déjà, faisaient de la pierre noire de la Kaaba et du dôme vert du tombeau du Prophète leur fonds exclusif de commerce, asseyant à travers le Hajj leur supériorité sur les autres dirigeants de l'Islam. Or si les monarques saoudiens pouvaient se targuer d'être les gardiens des deux Lieux saints, lui serait celui du Noble Reflet. Et si même les Infidèles réussissaient à le déloger du nord-est de la Syrie, cette relique, il l'emporterait avec lui où il irait. Contrairement aux monarques saoudiens qui, s'ils venaient à perdre La Mecque et Médine perdraient en même temps leur titre de gardiens des deux Lieux saints et ne seraient plus rien, lui, même s'il devait perdre Raqqa et tout le Nord-Est syrien, n'en resterait pas moins le gardien du Noble Reflet, et ses successeurs après lui.

C'est ainsi que le calife autoproclamé voyait les choses en cette fin de printemps de 2017 alors qu'il régnait encore sur le désert qui s'étend de Raqqa à l'ouest à la frontière irakienne à l'est. Ses désirs étant évidemment des ordres, un petit groupe opérationnel fut vite mis sur pied, auquel Jalâl fut intégré, et qui fut chargé d'identifier les sympathisants du califat en Europe, et notamment en Espagne, susceptibles, en s'aidant de l'énigme que Yûsuf al-Faqîh avait laissée derrière lui, de localiser le Noble Reflet dans l'Alhambra, de le subtiliser, et de l'acheminer ensuite jusqu'à Raqqa.

Les choses allaient d'ailleurs très vite, mais pas aussi vite, hélas pour lui, que l'ennemi. Le 5 juin de cette année-là, soutenues par une coalition occidentale, les forces démocratiques syriennes (kurdes, en réalité) étaient déjà aux portes de Raqqa. Et quand, courant juillet, le calife quitta sa capitale précipitamment pour des cieux plus cléments dont l'aviation occidentale serait absente, la moitié de la ville était déjà tombée entre leurs mains. Dans ces circonstances, on comprendra volontiers que Jalâl et les autres membres du groupe qui avaient été missionnés pour retrouver le Noble Reflet aient eu autre chose à l'esprit, comme on comprendra que les sympathisants du califat vivant en Europe et qu'ils avaient alertés à son propos n'avaient alors plus d'yeux que pour le reflet de leur tablette ou de leur smartphone, tant ils étaient pris à suivre anxieusement les nouvelles de la bataille sur les réseaux sociaux.

Puis, vers la fin du mois de septembre, quelque deux semaines avant la chute de Raqqa aux mains de l'ennemi, le bataillon de Jalâl reçut l'ordre de se replier vers l'Euphrate. Les survivants de cette unité décimée prirent alors la route menant vers l'est accompagnés de leurs femmes et de leurs enfants, et parmi eux Basma, l'épouse de Jalâl, alors enceinte de six mois.

Au cours des quatorze mois qui suivirent, le territoire du califat continua de rétrécir comme peau de chagrin. Partout ses combattants perdaient du terrain, et vers la fin de l'hiver de 2019, ils ne contrôlaient plus qu'une poche autour de la localité du Haut Baghouz, au bord de l'Euphrate. Là s'étaient rassemblés avec leurs familles le dernier carré des partisans exaltés du calife désormais occulté – occulté, ironiquement, comme le Douzième Imam caché de ces chiites duodécimains qu'il avait mis tant de vigueur à combattre. Alors que des négociations étaient entamées avec l'ennemi pour l'évacuation des femmes et des enfants, les hommes, eux, s'étaient scindés en deux camps : celui des pensifs qui envisageaient de déposer les armes (donnant ainsi raison au poète qui disait, à propos des soldats de Napoléon qui quittaient la morne plaine de Waterloo, qu'ils s'en revenaient pensifs, donc vaincus), et celui des viscéraux, qui rêvaient, eux, de faire du Haut Baghouz leur Thermopyles, leur Massada, leur Stalingrad ou leur Berlin, au choix (donnant ainsi raison au penseur allemand pour qui n'était vaincu que celui qui se reconnaissait comme tel). Entre les deux se trouvait Jalâl, avec sa femme Basma et leur petite fille alors âgée d'à peine deux ans et qu'il avait tenu à prénommer Aïcha en l'honneur du miroir. Miroir qu'il ne verrait pour sa part jamais, se disait-il. Mais du moins se consolait-il à l'idée que, bientôt, c'est le visage même du Prophète qu'il pourrait contempler, et qu'un jour, qui sait, sa propre fille contemplerait-elle son noble reflet dans le miroir de sa bienheureuse éponyme.

Incapable en cet instant-là de choisir entre les pensifs et les viscéraux parmi ses camarades, Jalâl avait fini, histoire de trancher ce nœud gordien, par décider de couper la poire en deux. Le présent, s'était-il dit, serait sacrifié comme il se devait. Mais l'avenir, lui, serait préservé comme il se devait aussi. Il avait donc confié à Basma qu'il était déterminé à rester dans le Haut Baghouz et à y mourir les armes à la main, mais il l'avait en même temps adjurée d'aller rejoindre les femmes et les enfants qui devaient être évacués. Voyant qu'elle se rebiffait, refusant de le laisser mourir seul, et plus encore, de subir l'humiliation des interrogatoires et de la captivité, il lui avait dit qu'il avait décidé que c'était d'ici qu'il rejoindrait le Paradis, mais que pour que la petite Aïcha puisse vivre, elle-même devait coûte que coûte demeurer en vie. Quant aux humiliations qu'elle redoutait, il lui avait assuré qu'il n'y en aurait point car il lui confierait ce qui équivalait à un sauf-conduit. Lui tendant alors le manuscrit de Yûsuf al-Faqîh et lui demandant de le garder comme sa vie, il lui avait dit qu'aussitôt en présence d'un gradé de chez l'ennemi elle devrait lui faire savoir qu'elle était une citoyenne britannique et insister auprès de lui pour voir un officier anglais. Et quand elle aurait vu ce dernier, elle devrait lui dire, et seulement à lui, qu'elle avait en sa possession un renseignement susceptible de permettre au gouvernement britannique de contrecarrer une opération d'envergure montée en Europe par les sympathisants du califat, mais qu'elle ne lui en ferait part qu'après avoir obtenu de lui un engagement formel quant à son rapatriement immédiat vers le Royaume-Uni et une promesse d'immunité contre toute poursuite. Après quoi, ayant embrassé sa fille et fait ses adieux à sa femme, il s'en était allé rejoindre ceux parmi ses compagnons d'armes qui, comme Héraclite, estimaient que les âmes tuées par Arès étaient plus pures que celles mortes dans les maladies. Et plus jamais, après cela, on n'entendit parler de lui.

Quant à Basma, cachant le petit ouvrage d'al-Faqîh dans son corsage et serrant sa petite fille contre sa poitrine, elle rejoignit les femmes et les enfants qui devaient être évacués et suivit, après leur sortie du Haut Baghouz, les instructions de son époux à la lettre. Le commandant kurde des Forces démocratiques syriennes qui vint finalement la voir après qu'elle eut décliné sa nationalité (car ce n'était plus *qui* on était, qui comptait, mais bien *ce* qu'on était), lorsqu'elle lui eut appris qu'elle avait un renseignement de la plus haute importance qu'elle ne communiquerait qu'aux seuls Britanniques, fut tenté, agacé par sa morgue, de la soumettre à la question, voire de la menacer de tuer son enfant pour qu'elle crachât le morceau. Mais il se retint : il n'avait nulle envie, s'ils venaient à l'apprendre, de se mettre les Anglo-Saxons à dos. Se sentant néanmoins humilié par cette soi-disant Britannique aussi brune que lui et répondant, à en croire son passeport, à un nom syrien – un nom arabe, en tout cas –, il voulut s'en débarrasser sur-le-champ. Il appela donc l'officier anglais de liaison sur la radio et lui proposa de la lui remettre, ainsi que son bébé, tout en lui précisant qu'elle prétendait avoir un renseignement important à communiquer au seul gouvernement britannique. Faisant montre d'un manque de sang-froid peu courant chez les gens de sa race, ledit officier lui hurla : « Surtout pas ! » Il y avait, lui dit-il en crachant ensuite ses mots telles des balles de mitrailleuse, tout un protocole à respecter avant de décider si, oui ou non, on pouvait rapatrier des femmes et des enfants de djihadistes. Il promit cependant d'en parler à son supérieur à la première occasion. Ce qu'il finit par faire, et à son tour son supérieur en avisa le ministère de la Défense à Whitehall, lequel en informa le 10 Downing Street qui en informa aussitôt Archie Briggs en sa qualité de directeur du Club-House, un obscur département du gouvernement de Sa Majesté dont le rôle, et la raison même d'être, étaient, précisément, d'accepter sans hésiter de faire tout ce que les autres départements gouvernementaux ne pouvaient pas faire, et tout ce qu'ils ne voulaient surtout pas faire.

Et c'est ainsi qu'une semaine plus tard, missionné par Archie Briggs, Harry Boone quittait la grisaille londonienne où il se morfondait depuis bien trop longtemps pour se rendre dans le nord-est de la Syrie y rencontrer Basma au camp de détention d'al-Hawl le bien nommé (*hawl*, en arabe, signifiant à la fois « terreur » et « horreur ») et jauger de son *bona fides* et de son utilité au gouvernement de Sa Majesté. Après quoi, lui avait dit Briggs, ce serait à lui de décider s'il valait la peine de dépenser du temps et de l'argent à la rapatrier, elle et sa fille, ou s'il ne vaudrait pas mieux la laisser rejoindre l'interminable queue des dizaines de milliers de vaincus, hommes, femmes et enfants, qui attendaient, résignés, les interrogatoires musclés et les enquêtes poussées devant décider de leur sort. Après tout, avait conclu Briggs, si cette Basma est bien britannique, et si elle a bien vécu dans notre pays, elle doit être habituée à faire la queue.

3

Une fois qu'on l'eut sortie de l'Annexe (car c'est ainsi qu'on appelait la partie du camp d'al-Hawl réservée aux prisonniers européens), ne sachant semble-t-il pas où on l'amenait ce jour-là ni pourquoi, elle était entrée avec sa fille dans les bras dans la pièce où son interrogatoire devait se dérouler. Mais aussitôt qu'elle avait vu Boone, son magnétophone, son stylo et calepin posés sur la table devant lui, elle avait compris et, confiant son enfant à la gardienne qui l'avait accompagnée, elle s'était avancée seule vers lui. Du coup elle lui avait fait bonne impression. Voilà quelqu'un qui n'instrumentalise pas son enfant pour obtenir un avantage, s'était-il dit. Il aurait été si facile, si prévisible aussi, d'essayer de l'apitoyer en gardant l'enfant dans ses bras. Mais lorsqu'elle s'était assise, il avait vu toute la détermination qu'il y avait eu dans ses yeux. La méfiance avait alors pris en lui le dessus, quand il s'était dit qu'elle s'était sans doute séparée de sa fille pour éviter d'être distraite et garder toute sa concentration et contenance.

Ne prenant même pas la peine de lui répondre lorsqu'il lui avait demandé si elle était bien traitée, elle avait voulu vite rentrer dans le vif du sujet. Mais d'un geste de la main il l'avait arrêtée. Il y avait, lui avait-il dit en déclenchant son magnétophone, divers points qu'il devait d'abord éclaircir avec elle. Elle s'était alors calmée. Plus de cinq heures durant elle avait ensuite répondu sans hésiter à toutes ses questions : la manière dont elle était entrée en contact avec les agents recruteurs du califat au Royaume-Uni, où, quand, avec qui, et pour aller rencontrer qui ; la filière qu'elle avait empruntée pour arriver jusqu'en Syrie, quand, comment et avec qui ; les personnes qui les avaient accueillis une fois en Turquie, où et pour combien de temps ; le chemin parcouru entre Istanbul et la Syrie, et en compagnie de qui ; l'entraînement aux armes qu'elle avait reçu, où, quoi, pour combien de temps, par qui et avec qui ; si elle avait pris part à des opérations militaires et, si oui, où, quand, pour faire quoi, contre qui et avec qui ; les djihadistes occidentaux qu'elle avait côtoyés ou simplement croisés, qui, quand, où ; sa rencontre avec son mari, où, quand et comment. Tout y était passé : le qui, le quoi, le où, le quand, le comment et le combien, mais pas – n'en déplaise à Aristote – le pourquoi, parce que le pourquoi relevait aux yeux de Boone d'une subjectivité qu'il avait voulu éviter. Et elle lui avait tout déballé, lui donnant bien plus qu'il n'avait espéré. Pour se décharger certes d'un lourd fardeau qui lui pesait, mais plus encore, sans doute, parce qu'elle avait voulu tourner au plus vite la page du passé pour en arriver à cela qui, en l'extirpant elle et sa fille de ce camp, leur ouvrirait comme elle l'espérait les portes de l'avenir.

Lorsque, apparemment satisfait de ses réponses, Boone l'avait enfin invitée à lui faire part de ce qu'elle avait de si important à lui communiquer, elle lui avait demandé de quoi écrire. Il lui avait alors tendu une feuille de papier, ainsi que son stylo, à l'aide duquel elle avait griffonné quelque chose sur la feuille avant de la faire glisser vers lui. Y ayant jeté un œil il avait vu qu'elle y avait écrit une vingtaine de mots en arabe, d'une belle écriture, d'ailleurs, qu'il lui enviait. Mais il était surtout intrigué. En venant ici il s'était attendu à ce qu'elle lui parlât d'un *bis repetita* de la conspiration des Poudres contre le Parlement de Westminster, ou d'une attaque aux drones contre le château de Windsor, voire, pire à ses yeux, d'un attentat à l'occasion de la prochaine finale de la FA Cup à Wembley. Mais il ne s'était pas attendu à ce qu'elle lui fasse faire tout ce chemin pour simplement lui donner à lire ce qui ressemblait fort à un quatrain. Examinant ces vers de plus près il s'en était ensuite voulu d'avoir laissé son Hans Wehr de poche derrière lui. Tout en faisant très attention à ne pas bouger les lèvres en lisant pour ne pas trahir son peu de familiarité avec l'arabe classique, il avait néanmoins réussi, sans l'aide de ce dictionnaire arabe-anglais, à déchiffrer le quatrain. Enfin, pas tant à le déchiffrer qu'à le traduire, car pour tout dire, « Quand dans la Justice tu baigneras ; Et que de ton cœur, la Vraie Foi toute superstition balaiera ; En t'attachant au troisième précepte d'Allah ; Le Noble Reflet tu dévoileras ; Et pour ta plus grande joie tu le contempleras », ne lui en avait pas plus appris une fois rendu en anglais, que tantôt en arabe.

Il la regarda, perplexe. C'est alors qu'elle lui avait parlé d'un manuscrit vieux d'un demi-millénaire que son époux aurait trouvé à Alep et dans lequel il serait question de la chute de Grenade et de la fin de l'Andalousie arabe, mais aussi d'un miroir de bronze ayant appartenu à une épouse du Prophète, d'une version musulmane du Saint Suaire chrétien, appelée le Noble Reflet, et de cette énigme laissée par l'auteur du manuscrit – un juriste grenadin de la toute fin du XVe siècle –, qui permettrait de retrouver ce miroir où le Prophète s'était miré et qui avait gardé son image imprimée sur sa surface. Et comme elle avait vu qu'il semblait incrédule et la regardait d'un œil dubitatif, elle s'était empressée d'actualiser cette légende venue d'un passé lointain et de lui donner une résonance contemporaine. Avant de s'envoler en fumée, lui avait-elle dit, le calife occulté avait donné ordre à ses preux chevaliers d'aller en quête de ce Graal musulman qui dormait depuis cinq siècles déjà à Grenade, et de le rapporter jusqu'à la Syrie qu'il n'aurait jamais dû quitter n'eût été les invasions tatares. Je le sais, lui avait-elle aussi dit, parce que, peu avant la chute de Raqqa mon mari, qui avait été le tout premier à lire ce manuscrit et à y trouver cette énigme que l'auteur y avait laissée, avait fait partie d'un groupe opérationnel mis sur pied par le calife lui-même pour retrouver le Noble Reflet. Des fidèles du califat vivant en Europe, lui avait-elle en outre dit, s'évertuaient depuis à découvrir où, dans l'Alhambra, le Noble Reflet était caché, afin de le ramener en terre d'Islam où il deviendrait un objet de dévotion et un pôle d'attraction pour les musulmans du monde entier. Et comme, avait-elle conclu, après l'Irak, la Syrie était tombée à son tour, c'est en Turquie qu'ils achemineront désormais le Noble Reflet aussitôt qu'ils l'auront retrouvé.

Soudain intéressé, Boone lui avait demandé si elle avait ce fameux manuscrit sous la main. À quoi elle avait répondu que sachant qu'elle serait fouillée dès sa sortie du Haut Baghouz elle l'y avait mis à l'abri avant d'en être évacuée avec les autres femmes et enfants des djihadistes. Et quand Boone lui avait demandé de le conduire jusqu'à l'endroit où elle l'avait caché, elle avait accepté sans hésiter.

Le lendemain, accompagnés d'une escorte militaire fournie par le commandant du camp, ils avaient parcouru le chemin séparant al-Hawl des ruines du Haut Baghouz et là, Basma l'avait mené jusqu'à un palmier qui avait étonnamment survécu aux combats dévastateurs dont les lieux avaient été témoins et au pied duquel, parce qu'il lui avait semblé miraculeux que dans cette bourgade désormais rayée de la carte un arbre soit resté debout, Basma avait enterré le manuscrit en se disant qu'il saurait le protéger. Sous le regard nerveux des miliciens kurdes qui avaient craint qu'elle ne détonât quelque mine ou autre engin explosif elle avait ensuite voulu déterrer elle-même son trésor et Boone, passant outre leurs objections, l'avait laissée faire. Agenouillée devant le palmier elle avait de ses mains déblayé la terre et déterré un sac en plastique qu'elle avait tendu à Boone. L'ayant ouvert ce dernier en avait sorti un livre à reliure de cuir à peine plus grand qu'un missel ou qu'un livre de prière (selon qu'on serait catholique ou anglican). Assis à l'ombre des décombres calcinés d'une maison toute proche il avait alors, impatient de le lire, commencé à feuilleter le manuscrit. Très vite cependant l'écriture, petite et serrée, l'en avait découragé. Au risque d'y laisser quelques plumes et de donner à Basma un avantage psychologique sur lui, il lui avait donc demandé d'approcher et de lui indiquer où, exactement, il y était question du miroir d'Aïcha, du Noble Reflet, et de la fameuse énigme qui, une fois résolue, permettrait de le retrouver. Et elle s'était exécutée de bonne grâce, lui montrant les différentes pages du doigt et le guidant même dans sa lecture en lisant à voix haute les passages les plus intéressants.

Lorsqu'il avait finalement refermé le manuscrit Boone s'était dit qu'une histoire comme celle-là ne s'inventait pas. Basma lui semblant être une jeune femme intelligente, il s'était aussi dit qu'elle aurait pu, espérant persuader le gouvernement de Sa Majesté de la rapatrier et de lui accorder l'immunité, trouver quelque chose de plus plausible à lui raconter que cette histoire extraordinaire fondée sur un obscur manuscrit vieux de cinq siècles. Se rappelant ensuite que, contrairement à la fiction, la réalité n'avait nul besoin d'être plausible, il avait choisi, sinon de croire en l'existence d'un miroir censé avoir gardé le reflet de l'homme qui s'y était miré, du moins de croire que d'aucuns pouvaient y croire. Et comme ceux-là n'étaient pas n'importe qui mais des fidèles du califat, leur croyance cessait d'être tout simplement religieuse ou théologique, devenait politique, et pouvait à partir de là avoir des conséquences dramatiques. Après tout, s'était-il dit, du Buisson ardent au Rêve américain en passant par l'ascendance divine de César Auguste, la résurrection du Christ, et même ce Noble Reflet, tout pouvoir se construisait autour d'un mythe. Je crois en cette pauvre fille, s'était-il donc finalement dit. Je convaincrai dès ce soir Archie Briggs de son utilité, et je la ramènerai, ainsi que son enfant, dès demain à Londres avec moi.

Là où le bât blessait, évidemment, c'était que si Basma avait de fait été très utile quant au où, au quoi, au comment et au pourquoi, elle n'avait rien eu à lui rapporter au sujet du qui, du combien et du quand : si elle connaissait bien l'objectif des fidèles du califat vivant en Europe, elle ne savait par contre ni qui ni combien ils étaient, et pas plus quand ils agiraient. Et cela, Boone l'avait su, ne plairait pas à Briggs qui avait besoin de noms, d'adresses, de numéros de téléphone et de dates à quoi s'accrocher et sur lesquels s'acharner. Cela suffirait, Boone l'avait su, à disqualifier Basma à ses yeux et à le pousser à lui refuser le régime de faveur qu'elle sollicitait. Mais paradoxalement, aux yeux de Boone, le fait que Basma n'ait justement rien eu de « croustillant » à lui donner renforçait la crédibilité de ce qu'elle lui avait dit par ailleurs : l'histoire du manuscrit du Grenadin, et le désir de certains islamistes de mettre la main sur ce miroir pour en faire le centre d'un pèlerinage et le socle sur lequel s'élèverait un califat ô combien plus puissant que celui qu'ils venaient de mettre à bas, puisqu'il se confondrait avec la Turquie, un grand État chevauchant deux continents et fort de plus de quatre-vingts millions d'habitants, sans compter ses innombrables ramifications ethniques allant jusqu'à la Chine. Il avait donc décidé de passer sous silence les lacunes de Basma et de se contenter de dire à son patron qu'elle avait chanté pour sa soupe et mérité son billet de retour au pays. D'aucuns pouvaient bien penser que la dot qu'elle apportait était peu reluisante, mais Boone, lui, avait estimé qu'elle suffisait amplement pour se faire épouser par Archie Briggs et le Club-House et, par-delà eux, par le gouvernement de Sa Majesté. En attendant que, le temps ayant fait son œuvre et pansé les plaies, elle acceptât et se fasse en retour accepter par cette société qu'elle avait dans un moment d'égarement rejetée.

Vingt-quatre heures à peine plus tard, Boone, Basma, sa fille, et le manuscrit, quittaient donc la Syrie à destination du Royaume-Uni. Basma ayant catégoriquement refusé de voir ses parents qui, ne sachant toujours pas si elle était encore en vie, se faisaient pourtant un sang d'encre pour elle, on l'avait conduite directement jusqu'à une planque que le Club-House avait dans le Sussex, la mettant littéralement au vert pour la suite de son interrogatoire. Il en était souvent ainsi dans ce genre de retournement touchant les milieux émigrés : les jeunes membres de la troisième génération reniaient leurs parents qui avaient tout fait pour s'assimiler, s'en détournaient, et s'identifiaient avec leurs grands-parents qui, ayant émigré, n'en avaient pas moins gardé leurs racines, leur langue, leurs traditions, leur cuisine. Quant au manuscrit, il avait directement pris le chemin du British Museum à Londres pour y être expertisé (il passa d'ailleurs l'examen haut la main). Et Boone, lui, s'était rendu tout aussi directement au Club-House dans Russell Square, à deux pas du British Museum, y conférer avec son patron et décider de la marche à suivre. Car si Basma avait dit vrai – et tous deux étaient enclins à croire qu'elle disait vrai –, il fallait faire vite de crainte d'être pris de vitesse par les islamistes quand, arrivés à Grenade et ayant résolu l'énigme, on ne s'en rendrait pas moins compte que le nid était vide, le miroir d'Aïcha s'étant envolé.

4

Tout cela, et plus encore (mais en omettant toutefois les références psychologiques et poétiques), Archie Briggs l'avait raconté deux semaines plus tard à la Doña, son homologue espagnole, quand, armé du manuscrit et traînant Harry Boone derrière lui, il était allé la voir à Madrid.

« Il est évidemment bien dommage, Briggs avait-il ensuite enchaîné, qu'à défaut d'un réseau cette fille – cette Basma – n'ait pas eu ne serait-ce qu'un nom, une adresse ou un numéro de téléphone à nous donner. Si elle se morfondait encore dans ce camp de détention en Syrie nous aurions pu, en lui mettant la pression, lui soutirer ne serait-ce que cela. Ça nous aurait bien arrangés. Mais notre ami ici présent, avait-il ajouté en lançant à Boone un regard noir, est un grand sentimental. L'ayant interrogée il a très vite – trop vite ! – décidé qu'elle nous avait dit tout ce qu'elle savait et méritait d'être rapatriée. Et maintenant qu'elle est en Angleterre avec sa fille, elle se sent évidemment protégée – protégée par la loi, que voulez-vous. Si elle nous cache encore quelque chose, ce n'est plus maintenant qu'on réussira à la faire craquer.

« Mais c'est ainsi, avait-il finalement repris après avoir ôté ses lunettes pour en lustrer les verres sur sa cravate. Ce qui est fait et fait. Et s'il est vrai que cette Basma ne nous a donné aucun nom, aucune date, aucun mode opératoire, ça ne veut pas dire, n'est-ce pas, qu'il n'y a personne, là dehors, qui ne se préparerait pas à s'emparer de ce fameux miroir pour en faire l'étendard d'un nouveau soulèvement et le héraut d'un grand bouleversement.

« L'enjeu, comme vous le soupçonnez, est de taille, ma chère. Car il ne s'agit plus simplement pour nous de sauver des vies humaines en déjouant un attentat terroriste, aussi meurtrier puisse-t-il être. Il s'agit d'empêcher les islamistes de mettre la main sur une relique, sainte à leurs yeux, dont l'exploitation pourrait modifier à notre détriment l'équilibre des forces dans le monde musulman. Car si le manuscrit de ce juriste grenadin est bien en notre possession, l'énigme dont la résolution permettrait de retrouver la relique a circulé, elle, et elle est désormais connue de nombreuses personnes.

« Deux cas de figure s'imposeraient si les islamistes réussissaient à s'emparer de ce miroir. Soit ils le garderaient par-devers eux en attendant le jour où, les États arabes étant ce qu'ils sont – à savoir, pourris jusqu'à la moelle et incapables de tenir seuls sur leurs jambes –, ils pourront à nouveau se tailler un fief dans la région où ils séviraient en toute impunité en se servant de cette relique pour asseoir leur légitimité – auquel cas il nous faudra apprendre à vivre avec cette épée de Damoclès suspendue au-dessus de nos têtes –, soit alors – deuxième scénario –, désespérant de pouvoir s'ancrer dans un territoire, ils passeront un marché avec le président turc qui est loin d'être insensible à leurs doléances. Or comme vous le savez ce dernier s'apprête à célébrer en grande pompe le centième anniversaire de la république de Turquie. À moins qu'il ne veuille aussi enterrer par la même occasion la république laïque d'Atatürk et la remplacer par une autre qui serait franchement islamique. Ne souhaite-t-il d'ailleurs pas faire à nouveau de l'ancienne basilique Sainte-Sophie – l'Ayasofya qu'Atatürk avait sécularisée et dont il avait fait un musée – une mosquée comme du temps des Ottomans ? Le Conseil d'État turc doit se prononcer incessamment à ce propos. Et vu la décision prise très récemment par ce même Conseil d'État de transformer l'ancienne église orthodoxe de la Chora à Istanbul, qui avait jusque-là été un musée, en un lieu de culte musulman, tout porte à croire qu'il avalisera la décision du président turc de transformer le musée de l'Ayasofya en mosquée. Ne dit-on pas aussi que c'est sur l'ordre de ce même président que, depuis quelques années, chaque incursion militaire turque dans le nord de la Syrie est précédée d'un récital de chant à l'Ayasofya, quand des versets coraniques martiaux y sont psalmodiés ? Imaginez, à présent, qu'ayant passé un marché avec les derniers fidèles du califat, il intronise cette fameuse relique, pendant musulman du Saint Suaire ou du saint visage – du voile de Véronique, si vous préférez – au cœur même de l'Ayasofya. Imaginez-le allant le premier se recueillir devant le Noble Reflet dans cette grande mosquée retrouvée. Symboliquement, ce serait l'équivalent de Mehmed le Conquérant se rendant directement à Sainte-Sophie après la chute de Constantinople pour y prier et la transformer ensuite en mosquée.

Boone avait bien vu que la Doña n'était plus très intéressée par ce que Briggs lui racontait. Ce qui se comprenait car, autant le terrorisme lui disait, autant la Turquie, éloignée qu'elle était des préoccupations de ses maîtres madrilènes, l'indifférait. Mais tout comme ces marchands d'art qui exhibent devant le collectionneur avide une série de croûtes et de toiles mineures d'élèves de maîtres, le poussant de la déception à l'exaspération et de l'exaspération au désespoir avant de lui dévoiler enfin le tableau qu'ils avaient voulu dès le départ lui fourguer à prix d'or, la lassitude de l'Espagnole était ce que Briggs attendait pour raviver son intérêt et l'accrocher pour de bon à son hameçon.

« Où tout cela laissera-t-il nos amis saoudiens, je vous le demande, lui avait-il donc dit, et Boone avait bien vu la Doña tendre l'oreille en se redressant dans son siège. Déjà, voyez-vous, nombre de Frères musulmans, y compris en Arabie Saoudite même, considèrent le président turc comme leur calife. Il n'y a qu'à aller sur les réseaux sociaux pour s'en rendre compte. De plus, les Turcs et les Iraniens contestent chacun de leur côté le contrôle que nos amis saoudiens exercent sur le pèlerinage et sur les Lieux saints de La Mecque et de Médine et voudraient, chacun pour ses raisons, les voir placés sous la responsabilité d'un organisme panislamique indépendant. Notez bien que j'ai dit les Turcs *et* les Iraniens. Car l'ancien clivage entre musulmans sunnites et musulmans chiites n'est plus opérant. Aujourd'hui le vrai clivage au Moyen-Orient sépare les pays musulmans dirigés par des chefs se targuant d'une légitimité soit dynastique soit militaire, d'autres pays musulmans dirigés, eux, par des hommes s'appuyant sur des organisations de masse – comme les Frères musulmans, ou les bassidjis iraniens – et se prévalant d'une légitimité religieuse. C'est, si vous voulez, le pendant islamique du clivage qui existe désormais chez nous sur le Vieux Continent entre les démocraties libérales et les démocraties populistes… À présent que j'y pense, ces nouvelles démocraties populistes – la Pologne, la Hongrie, la Tchéquie – semblent avoir pris le relais des démocraties populaires d'hier…

« Au vu de quoi, rien de surprenant, n'est-ce pas, à ce qu'en choisissant notre camp au Moyen-Orient, nous autres démocrates libéraux occidentaux nous ayons choisi de nous y allier aux monarques et aux dictateurs militaires – les Saoudiens, les Émiriens, et même les Égyptiens – contre leurs rivaux charismatiques et démagogues – les islamistes, les Turcs, les Iraniens. Et cela, notez-le bien, malgré le fait que la Turquie soit notre alliée au sein de l'Otan !

« Quoi qu'il en soit, ce nouveau clivage qui scinde aujourd'hui le Moyen-Orient en deux et dont la Libye que se disputent un maréchal et des islamistes est la parfaite illustration, a balayé l'ancien clivage entre sunnites et chiites auquel nous avions été habitués. Comment expliquer, sinon, que les Turcs sunnites et les Iraniens chiites, qui se détestent pourtant cordialement depuis un demi-millénaire, se retrouvent soudain dans le même camp face à l'Arabie Saoudite sunnite ?

« Maintenant, imaginez que les partisans du califat dont cette fille nous a parlé réussissent à localiser ce fameux miroir et arrivent à le sortir d'Espagne pour l'acheminer jusqu'en Turquie. Que croyez-vous qu'il se passera si demain le président turc sortait cette relique de son chapeau – ou devrais-je dire de son fez – pour en faire un objet de foire et le centre d'un nouveau et extraordinaire pèlerinage musulman ? Déjà, son armée est présente un peu partout dans la région : dans le nord de la Syrie et le nord de l'Irak, au Qatar sur le golfe Persique, en Érythrée aux bords de la mer Rouge, en Libye sur la rive opposée de la Méditerranée, et peut-être même aussi dans le golfe d'Aden. Combien de temps lui faudra-t-il à votre avis pour venir titiller sérieusement nos amis saoudiens et leur disputer le leadership du monde musulman, eux qui sont aujourd'hui empêtrés dans une guerre aussi coûteuse que stérile au Yémen – leur Vietnam ? Rappelez-vous d'ailleurs que pour ceux qu'une fausse étymologie ne gêne pas Istanbul ne serait pas tant une contraction de Constantinople qu'une déformation d'Islâmbûl, soit 'le pôle de l'Islam'. Face à cela, ma chère, il serait criminel de rester bras croisés : l'enjeu est bien trop important. Nous nous devons, sinon de retrouver cette relique au plus vite et la faire disparaître tout aussi vite, du moins nous assurer que personne d'autre que nous n'y mettra jamais la main. »

Arrivé à ce point Briggs prêchait déjà à une convertie. Car si la Turquie *per se* ne disait rien à la Doña, il en allait tout autrement de l'Arabie Saoudite. La maison des Bourbon-Anjou d'Espagne et celle des Saoud entretenaient depuis fort longtemps des liens étroits d'amitié, et le roi d'Espagne n'avait jamais lésiné à faire le VRP, l'Arabie Saoudite offrant aux gros conglomérats espagnols d'énormes débouchés : grands projets ferroviaires (notamment le TGV de ces Lieux saints que le président turc semble-t-il lorgnait), et grands programmes militaires. L'idée de perdre de si juteux contrats avait dû donner bien du souci à la Doña ce jour-là ; ou peut-être était-ce l'idée qu'un changement éventuel de régime à Riyad n'entraînât un grand déballage autour des commissions occultes faramineuses versées par les Espagnols à divers princes saoudiens, comme autour des rétrocommissions reversées par ces mêmes princes saoudiens à des personnalités espagnoles de premier plan. À moins que (allez, accordons à la Doña le bénéfice du doute), à moins que le souvenir douloureux de la défaite cuisante infligée à la flotte espagnole par les Ottomans à la bataille de Préveza dans le golfe Ambracique près de cinq siècles plus tôt n'eût suscité dans son esprit la vision cauchemardesque d'une confrontation militaire en Méditerranée entre une Espagne qui n'avait plus rien de sa grandeur d'antan et un pouvoir turc musulman résurgent et conquérant. Toujours est-il qu'elle avait fini par se ranger à l'avis de Briggs et par adopter le plan d'action qu'il était venu exprès à Madrid lui proposer.

Ce jour-là au Gran Peña (car c'est ainsi – le Grand Club – que les sociétaires des services secrets espagnols aimaient à appeler leur quartier général), Archie Briggs et la Doña s'étaient donc mis d'accord pour que Harry Boone s'installât à Grenade sous couverture et y œuvrât de concert avec le chef de poste du Gran Peña sur place afin de découvrir où, dans l'Alhambra, le Noble Reflet avait été caché et, plus encore, empêcher quiconque de s'en emparer. Ils étaient aussi convenus de faire appel pour cela à des spécialistes qui, par leur connaissance de l'art et de l'architecture islamiques, de la langue arabe, de l'Alhambra et de l'histoire de Grenade, assisteraient Boone et son homologue espagnol dans leur tâche, notamment en déchiffrant l'énigme laissée derrière lui par le Grenadin exilé Yûsuf al-Faqîh.

Pour des raisons évidentes de discrétion ce comité scientifique devait bien entendu demeurer très restreint. Et pour ne point attirer l'attention il devait aussi être composé de personnes résidant à Grenade et non d'universitaires que Madrid parachuterait dans la ville andalouse. Le temps, ensuite, de prendre les contacts nécessaires, d'approcher, pour les jauger, les candidats potentiels, de les interviewer, de les trier sur le volet et de leur faire jurer le secret, et un petit comité scientifique avait assez vite été formé, comprenant le conservateur du musée de l'Alhambra, la directrice de l'École des études arabes de Grenade, un historien local spécialiste de l'Andalousie musulmane et, sur la recommandation de Briggs et pour la plus grande joie de Boone, Maria, la belle Libanaise avec qui il vivait depuis des années dans le péché, certes pas en sa qualité de maîtresse attitrée mais en sa qualité d'historienne de l'art (l'impressionnante collection d'art oriental qu'elle avait héritée de son père en attestant) et en son autre qualité d'arabophone (quoique, en vérité, Harry Boone ne l'ait jamais vue un livre en langue arabe à la main).

L'adjonction de Maria à ce petit comité scientifique avait eu d'autres raisons, que la raison officielle ignorait. Des raisons ayant à voir avec la mission de Boone à Grenade, et avec la couverture sous laquelle il devait y opérer. En dépit des coupes budgétaires drastiques imposées par la politique d'austérité poursuivie par le gouvernement conservateur de Sa Majesté, suffisamment de fonds s'étaient en effet miraculeusement libérés au Foreign Office en ce printemps de l'année 2019 pour permettre au Centre culturel britannique de Madrid d'ouvrir à Grenade une antenne à laquelle personne n'avait auparavant pensé mais qu'on estimait à présent vitale à la promotion de la culture britannique en Espagne. Et c'était bien sûr Harry Boone qui devait en assumer la direction. Que l'historienne de l'art qui partageait son lit s'intéressât de près à l'Alhambra n'étonnerait personne, s'était-on dit, ni n'éveillerait les soupçons.

À peine ce comité scientifique formé, Harry et Maria s'étaient alors mis à la recherche d'un lieu approprié qui pourrait réunir l'antenne du nouveau Centre culturel britannique et leur logement de fonction sous un seul et même toit. Très vite Maria avait craqué pour une belle maison andalouse couleur ocre offerte à la location dans Albayzín, avec vue sur les palais et jardins de l'Alhambra et, par-delà, sur les sommets enneigés de la Sierra Nevada. Nous occuperons l'étage, avait-elle immédiatement statué, et le Centre culturel aura le rez-de-chaussée. Informé, Briggs, qui était rentré à Londres après avoir semé sa graine, avait acquiescé. Pour sa part Boone aurait préféré une acquisition en bonne et due forme à une simple location. Manière pour lui de pérenniser en quelque sorte sa présence à Grenade, ou du moins de se donner l'illusion d'une affectation permanente dans cette ville ensoleillée. Mais Briggs n'avait rien voulu entendre. Le département financier du Club-House encore moins.

Et en tout cas, pour des raisons qui lui étaient propres, Maria tenait à cette maison-là, laquelle n'était pas à vendre.

Boone s'était donc rabattu sur son plan B, à savoir engager sans plus tarder des travaux coûteux dans son nouveau logement afin de faire réfléchir à deux fois ses donneurs d'ordre dès lors qu'ils envisageraient de fermer leur antenne grenadine, puisqu'ils devraient alors prendre en considération tous les aménagements qui resteraient inévitablement sur place et qui auraient de ce fait été effectués à fonds perdus. Et les investissements à fonds perdus, les compteurs de haricots du Club-House n'aimaient pas du tout cela.

Aussitôt dit aussitôt fait, une fois le bail sur la maison signé, Boone avait voulu que la pièce à l'étage devant lui servir de bureau soit sécurisée contre toutes sortes d'intrusions, fussent-elles physiques ou électroniques, exigeant même qu'un énorme coffre y soit encastré dans le mur, sarcophage auquel il pourrait confier ses secrets. Il avait déjà eu recours à cette même tactique par le passé, une fois à Beyrouth, une autre fois au Caire, les deux fois avec succès, et il s'était dit que jamais deux sans trois. Et de fait, Londres où personne, de crainte que les événements ne lui donnassent plus tard tort, n'aurait osé chipoter dès lors que l'impératif de sécurité était invoqué, avait acquiescé à toutes ses demandes. Et s'il est vrai que ce fameux coffre était ensuite demeuré entièrement vide de tout secret d'État, il n'en refermait pas moins celui auquel Harry Boone tenait le plus au monde : le secret de sa tranquillité.

5

Confortablement installé sur sa terrasse donnant sur l'Alhambra, l'air, ce jour-là, d'un chat qui viendrait de gober une souris, Harry Boone se disait que, vraiment, ça ne pouvait aller mieux pour lui. Certes, au grand dam des membres du comité scientifique ainsi que de la Doña, la chasse au trésor entamée quelque huit mois plus tôt et qui l'avait amené à Grenade n'avait encore rien donné. En outre, nul terroriste barbu et enturbanné armé de l'énigme de Yûsuf al-Faqîh et venu en quête du Noble Reflet n'avait encore montré le bout de son nez. Et au Gran Peña comme dans le beau bâtiment de l'École des études arabes de Grenade où les membres du comité scientifique avaient pris l'habitude de siéger, l'enthousiasme des premiers temps avait d'abord cédé la place à l'agacement, ensuite à l'abattement.

Harry, quant à lui, n'avait rien vécu de tout cela, ni n'était passé de l'euphorie au désenchantement. Et pour cause, contrairement aux membres du comité scientifique, contrairement, aussi, à la Doña, lui savait parfaitement bien que cette quête du miroir d'Aïcha, ne pouvait qu'être vaine. Comme il savait qu'il n'y avait aucune chance que des fidèles du califat vinssent à Grenade le leur disputer, encore moins que le Noble Reflet trouvât un jour sa place à Istanbul dans une basilique Sainte-Sophie redevenue mosquée. Tout cela Harry le savait car, contrairement à eux – et contrairement, aussi, au lecteur –, il savait, pour l'avoir appris de Briggs une petite semaine avant leur réunion avec la Doña, que ce fameux miroir n'avait jamais existé, encore moins le Noble Reflet censé s'y être, quatorze siècles auparavant, apposé. Comme il savait qu'il n'y avait jamais eu de plan concocté par les derniers irréductibles du califat afin de s'en emparer. Et cela pour la simple raison que Yûsuf al-Faqîh n'avait jamais écrit d'ouvrage intitulé *Il n'y a de vainqueur que Dieu* dans lequel il aurait relaté une quelconque ambassade grenadine en l'an 1491 auprès de la cour du sultan Bayezid II, encore moins laissé derrière lui une énigme censée mener jusqu'à la cachette d'un quelconque reflet, noble soit-il, ou pas.

Pour tout dire, ni le Grenadin Yûsuf al-Faqîh ni son ami turc ottoman Ahmed Âghâ, ni Jalâl le djihadiste britannique et ses parents gallois, ni sa femme Basma et sa famille d'origine syrienne, ni sa fille Aïcha n'avaient jamais existé, si ce n'est dans l'imagination fertile d'Archie Briggs qui n'en était pas à son premier essai. Du Liban aux Balkans, de la Libye à la Syrie et de l'Irak à l'Iran, le patron du Club-House avait toujours su créer une réalité là où il n'y en avait point eu. À ses yeux tout fait émanait d'une idée. Et bien évidemment de l'action qui s'ensuivrait. Et des idées, Archie Briggs en avait toujours eu à revendre. Et aussi les moyens de ses idées.

Ce fameux manuscrit de la fin du XVe siècle, par exemple, qu'il avait apporté avec lui à Madrid pour donner de la matérialité et de la palpabilité à la fable qu'il raconterait à la Doña, avait été rédigé peu de temps auparavant par un orientaliste du collège de Pembroke, lequel, lorsqu'il n'était pas occupé à prodiguer son enseignement aux étudiants d'Oxford, y faisait office de dénicheur de talents pour le Club-House. Cruciverbiste à ses heures perdues, c'était lui qui avait conçu l'énigme sur laquelle les membres du comité scientifique se cassaient les dents depuis des mois tout en priant que les djihadistes ne se montrassent pas plus rapides qu'eux. Un artiste du département des manuscrits arabes du British Museum, véritable incarnation de Hans van Meegeren et émargeant lui aussi à la caisse noire de Briggs, s'était ensuite chargé de faire de cette pure construction de l'esprit une œuvre d'art digne du meilleur faussaire qui soit. L'encre, le papier, la colle, le cartonnage, le fil, la reliure, le cuir et la calligraphie : tout était d'époque, tout fleurait bon l'islam de la fin du XVe siècle, et tout avait été soigneusement pensé et méticuleusement exécuté pour que le contenant attestât de l'irréfutabilité du contenu.

Rien, absolument rien, n'avait été laissé au hasard et Boone, désireux de s'extirper de la froidure londonienne et mériter le paradis méditerranéen qu'on lui faisait miroiter, avait dû s'engager à ne rien en dire à Maria, à traiter la femme qu'il aimait comme il traiterait les autres membres du comité, et à la manipuler de la même manière qu'il manipulerait les Peñistas. Pour lui faire avaler la couleuvre Briggs avait tenu à lui rappeler l'une des règles d'or du jeu du renseignement, à savoir, que l'on ne jouait jamais aussi bien un rôle que lorsqu'on ignorait quel rôle exactement on jouait. Et bien qu'il n'eût pas été dupe, soucieux de se pardonner cette trahison envers sa bien-aimée, Boone avait fini par se dire que moins Maria en saurait, moins de risques elle courrait et mieux elle se porterait. Et s'étant ainsi arrangé avec sa conscience, incapable de résister plus longtemps à l'attrait de la Méditerranée, il avait accepté d'aller à Grenade et d'y organiser une chasse au trésor bidon qui servirait d'écran de fumée aux agissements inavouables de son patron.

Quant à savoir pourquoi Archie Briggs avait jugé bon de concevoir ce plan alambiqué pour placer l'un de ses pions en Andalousie, et ce qui, dans cette partie-là de la péninsule Ibérique, justifiait que le patron du Club-House enfumât ainsi un service ami et le gouvernement d'une monarchie alliée, eh bien, la réponse tient en seul mot : Gibraltar. (Ou alors en deux mots pour les puristes qui s'attacheraient à l'origine arabe du nom.)

Dès lors, en effet, que la sortie du Royaume-Uni de l'Union européenne était devenue inéluctable, Briggs avait compris que tôt ou tard Madrid, qui n'avait jamais renoncé à sa souveraineté sur Gibraltar, cédé en 1713 aux Anglais aux termes du traité d'Utrecht, se lancerait à nouveau à l'assaut diplomatique du Rocher. Et cet assaut-là, Briggs, pour mieux le repousser, avait été déterminé à prendre les devants, livrant à Philippe VI d'Espagne, et au service d'Elizabeth II d'Angleterre, la même guerre secrète qu'avant lui son illustre prédécesseur

Sir Francis Walsingham avait livrée à un autre Philippe d'Espagne, deuxième du nom, celui-là, au service d'une autre Elizabeth, première du nom, celle-là. Un retour, en quelque sorte, à l'âge d'or des Tudor. C'était d'ailleurs le moins auquel on pouvait s'attendre de la part de cet éminent membre fondateur de la Société des amis du lac Rudyard, une confrérie aussi influente que discrète qui réunissait à Londres des hommes politiques et des hauts fonctionnaires grands lecteurs de Kipling et ardents nostalgiques de l'Empire.

Il faut dire aussi que dans cette corrida des nations qui avait succédé à la guerre froide Archie Briggs avait senti l'odeur du sang. L'Espagne était, de fait, blessée. Pas mortellement, certes, mais assez pour que quelqu'un comme Briggs, cherchant la faille, ait débusqué la vulnérabilité et flairé l'opportunité. Longtemps perçue comme garante de la démocratie face aux nostalgiques du franquisme la maison royale des Bourbon-Anjou avait en effet vu son image ternie par une série de scandales financiers. Déjà, un monarque avait dû abdiquer en faveur de son fils. Déjà, ce dernier, dont le couronnement aurait dû redorer le blason de la royauté, se voyait rattrapé par les péchés du père et ses fonds déposés dans des paradis fiscaux. (Comme quoi il est des paradis qui accueillent volontiers les pécheurs.) En sus, de puissantes forces centrifuges étaient à l'œuvre dans le royaume. Certes le terrorisme basque avait été vaincu. Mais de nouvelles formes de séparatisme étaient apparues, notamment en Catalogne, qui s'avéraient plus ardues à combattre que le terrorisme, et bien plus compliquées aussi à condamner du fait qu'elles étaient largement pacifiques. Et pour tout dire, Briggs aurait bien aimé voir le nouveau Centre culturel britannique de Grenade, et plus particulièrement son directeur, encourager l'Andalousie à emboîter le pas à la Catalogne. Non pas pour apporter ouvertement son eau au moulin du démantèlement du royaume d'Espagne (Honni Soit Qui Mal Y Pense !), mais afin que le bras de fer qui s'annonçait entre Londres et Madrid autour de Gibraltar se transformât en un jeu à trois, quand, jouant les Andalous et les Castillans les uns contre les autres, les Anglais pourraient tirer profit de leurs divergences, et leur épingle du jeu. Après tout, Briggs avait-il ironisé, le Rocher n'était-il pas andalou avant même d'être espagnol ?

6

Aussitôt à Grenade, et partant du principe avéré qu'on n'a encore rien trouvé de mieux, pour se faire des amis, et les garder, que d'éviter de trop parler de soi devant eux et de les laisser parler d'eux-mêmes en se contentant d'acquiescer, Boone s'était dit que contrairement à ses consœurs de par le monde, l'antenne du Centre culturel britannique à Grenade se garderait de faire la promotion de la culture britannique et de la langue anglaise en Andalousie et s'évertuerait plutôt à promouvoir la culture andalouse et les artistes locaux dans les îles Britanniques et à monter en épingle les relations anglo-andalouses à travers les âges.

Très vite il s'était donc occupé de lancer des invitations à des artistes andalous à se rendre au Royaume-Uni pour s'y faire connaître. À défaut d'être honorés d'une invitation à New York ou à Los Angeles une douzaine de peintres et de sculpteurs du cru avaient ainsi pu exposer dans la capitale britannique, tandis que des musiciens, des chanteurs et des danseurs s'exposaient pour leur part en province. Seuls les tailleurs et les brodeurs de l'habit de lumière des toréadors n'avaient pas été de la fête,

Boone ayant jugé que, même si la tauromachie était un art, le rappel de la mise à mort du taureau serait politiquement incorrect et de ce fait contre-productif.

Aidé de Maria, il avait aussi mis sur pied tout un programme d'expositions et tout un cycle de conférences autour d'écrivains, de poètes, de peintres et d'auteurs de récits de voyages britanniques (de Lord Byron à Graham Greene, en passant par Richard Ford, George Borrow, David Roberts, John Frederick Lewis et Gerald Brenan et d'autres encore), qui avaient visité, décrit, peint, loué, grandi, chanté, voire carrément sublimé l'Andalousie.

Le dernier *happening* en date avait été une conférence organisée peu avant Noël autour de la mystérieuse Zaida de Séville, une princesse musulmane du XIe siècle qui avait épousé le roi Alphonse VI de Castille-León à qui elle avait donné un fils, Sancho, dont l'une des descendantes allait, deux siècles plus tard, épouser l'un des fils du roi Édouard III Plantagenêt d'Angleterre. Pouvait-on rêver meilleure illustration des relations historiques entre l'Angleterre et l'Andalousie par-delà tout préjugé de race ou de religion ? Cette conférence avait d'ailleurs été un franc succès, la réception qui avait suivi aussi, d'autant qu'on s'était bien gardé d'y servir des vins et des amuse-gueules anglais.

Ne s'arrêtant pas là, Boone avait en outre organisé une vraie battue à travers la région en quête d'atomes crochus anglo-andalous. Des clubs de foot (le tout premier club de foot d'Espagne avait été fondé en 1889 en Andalousie par des ingénieurs miniers anglais, et le tout premier président du FC Séville avait été un Écossais) aux pubs, en passant par les professeurs de littérature anglaise, les librairies anglaises, les amateurs de vieilles voitures anglaises et jusqu'aux vieux beaux inconditionnels des vestes en tweed même par trente degrés à l'ombre, il avait tout ratissé, se constituant chemin faisant un bon carnet d'adresses d'Andalous anglophones et anglophiles dont Briggs espérait bien, du moins pour certains parmi eux, faire des anglodoules.

Avec les indépendantistes Boone évidemment avait avancé plus précautionneusement. Se gardant bien de prendre contact directement avec les partis nationalistes andalous (minoritaires, et non représentés au parlement régional) comme avec les divers clubs et cercles célébrant la mémoire de Blas Infante, le père de la patrie andalouse fusillé par les franquistes en 1936, il avait néanmoins réussi, en organisant une conférence autour de la figure de Robin des Bois dans la littérature populaire hispanique, à se faire des amis au sein de la direction du SAT, le Syndicat andalou des travailleurs, aux tendances autonomistes, qui n'hésitait pas, tout comme Robin des Bois, à faire des coups de main (uniquement dans les supermarchés, il est vrai) pour venir en aide aux familles nécessiteuses. Il prit même le risque d'inviter un historien écossais hispaniste à venir les entretenir au Centre culturel britannique d'un parallèle assez incongru et auquel personne auparavant n'avait pensé entre la rébellion jacobite autour de la Maison des Stuart pour l'indépendance de l'Écosse au XVIIIe siècle et la conspiration andalouse autour de la Maison des Medina Sidonia pour l'indépendance de l'Andalousie cent ans plus tôt. Risque payant, car si les autorités espagnoles n'avaient vu là, comme avant cela pour Robin des Bois, que folklore, et ne s'en étaient guère inquiétées, cette conférence n'en avait pas moins ravivé chez certains parmi ceux qui y avaient assisté le souvenir de cette lointaine conspiration pour l'indépendance de leur pays ourdie contre la couronne d'Espagne par une vieille famille ducale du cru, chez d'autres, le souvenir de la contemporanéité entre celle-ci et la conspiration tramée par le Portugal tout proche contre la même couronne d'Espagne pour mieux asseoir son indépendance, et chez d'autres encore (ou du moins Archie Briggs l'avait-il espéré) la souvenance que l'Angleterre s'était toujours tenue fidèlement aux côtés du Portugal face à son puissant voisin castillan menaçant.

Harry Boone, on le voit, n'avait pas chômé depuis son arrivée à Grenade. Mais s'il avait fait preuve de tant de zèle (ce qui, reconnaissons-le, ne lui ressemblait guère), c'était uniquement parce qu'il n'avait rien voulu tenter. Comprenons-nous. Il voulait bien promouvoir les relations anglo-andalouses ; il acceptait aussi de dresser des listes d'anglophiles et de nationalistes, et de les envoyer à Londres ; il consentait même à faire du repérage pour Briggs lui indiquant qui, sur ces listes-là, ne serait pas insensible à une bonne approche ; mais il était hors de question pour lui de tamponner qui que ce soit en Andalousie, encore moins de recruter des citoyens espagnols. Si les relations de Madrid avec l'Andalousie devaient s'envenimer, s'était-il dit, eh bien qu'elles s'enveniment, mais il ne fallait pas compter sur lui pour y contribuer. Que l'Histoire suive son cours, s'était-il dit, et ce n'était certainement pas la goutte d'eau qu'il aurait refusé de verser dans son lit qui allait l'empêcher de continuer sa marche. Pour tout dire, et comme chez Julien – ce personnage de la France occupée par les Allemands mis en scène par Iain Pears dans l'un de ses romans –, la paresse de Harry Boone était avant tout et surtout un acte politique. Lorsqu'il n'y avait sur cette planète nulle part où aller demander l'asile sans se faire instrumentaliser, nul monde libre qui subsistait, nul espoir d'une société meilleure, c'est en soi, n'est-ce pas, qu'on devait aller se réfugier.

C'est ce que Boone avait donc fait, ne voyant vraiment pas pourquoi il froisserait ses hôtes espagnols, encore moins au nom de quoi il leur donnerait une raison valable pour l'expulser. Car en sus d'être extrêmement jaloux de sa tranquillité il avait la confrontation directe en sainte horreur. Pour lui l'agressivité engendrait immanquablement l'agressivité, la violence, une violence en retour, et il avait depuis longtemps décidé qu'il n'était pas sur terre pour brusquer les choses mais uniquement (et seulement si on y insistait) pour arrondir les angles.

En ce qui le concernait la question épineuse de Gibraltar ne pouvait en aucune façon être réglée par un échange de coups bas et de coups fourrés entre alliés (surtout s'il devait lui-même en faire les frais) mais dans le cadre d'un règlement diplomatique bien plus vaste qui engloberait d'autres vieux contentieux territoriaux tout aussi épineux. Et si cela n'avait tenu qu'à lui, il aurait, oubliant sa paresse, mis en branle une dynamique diplomatique à effets dominos qui aurait vu le Royaume-Uni post-Brexit s'accommoder d'une restitution de Gibraltar à l'Espagne en contrepartie de grosses concessions financières et tarifaires européennes, l'Espagne accepter, en échange de sa souveraineté retrouvée sur Gibraltar, de rétrocéder ses enclaves africaines de Ceuta et Melilla au Maroc, le Maroc consentir, en échange de Ceuta et Melilla, à se retirer du Sahara occidental, et ainsi de suite jusqu'à réussir à convaincre la Turquie, sevrée d'énergie fossile, de retirer ses troupes de la partie nord de l'île de Chypre en échange d'une prise de participation substantielle dans les gisements gaziers en Méditerranée orientale.

Il faut dire que dans l'ennéagramme (cet outil de développement personnel et de gestion de ressources humaines qui distingue entre neuf principaux profils de personnalité), Harry Boone était indubitablement un « 9 » : un conciliateur, un modérateur. En tout cas, un réactif plutôt qu'un actif. Un réactif, qui plus est, qui se disait que moins il se passerait de choses autour de lui, moins il aurait à y réagir et mieux il se porterait. Comme le peintre Poussin, vivre dans des temps intéressants ne le gênait point. Comme Poussin, il trouvait même cela distrayant. Mais comme Poussin, il préférait aussi regarder la pièce qui se jouait à son aise, et surtout de loin. Et cette terrasse ombragée entre mer et montagne au bord de la Méditerranée lui semblait être l'endroit rêvé pour cela. Pour rien au monde, se disait-il, il ne commettrait quelque imprudence ou maladresse qui pourrait inciter les autorités espagnoles à le déclarer *persona non grata*. Libre à Kierkegaard de croire que si oser équivaut à perdre momentanément pied, ne pas oser équivaut en échange à se perdre soi-même. Harry Boone, lui, préférait franchement ne pas oser, et plutôt que de perdre pied, prendre doucement, lentement, racine à Grenade avec la femme qu'il aimait.

Et ne voilà-t-il pas que, cerise inattendue sur le gâteau, à la faveur d'un méchant virus apparu en Chine quelques mois plus tôt et qui s'était par la suite propagé à travers le monde comme une traînée de poudre (une traînée de poudre chinoise, évidemment), confronté à la pandémie et emboîtant en cela le pas à divers autres pays européens, le gouvernement espagnol avait ordonné à partir de la veille, dimanche 15 mars, un confinement généralisé. Or si, avant cela, Boone avait eu besoin d'un bon prétexte pour ne point sortir de chez lui et aller par monts et par vaux, désormais il aurait besoin d'une excellente excuse pour sortir de chez lui. Et il ne fallait surtout pas compter sur lui pour en trouver une. D'autres que lui se désespéraient peut-être face à cette pandémie qu'on n'arrivait pas à juguler et s'arrachaient sans doute les cheveux en voyant le monde – l'économie, en réalité – s'arrêter comme tétanisé. Mais Harry Boone qui, dans une vie antérieure, avait enseigné les lettres classiques, préférait pour sa part, tout comme Hamlet avant lui, faire confiance à Sénèque. Lequel rappelait que rien n'était bon ou mauvais en soi, et seule la pensée le rendait ainsi. Et il était déterminé à voir le bon côté de ce fléau qui venait de s'abattre sur l'humanité. À savoir, ce confinement, providentiel pour lui, que partout l'épidémie imposait.

Tout baignait donc pour Boone en cette belle journée. Présent sans pour autant être oppressant, un beau soleil de fin d'hiver brillait sur Grenade ; venue de la Sierra Nevada enneigée, une brise fraîche soufflait ; dans la glycine à l'ombre de laquelle il se trouvait, des oiseaux chantaient ; en contrebas, les amandiers pavoisaient ; bien qu'absente ce jour-là, Maria était dans ses pensées ; et Boone, tout heureux, fredonnait un air tiré d'un poème de Robert Browning : « L'année est dans son printemps, l'alouette est dans les airs, l'escargot est sur la ronce, Dieu est là-haut dans Son Ciel, et tout dans ce monde est parfait. »

Mais comme il arrive souvent lorsque, comme dans la chanson éponyme d'Eric Clapton, nous croyons être assis sur le toit du monde, c'est le moment que le destin choisit pour nous asséner en traître un coup de matraque à la base du crâne. Ce jour-là le destin s'était fait annoncer par la sonnette toute bête de la porte d'entrée. Intrigué (car le Centre culturel, confinement oblige, était fermé, et quant à Maria, elle avait sa clef), Boone, ayant écrasé son cigarillo dans le cendrier, s'arracha à sa terrasse, descendit lentement l'escalier jusqu'au rez-de-chaussée, traversa le grand vestibule, entrouvrit la porte d'entrée, et se retrouva nez à nez avec Archie Briggs.

7

– Pourquoi ne m'as-tu pas prévenu de ton arrivée, Archie, Boone avait-il dit une fois qu'il eut surmonté le choc.

Car c'est dans le plus grand silence qu'il avait précédé son patron dans les escaliers jusqu'à l'étage, et dans le plus grand silence, aussi, qu'il lui avait servi un gin tonic avant de le mener jusqu'à la terrasse.

– Tu es passé par Gibraltar, c'est ça ? L'aéroport Federico-Garcia-Lorca de Grenade est fermé depuis hier.

– Loin de moi l'idée de faire un affront à tes hôtes en passant par Gibraltar, Harry. J'ai atterri à la base d'Armilla tout près d'ici et ce sont nos amis les Peñistas qui m'ont gentiment voituré jusque chez toi. Privilège du patron d'un service ami.

– Tu m'aurais prévenu, que je serais venu te chercher, dit Boone, du ton emphatique qu'emploient toujours ceux qui proposent leurs services après coup.

– Ce n'est pas faute d'avoir essayé.

– Je n'ai reçu aucun appel de ta part.

– Tu ne t'es pas étonné que ton téléphone n'ait pas sonné depuis hier ? Pas même une fois ? Pas plus que tu ne t'es étonné de n'avoir aucun nouveau message dans ta boîte depuis hier soir ?

– J'aurais dû ? Je me suis dit que c'était le week-end. Sans compter le confinement, statutaire ici.

– Et pas un instant tu n'as pensé aller allumer le poste radio HF que nous t'avons installé ici à grands frais.

– Je n'y ai pas pensé. La radio est censée être notre plan B, juste au cas où l'Internet nous laisserait tomber.

– C'est le cas.

– Comment cela, c'est le cas ?

– Sommes-nous seuls, Harry ? Maria n'est pas ici ? Pas de personnel en vue non plus ? Aucune oreille qui traîne ?

– Il n'y a que toi et moi. Maria est chez les voisins.

Boone adorait dire : « Maria est chez les voisins. » Ça faisait tellement méditerranéen.

– Elle ne sera pas rentrée avant minuit. Un pow-wow de squaws, suivi d'un dîner, pour organiser notre vie sous le confinement. Vois-tu, Archie, lorsque ce n'est pas toi qui me dictes ma conduite, ce sont les femmes qui s'en chargent. Mais, qu'a donc à voir cette défaillance de l'Internet avec ta présence ici ?

Briggs prit le temps de tremper ses lèvres dans son verre avant de répondre.

– Si ton téléphone n'a pas sonné depuis la veille, et si je n'ai pas pu t'envoyer de message, c'est parce qu'à vingt-deux heures GMT hier, l'Internet a implosé.

– Implosé ? Comment ça, implosé ?

– Une attaque en règle.

– Tu veux dire que l'Internet a été pris pour cible par des hackers ?

– Des braqueurs, plutôt que des hackers.

– Je ne te suis plus, là…

– Apparemment, ceux qui sont derrière cela n'ont pas, comme c'est me dit-on l'usage, cherché à provoquer un déni total de service en bombardant les serveurs DNS de demandes simultanées en vue de les saturer. Pas plus qu'ils n'ont pénétré le système opératif OS des réseaux câblés en vue d'une mise à mort qui, d'une simple pression sur la souris, aurait éradiqué une masse de longueurs d'onde sur la fibre optique.

– Tout ça c'est du chinois pour moi, Archie.

– Pour moi aussi, crois-moi. Ou du moins l'était-ce jusqu'à la nuit d'hier. Toujours est-il que ceux qui sont derrière cette attaque en règle contre l'Internet n'ont rien fait de ce que les hackers font d'ordinaire pour ralentir, pervertir, dérouter, détourner, voire interrompre complètement le flux des données sur l'Internet.

– Comment s'y sont-ils donc pris ?

– Ils se sont attaqués à des câbles sous-marins de télécommunications. Vois-tu, lorsqu'on parle de l'Internet et qu'on évoque le cloud, on pense volontiers que l'essentiel des télécommunications passe par les airs. Mais le fait est que les satellites n'assurent que moins de cinq pour cent des flux mondiaux de données. Plus de quatre-vingt-quinze pour cent de nos liaisons passent en revanche par quelque quatre cents câbles sous-marins reliant les cinq continents à travers un réseau de fibre optique long de plus d'un million de kilomètres et posé sur le lit des océans. Et tout cela, transmis à travers la fibre sur des longueurs d'onde lumière et voyageant à une vitesse qui varie entre deux et trois cent mille kilomètres/seconde.

Pour te donner une idée de l'importance de ces câbles, chaque jour ils transportent pour plus de dix trillions de dollars de transactions financières. Dix trillions, Harry. Soit quatre fois le PIB de notre île Couronnée. Et cela, chaque jour que Dieu a créé. Pour ne rien dire de la quantité astronomique de données, allant du simple mail aux documents gouvernementaux en passant par les requêtes faites sur les moteurs de recherche, les demandes sur le commerce en ligne, les vidéos, les photos, et la publicité.

– Ils auraient sectionné des câbles au large ?

– Pourquoi aller en haute mer en quête de câbles dispersés au fond des océans, quand on peut les attendre en embuscade et les pêcher là où ils doivent inévitablement passer regroupés ? C'est ce qu'ils ont fait. Je te rappelle que lors de l'invasion de la Crimée il y a quelques années il avait suffi aux Russes de se rendre maîtres d'un seul échangeur Internet, celui de Simferopol, pour isoler toute la péninsule et la couper du reste de l'Ukraine. Hier donc, presque à la même heure, de gros terminaux où atterrissent d'importants câbles sous-marins de télécommunications traversant l'Atlantique Nord et la Méditerranée ont été pris pour cible et sévèrement endommagés : la station de Widemouth Bay chez nous en Cornouailles, et celle d'Alexandrie en Égypte. La station de Widemouth Bay accueille des câbles reliant les États-Unis au Royaume-Uni, le continent nord-américain au continent européen, l'Europe au sous-continent indien et le Royaume-Uni au Canada comme à l'Afrique de l'Ouest. Quant à la station d'Alexandrie, c'est un véritable goulot d'étranglement :

un hub par où passe l'essentiel des câbles nous reliant à l'Asie. Ces malfaisants s'en sont pris à ces terminaux avec, pour résultat, d'immenses perturbations dans les télécommunications vingt-quatre longues heures durant : saturation, ralentissements, baisse drastique du débit, interruptions. Ce n'est qu'aujourd'hui en fin d'après-midi que les choses ont commencé, petit à petit, à revenir à la normale.

– Comment est-ce possible ? demanda Boone, qui se disait qu'il était peut-être temps qu'il se montrât intéressé par ce que son patron lui racontait. Comment se fait-il que des sites dont dépendent nos télécommunications soient si vulnérables ? Ne sont-ils pas protégés ?

– Quand elles sont gardées, et c'est rare, ces stations le sont comme le serait une banque ou un centre commercial : par de simples vigiles. Il faut se rappeler que les câbles sous-marins ne sont pas la propriété des gouvernements mais celle de grands consortiums privés des télécoms, ou alors de géants de la technologie comme Google et Facebook. Quant aux stations terrestres où ils atterrissent après avoir traversé les océans, ce sont le plus souvent des bâtiments tout à fait anodins. À Widemouth Bay, et bien que l'essentiel des infrastructures soit enfoui dans des abris antiatomiques datant des années 1960, en surface la station a des allures de colonie de vacances, et seule une barrière d'aspect champêtre retient les vacanciers de trop s'en approcher. En sus, sur la plage toute proche, les regards donnant accès aux câbles qui atterrissent dans la station sont visibles à tous. Ceux qui s'en sont pris aux câbles n'ont d'ailleurs pas manqué de les visiter. Et à Alexandrie le terminal est situé dans un bâtiment anonyme en pleine ville, non loin d'une mosquée et d'un musée consacré au poète grec alexandrin Cavafy. En vérité, Harry, et pour prendre Widemouth Bay comme exemple, la seule trace d'une présence gouvernementale dans ces terminaux, ce sont les écoutes qui y sont posées par nos Grandes Oreilles, lesquelles ont une station d'interception des télécommunications à Bude, six kilomètres plus loin. Et c'est bien sûr la station de Bude qui est fortement protégée et sécurisée, et non celle de Widemouth Bay.

– Les Grandes Oreilles soudain privées de grandes gueules, dit Boone en allumant un cigarillo.

– Comment ?

– Je disais que l'Internet à la station de Widemouth Bay ayant été mis hors d'usage, nos Grandes Oreilles se sont retrouvées sevrées de grandes gueules à espionner. C'est bien ce que Widemouth signifie, non ? Une grande gueule…

– Très drôle, Harry, vraiment très drôle…

– Si je comprends bien ce ne serait pas tant l'interruption intempestive de nos télécommunications, qui nous inquiéterait, que le fait que nous n'ayons soudain plus personne à écouter.

– Ta désinvolture n'a pas de bornes, Harry. Le Premier ministre prend cette affaire très au sérieux. J'ai passé une bonne partie de la nuit à Downing Street. Notre pays en est particulièrement impacté. L'économie numérique contribue pour plus de treize pour cent de notre PIB, comparé à seulement sept pour cent en moyenne dans les autres pays du G20. De même, le commerce en ligne a chez nous dix-sept pour cent de parts du marché, contre quatorze pour cent seulement aux États-Unis et un petit huit pour cent dans les pays de l'Union européenne. Notre économie est très dépendante de l'Internet, et vulnérable à ses moindres défaillances. Cela, sans évoquer la dimension militaire. Quatre-vingt-quinze pour cent de nos communications stratégiques et de celles de l'Otan dépendent encore aujourd'hui des câbles sous-marins commerciaux. Et quand, il y a une dizaine d'années de cela, trois gros câbles reliant l'Égypte à l'Europe avaient été accidentellement sectionnés par des navires de pêche, nos troupes et les troupes américaines déployées en Irak s'étaient retrouvées sourdes et aveugles du jour au lendemain, et quatre-vingt-dix pour cents des sorties de drones de reconnaissance et de combat vers le Pakistan et l'Afghanistan avaient en outre dû être annulées.

– Mais là, il ne s'agit pas d'un accident, dit Boone, histoire d'alimenter la conversation tout en prenant soin de rester dans les généralités. Car il ne fallait surtout pas que son patron puisse croire qu'il prenait cette affaire à cœur.

– Non, ce n'est pas un accident. Loin de là. Et en l'absence de renseignements, les spéculations quant aux coupables vont bon train.

– Les théories ne manquent jamais, Archie. Et leur nombre est en général inversement proportionnel à celui des renseignements fiables.

– Quoi qu'il en soit, ceux qui ont provoqué ce beau chaos doivent être des disciples de Sun Tzu. S'attaquer aux points d'étranglement pour neutraliser l'ensemble, c'est là une tactique digne d'un grand maître du jeu de go.

– J'imagine que tu parles métaphoriquement, Archie. Ce ne sont pas les Chinois que tu pointes du doigt en évoquant Sun Tzu et le go.

– Le président, lui, y voit bien la main de Pékin.

– Le président ?

– Le président des États-Unis.

– Tu aurais pu le préciser, non ? Ou cela irait-il de soi, selon toi ? Cette manie que tout le monde a aujourd'hui de dire *le* président, comme s'il n'y en avait plus qu'un pour tout l'Occident. On n'est pas tous américains, que je sache, Archie. Tes copains souverainistes de la Société des amis du lac Rudyard n'auraient pas apprécié t'entendre dire cela. Tu fais comme Guy Fennell que tu accusais jadis d'être le laquais du chef de poste de la CIA à Londres. Tu vas me faire regretter de t'avoir aidé à le déboulonner, celui-là, et je vais aussi finir par croire que Kim Philby et ses amis avaient eu leurs raisons de trahir leur pays en espionnant pour Moscou. Ce n'était pas tant l'idéologie communiste qui avait séduit ces Cinq Magnifiques, n'est-ce pas, que le dégoût qu'ils avaient dû ressentir à voir leur patrie lécher les bottes de son ancienne colonie.

– Qu'est-ce qui me vaut cette soudaine bordée de canons, Harry, et Boone dut reconnaître que son patron n'avait pas tout à fait tort, là, et s'avouer que son agressivité était sans doute due au fait qu'il appréhendait de voir ce dernier l'embarquer dans Dieu sait quelle nouvelle aventure périlleuse, quand il devrait dire adieu à son petit paradis grenadin comme à sa tranquillité.

– Arrête donc ton persiflage, Harry, lui disait maintenant Briggs, et écoute-moi bien. Le président des

États-Unis – ça te va comme ça ? – soupçonne les Chinois d'être derrière tout cela.

– Dans le temps, on recueillait des renseignements en vue de prendre la bonne décision. Mais je vois qu'à présent on commence par prendre la décision qui nous convient, puis on va en quête de renseignements soigneusement choisis qui justifieraient son bien-fondé.

– Toujours est-il, dit Briggs, ignorant sa remarque, que le contexte se prête à de telles suppositions. Washington et Pékin sont engagés dans un bras de fer autour de la 5G, et de Huawei, accusé de servir de cheval de Troie au parti communiste chinois. Citant de forts risques de fuites d'informations sensibles vers Pékin, les Américains s'agitent en sus comme de beaux diables pour que le nouveau câble sous-marin de Google et de Facebook, long de quelque treize mille kilomètres et qui doit relier l'Amérique du Nord aux Philippines et à Taïwan, ne passe plus comme c'était prévu par Hong Kong, éjectant du coup les Chinois de la boucle. Washington fait par ailleurs très fortement pression sur le gouvernement chilien afin que le premier câble qui doit relier l'Amérique du Sud à la région Asie-Pacifique contourne la Chine sans s'y arrêter. Les Américains ne s'en cachent du reste pas. La Maison-Blanche veut que les Chinois sachent qu'elle met en place toute une coalition de pays alliés et amis en vue de les empêcher de continuer à étendre leur soft power, et que partout où ils le pourront les États-Unis contrecarreront leurs grands projets technologiques et commerciaux. Washington multiplie donc les provocations, espérant pousser Pékin à la faute. Et l'hôte actuel de la Maison-Blanche voit dans ce qui s'est passé la nuit dernière la preuve que sa politique commence à porter ses fruits. Ces attentats contre les terminaux des câbles sous-marins démontrent à ses yeux qu'il a réussi à sortir les Chinois de leur réserve, les contraignant à riposter sur un terrain où il se sent bien plus à l'aise qu'eux : celui de l'affrontement direct. Il entendait d'ailleurs rebondir immédiatement sur cela en rendant l'affaire publique et en pointant Pékin du doigt. Et le Premier ministre, qui s'est entretenu avec lui hier dans la nuit, s'apprêtait à lui emboîter le pas.

– Le contraire m'aurait étonné.

– J'ai néanmoins fait remarquer à ce dernier qu'en évoquant des attentats sur l'Internet au moment où, dans de nombreux pays, la population entrait dans le confinement – les New-Yorkais, par exemple, sont confinés depuis hier –, on risquait un retour de manivelle. Les gens s'inquiéteraient d'être déconnectés du fait d'une guéguerre autour de l'Internet alors même qu'ils sont confinés chez eux. Et le Premier ministre, je dois dire, s'est montré sensible à mes arguments, rappelant la Maison-Blanche et dissuadant le président de rendre l'affaire publique dans l'immédiat. Pour l'instant donc, la version officielle – qu'il a été laissé aux opérateurs d'annoncer, pour ne pas accorder trop d'importance à la chose – est que des problèmes de surchauffe sur des superconducteurs dans certains terminaux auraient entraîné des incendies, vite maîtrisés, et que tout était mis en œuvre pour un retour rapide à la normale. Ce qui n'est pas faux, puisque à l'heure où je te parle la situation revient déjà à la normale. La population peut dormir tranquille.

– Ce qu'on ignore ne peut pas nous faire de mal, dit Boone en allumant un cigarillo.

– Comment ?

– Rien, Archie, rien... Quelque chose que j'avais lu...

– Quelque chose me travaille cependant dans cette affaire, lui disait à présent Briggs. Pourquoi les Chinois, qui ont à leur disposition d'énormes moyens de guerre électronique, prendraient-ils un tel risque ? Il y a dans tout cela quelque chose de très... physique, dirais-je, quelque chose de primitif, même, qui ne colle pas avec la mentalité et le mode opératoire des Chinois.

– Peut-être, vu le contexte actuel de leur bras de fer public avec l'Amérique autour des télécommunications, ont-ils simplement voulu brouiller les pistes, sachant qu'on les attendait justement sur le terrain de la cyber-guerre.

– Peut-être... Mais je reste dubitatif. Les Chinois n'ont rien à gagner – beaucoup à perdre, même – à déplacer la confrontation du terrain du soft power où ils ont un avantage certain, vers celui de la violence. Et puis, s'il est vrai que ces attentats ont eu lieu le même jour et à la même heure, les moyens utilisés sont assez primaires, eux, et ils ne sont pas les mêmes ici et là : attaque au fusil-mitrailleur et au lance-roquettes en Égypte où les armes automatiques ne manquent pas, loin de là, et attentat à la dynamite chez nous en Angleterre. Tout cela me fait dire que, s'il y a bien un seul commanditaire, la logistique, elle, a été laissée à des groupes locaux qui ont puisé dans les moyens du bord. Pas de trace de C-4 ou de Semtex, et pas même de l'ANFO – cet explosif industriel largement utilisé dans les mines, les carrières et les chantiers. Tout cela ne ressemble guère à une opération d'État, Harry.

– Il y a quand même l'absence de revendication, Archie. Si une organisation, disons, anarchiste, avait été derrière ces attentats, elle les aurait revendiqués. L'absence de toute revendication suggère un message subliminal comme il en passe seulement entre États parlant le même métalangage.

– Il est vrai, concéda Briggs en ôtant ses lunettes, que cette absence de revendication est troublante. Ce n'est tout de même pas une petite opération de rien du tout. C'est un haut fait d'armes qui nous fait particulièrement mal. On aurait de fait pu s'attendre à ce que quelqu'un en tire une certaine gloire… Et si, reprit-il ensuite, son regard s'illuminant, comme si le simple fait d'avoir ôté ses lunettes et de voir flou lui avait octroyé un don de clairvoyance, et si je te disais, Harry…

– Tout cela est très intéressant, Archie, l'interrompit Boone qui rechignait à s'étendre davantage sur le sujet, mais je ne vois vraiment pas pourquoi tu t'es dérangé jusqu'ici pour me le raconter. Je suis piètrement équipé pour t'être d'une quelconque utilité… Autant je l'aurais voulu, Archie…

– Autant tu l'aurais voulu ! Ha ! Elle est bien bonne, celle-là ! Mais rassure-toi, Harry, tu peux certainement m'aider.

– Sérieusement, Archie !

– J'avais omis de te dire, Harry, qu'outre Widemouth Bay et Alexandrie, un troisième terminal – un tout petit, en vérité – avait été lui aussi simultanément attaqué et endommagé : celui d'Estepona, non loin d'ici.

Boone, qui venait à l'instant de tirer sur son cigarillo, en avala sa fumée de travers.

– Ici en Andalousie ? dit-il lorsqu'il eut terminé de tousser.

– Ici en Andalousie, lui confirma Briggs malicieusement.

Il avait remis ses lunettes et fixait à présent son subordonné en arborant un petit sourire narquois.

– Estepona est située à mi-chemin entre Marbella et Gibraltar. Tu vas devoir te démener pour justifier ton maintien dans cette ville et mériter ton salaire.

Ça y est, se dit Boone, il m'a ferré et je suis pour ainsi dire déjà dans la poêle.

– Pourquoi ne pas m'avoir parlé d'Estepona plus tôt ? s'indigna-t-il, tout en se versant une bonne rasade de whisky.

Il en voulait à Briggs d'avoir joué avec lui à ce jeu du chat et de la souris.

– Parce qu'Estepona est un cas vraiment à part, Harry.

– Comment ça un cas à part ? maugréa Boone.

– Contrairement aux deux autres stations qui accueillent chacune de très gros câbles sous-marins, celle d'Estepona n'accueille que deux petits câbles. Et encore. L'un, long il est vrai de vingt-huit mille kilomètres, relie le Japon au Royaume-Uni. Mais il passe néanmoins par Alexandrie. L'autre, long d'une centaine de kilomètres à peine, ne fait que relier Estepona en Espagne, à Tétouan au Maroc.

– Et ?

– Et je me demandais, Harry, pourquoi quelqu'un qui se serait attaqué avec succès à de véritables nœuds de télécommunication, à des artères vitales comme à Widemouth Bay et à Alexandrie, s'amuserait à s'attaquer en même temps à une petite station de rien du tout comme celle d'Estepona qui n'a rien d'une artère, pas même d'une veine, et qui est tout au plus un petit vaisseau sanguin par où rien ou presque ne passe.

– Je ne comprends pas, dit Boone, qui fulminait encore.

– Dis plutôt que tu ne veux pas comprendre. Si tu planifiais de détruire la station d'Alexandrie par où passe l'essentiel des câbles reliant l'Europe à l'Asie, pourquoi voudrais-tu endommager en sus la station d'Estepona où atterrit un câble qui passe déjà par Alexandrie ? Ce serait superflu, ne trouves-tu pas ? À moins que tu ne veuilles détruire le petit câble long d'une centaine de kilomètres seulement, qui relie Estepona à Tétouan. Mais celui-ci, s'il était saboté, n'affecterait que les Marocains résidant de ce côté-ci comme de l'autre de la Méditerranée et ceux-là parmi les Espagnols qui commercent avec le Maroc. Autant dire que l'impact d'un tel sabotage serait tout à fait négligeable. Vois-tu à présent pourquoi je ne crois pas à la thèse chinoise ? Les perturbations causées par la mise hors service de la station d'Estepona n'ont rien à voir avec le chaos suscité par la destruction de celles de Widemouth Bay et d'Alexandrie. Alors, pourquoi t'attaquerais-tu à Estepona ? Pourquoi te disperserais-tu et éparpillerais-tu tes ressources pour mettre hors d'usage un petit câble ne menant pour ainsi dire nulle part ? Pourquoi, alors que tu es à la jugulaire de ton ennemi, t'attaquerais-tu à son petit orteil ? Pourquoi étirerais-tu inutilement tes lignes ? Dis-moi pourquoi, Harry ?

– Parce qu'en réalité, je n'étirerais pas mes lignes, Boone se sentit-il obligé de lui répondre.

– Voilà, dit Briggs, du ton que prendrait une maîtresse d'école s'adressant un élève peu doué.

– Parce que j'aurais quelqu'un sur place, ajouta Boone d'un ton las.

– Voilà, le cajola Briggs.

– Parce que le risque encouru serait, sinon nul, du moins négligeable.

– Voilà, le félicita Briggs. Certains font ce qu'ils doivent faire, d'autres se contentent de faire ce qu'ils pensent pouvoir aisément faire. L'ennemi que nous affrontons aujourd'hui me semble participer des deux, Harry. Il fait ce qu'il doit faire – il l'a fait à Widemouth Bay et à Alexandrie –, mais il fait aussi ce qu'il peut faire sans prendre de risques. Estepona, en Andalousie, est en quelque sorte sa touche personnelle : sa signature. Elle nous apprendra bien plus sur lui que toutes les enquêtes en cours ailleurs.

– Et c'est sur moi que tu comptes pour faire cela, Archie ? Je ne saurais même pas par où commencer.

– Pas de fausse modestie, Harry. Commence donc par tous ces gauchistes, anarchistes, altermondialistes, autonomistes et indépendantistes andalous que tu as rencontrés ces mois derniers pour une tout autre raison que je tairai évidemment par décence. Parmi eux se trouve assurément quelqu'un qui sait qui a fait quoi, pourquoi, et au nom de quoi.

– Tu me vois donnant des rendez-vous clandestins en pleine épidémie et alors que tout le monde est confiné ?

– Rien, dans tout ce que tu m'as envoyé sur les Andalous que tu as pu approcher depuis que tu es ici, ne suggère que ce sont là de vraies sources. Des contacts, tout au plus. Ne crois pas que je sois dupe. Tu as surtout fait dans la quantité.

– Je croyais qu'on était ici pour faire de l'influence, se défendit Boone, non pour recruter des sources.

– Du soft power, oui, mais avec l'emphase sur « power » et non sur « soft » comme tu sembles le croire.

– Quand bien même mes sources ne seraient que de simples contacts, Archie, tu ne voudrais pas que je leur demande de faire fi des règles du confinement.

– Comme je doute fort que la police municipale grenadine coffrerait un diplomate britannique sorti de chez lui durant le confinement, tu te déplaceras toi-même pour les voir. Tu as d'ailleurs intérêt à t'activer. Sinon, je me verrai contraint d'envoyer quelqu'un te remplacer. La question du Rocher, pour laquelle je t'avais envoyé ici, peut attendre, à présent que nos maîtres politiques n'ont que cette affaire de sabotage de câbles sous-marins à l'esprit.

– C'est entendu, dit Boone, que l'idée de quitter Grenade pour rentrer à Londres n'enchantait guère. J'irai voir quelques bons amis, et je poserai aussi quelques questions ici et là. Mais crois-tu que ce soit là une bonne piste ? Si un groupe révolutionnaire aux ramifications internationales était derrière tout cela, ces attentats, je te le répète, auraient déjà été revendiqués. Or tu me dis que ce n'est pas le cas.

– Ça viendra peut-être.

– Ils attendraient sans doute que les télécommunications soient rétablies pour envoyer leurs revendications aux salles de rédaction ?

– Très drôle, Harry. Je veux dire que, si revendication il n'y a pas encore eu, c'est peut-être que, de leur point de vue, l'opération est loin d'être terminée.

– D'autres attentats ?

– Nous ne pouvons pas l'exclure, n'est-ce pas ? Nous sommes d'ailleurs en alerte maximum. Tous les gros terminaux sont désormais protégés par les militaires, et des navires de l'Otan sillonnent les mers. Et toi, Harry, tu fais désormais partie de ce formidable dispositif.

– Autant chercher une aiguille dans une botte de foin.

– L'attentat contre la station d'Estepona ne cadre pas avec le reste, Harry. Il doit bien y avoir une raison à cela. La clef de cette affaire est ici, en Andalousie. J'en suis convaincu. Sinon, tu penses bien que je n'aurais pas pris la peine de venir t'en parler.

– C'est comme tu voudras, Archie, dit Boone, résigné à voir ce confinement qu'il avait tant espéré pouvoir savourer pleinement prendre fin quarante-huit heures à peine après avoir commencé. Et encore, il avait fallu que Briggs vienne lui gâcher même ces quarante-huit heures-là ! Il ne lui restait plus qu'à espérer que cette fameuse clef du mystère dont Briggs lui parlait s'avérât être de la même nature chimérique que le miroir d'Aïcha.

– Reste collé à ton poste radio, s'il te plaît, lui disait à présent Briggs en se levant. Je te quitte avant que ta Maria ne rentre à la maison. Mon escorte espagnole m'attend au coin de la rue pour me ramener à la base, et je suis impatiemment attendu à Londres. Depuis hier soir le Premier ministre ne peut semble-t-il plus se passer de moi.

« C'est tout de même fascinant, dit-il peu après, alors qu'ils avaient atteint le vestibule et que Boone avait déjà sa main sur la porte, c'est tout de même fascinant de voir à quel point les choses vont vite désormais. Et en se bousculant. Je t'avais envoyé ici sous couvert du combat commun que nous sommes censés livrer avec nos bons amis et alliés du Gran Peña contre le terrorisme islamiste, mais à cette époque déjà, ce sujet du terrorisme n'était plus pour nous d'actualité. Avec le Brexit notre priorité était devenue le Commonwealth, et le Rocher. Gibraltar. Et puis le Rocher lui-même avait reculé dans nos préoccupations devant le virus et l'épidémie. Et ne voilà-t-il pas que l'épidémie elle-même se voit aujourd'hui reléguée à l'arrière-plan par ces attentats contre des câbles sous-marins de télécommunications. Et tout cela en l'espace de quelques mois, Harry. Nous ne savons plus où donner de la tête, en vérité. C'est Harold Macmillan, n'est-ce pas, qui disait que les événements étaient de loin la pire menace qui pesait sur les gouvernements.

– Pas que sur les gouvernements, hélas, soupira Boone, pas que sur les gouvernements, et on peut dire qu'il ne s'était jamais ouvert aussi franchement à son patron.

8

Lorsque Maria le rejoignit ce soir-là alors qu'il était déjà au lit, Boone omit de lui parler de la visite inopinée de son patron. Pas plus qu'il ne lui en toucha mot le lendemain au petit déjeuner. Pourquoi, s'était-il dit, l'inquiéter, à présent que les choses semblaient être revenues à la normale. Elle se serait en outre étonnée que Briggs n'ait pas cherché à la voir à cette occasion pour qu'elle lui parle de vive voix de cette nouvelle piste qu'elle explorait et qui pourrait bien les mener jusqu'à la cachette du Noble Reflet. Trois jours plus tôt, veille du confinement, elle était en effet rentrée à la maison toute joyeuse. Boone ne se rappelait pas l'avoir vue aussi excitée.

– Oh Harry ! s'était-elle exclamée en se jetant dans ses bras. Oh Harry, je pense avoir trouvé ! Viens, viens vite, avait-elle ajouté en le prenant par la main et en l'entraînant vers la terrasse donnant sur l'Alhambra, viens, je vais te montrer. Je pense avoir trouvé où se cache le miroir d'Aïcha et damé le pion à ces Fous de Dieu qui voudraient tant mettre la main dessus.

– C'est vrai, ma chérie ?

Ayant passé l'essentiel de sa vie d'adulte dans les services secrets Boone ne s'étonnait plus de la capacité de l'être humain à trouver, par la seule force de son désir et de sa volonté, des choses qui n'avaient jamais vraiment existé.

– L'idée, lui disait à présent Maria, toute réjouie, m'en est venue ce soir en rentrant chez nous. Écoute-moi bien, mon chéri. Jusque-là on avait supposé que le miroir d'Aïcha aurait été caché dans l'une des pièces richement ornées de l'Alhambra. Peut-être pas dans la salle des Abencérages – de triste mémoire car entachée de sang, Abu al-Hasan, le père de Boabdil, y ayant, dit-on, fait décapiter tous ses fils afin d'assurer le trône au rejeton de son épouse favorite –, mais peut-être dans la salle des Ambassadeurs ou, pourquoi pas, dans les appartements privés de l'émir, au sein même du harem. Après tout, nous étions-nous dit, lorsqu'on possède une relique de cette importance et qu'on souhaite la cacher, on voudrait tout de même l'avoir constamment sous les yeux, même si elle devait demeurer dérobée à la vue.

« Tu me suis ? Nous avions donc cherché, partout – y compris dans le palais d'été des jardins du Generalife, et même à l'emplacement de l'ancien cimetière nasride de la Rawda – quelque inscription ou quelque élément architectural ou décoratif qui nous mettrait sur la voie et nous permettrait de résoudre l'énigme laissée par ce juriste grenadin. En vain, comme tu le sais. Et puis ce soir, en passant par la place des Citernes pour sortir de l'Alhambra par la porte de la Justice, je me suis arrêtée net et j'ai bien failli crier eurêka !

Elle s'était alors tue, attendant semblait-il qu'il s'exclamât, qu'il la félicitât peut-être, en tout cas qu'il réagisse, mais il avait gardé le silence, se sentant bien trop morveux pour dire quoi que ce soit et considérant que tout ce qu'il aurait pu lui dire n'aurait fait qu'ajouter une nouvelle couche de tromperie au mensonge qu'il lui avait servi.

– Pardonne-moi, Harry, avait-elle repris, s'étant méprise sur son silence. Tu ne te rappelles sans doute pas les mots exacts de l'énigme, mais moi je les connais par cœur. Dans le manuscrit d'al-Faqîh il est dit : « Quand dans la Justice tu baigneras. » On croyait que l'auteur de l'énigme faisait ici référence à la justice au sens moral. Après tout, outre la justice, il est aussi question dans l'énigme de foi, et de Dieu.

« Mais c'était oublier que si al-Faqîh était un croyant et un musulman, il était aussi un Grenadin. Approchant donc tantôt de la porte de la Justice et me rappelant son nom, je me suis soudain dit qu'al-Faqîh avait dû contextualiser son énigme : que ce n'était pas tant la justice comme principe moral ou divin qu'il avait eue à l'esprit, mais un lieu quelconque. Un endroit qu'il aurait lui-même connu et par où il avait dû maintes fois passer. D'où le premier vers de l'énigme, Harry : « Quand dans la Justice tu baigneras » !

« Et là, levant les yeux, au cœur de l'arc en fer à cheval unissant les deux bastions de la porte de la Justice, j'ai vu une main sculptée. Une main, Harry ! La main de Fatma pour certains – un talisman censé éloigner le mauvais œil –, ou un symbole des cinq piliers de l'islam pour d'autres – le témoignage, la prière, l'aumône, le jeûne et le pèlerinage. Superstition d'un côté, vraie religion de l'autre. Et c'est là que le deuxième vers de l'énigme prit pour moi tout son sens : « Et que de ton cœur, la Vraie Foi toute superstition balaiera. » Plus de main de Fatma qui tienne, donc, mais bien une main qui renverrait aux cinq piliers de l'islam.

« Sur cette main, Harry, le majeur, représentant l'aumône, reste invariablement le troisième. Et cela, qu'on parte de la gauche, ou alors de la droite. En écrivant « En t'attachant au troisième précepte de Dieu » al-Faqîh s'assurait que celui qui réussirait à déchiffrer la première partie de l'énigme – partie la plus difficile –, ne se fourvoierait pas inutilement par la suite.

« Oh ! Harry, je suis tellement contente ! lui avait-elle dit juste après, prouvant encore une fois, si besoin était, qu'on était moins emballé par le problème qu'on avait à résoudre que par la solution qu'on pensait pouvoir lui apporter. Tu es fier de moi ? Je suis persuadée d'avoir raison. Ayant passé toutes les pièces de l'Alhambra au peigne fin ces derniers mois, je peux t'assurer que jamais un indice ne m'aura autant sauté aux yeux. J'ai hâte d'en parler aux autres membres du comité. Le conservateur du musée devra bien sûr demander aux autorités de nous délivrer une dérogation. Afin qu'on puisse travailler tranquillement en dépit du confinement. À moins que tu ne t'en charges toi-même avec ton ami Briggs ou ton ami Ortiz.

Elle parlait toujours des gens avec qui il était en relation professionnelle comme étant *ses* amis, contrairement, par exemple, à leurs voisins Alex et Elena, lorsqu'elle disait *nos* amis.

– Non ? Tu préfères laisser faire le conservateur. Mais tu en parleras à Briggs, n'est-ce pas ? En tout état de cause, comme c'est le week-end, on devra sans doute attendre la semaine prochaine pour avoir les autorisations et commencer à travailler. C'est vraiment ennuyeux, ce confinement. Mais du moins n'y aura-t-il pas de visiteurs. Nous aurons l'Alhambra à nous tout seuls.

« Oh, Harry ! N'est-ce pas excitant ? Le miroir d'Aïcha, s'il existe encore, ne peut pas être ailleurs que là. J'ai hâte de grimper jusqu'à l'arc surplombant la porte de la Justice, d'examiner de plus près cette main sculptée, de palper ce mystérieux majeur, et de voir vers quel trésor il va nous mener.

« Crois-tu, s'était-elle inquiétée juste après, que le fait que ce soit l'aumône, et non l'un ou l'autre des quatre autres piliers de l'islam, ait ici une importance particulière ? Je veux dire, crois-tu que la clef pour ouvrir la pierre passerait par quelque offrande particulière ? Des pièces de monnaie à y glisser, par exemple ? Si c'est le cas il nous faudra nous armer de pièces qui avaient eu cours sous les Nasrides, des dinars pour l'or, et des dirhams pour l'argent. Peut-être même des doublons d'or aussi…

Ce jour-là Maria s'était tour à tour réjouie, applaudie, extasiée, emportée, emballée et, en s'emballant, angoissée et troublée. Et à chaque fois, Boone n'avait pu qu'opiner. Qu'aurait-il pu faire d'autre ? Avouer à la femme qu'il aimait qu'il l'avait trompée et manipulée et que le miroir d'Aïcha n'avait jamais existé, pas plus que l'énigme vieille de cinq siècles qu'elle s'évertuait depuis des mois à déchiffrer ? Assurément pas. En tout cas, pas au moment même où elle croyait toucher au but. Il n'avait donc rien dit. Mais lorsqu'elle eût fini de parler, l'étreignant, il l'avait embrassée et lui avait murmuré des mots tendres à l'oreille. Puis, s'étant éloigné d'elle sans pour autant la lâcher, plongeant ses yeux dans les siens, il lui avait dit à quel point il était fier d'elle. Et il l'avait sincèrement été. Certes pas pour les raisons qu'elle avait supposées mais parce que, partie de rien et bâtissant sans le savoir des châteaux en Espagne elle n'en avait pas moins réussi à déconstruire l'énigme supposée insoluble (puisque ne reposant sur rien, et ne menant à rien) que l'acolyte d'Archie Briggs terré dans ses quartiers humides d'un collège d'Oxford s'était amusé à monter de toutes pièces tout en riant sans doute sous cape à l'idée du fil à retordre qu'il donnerait à qui chercherait à la déchiffrer. Tout cela, s'était dit Boone ce jour-là, Maria l'avait fait. Construisant des châteaux en l'air comme si elle avait été inspirée par l'esprit d'Henry Thoreau, elle n'en avait pas moins réussi à leur donner des fondations qui plongeaient dans le socle même de l'Alhambra. Ce faisant, elle avait infusé un sens véritable à cette énigme insensée qu'il lui avait lui-même mise entre les mains. Elle avait croisé mentalement le fer avec le cruciverbiste oxonien d'Archie Briggs, et elle était sortie victorieuse de cette joute à distance. Et cela, personne, jamais, ne lui en ôtera le mérite. Qu'importe, s'était-il dit, que le miroir d'Aïcha n'ait jamais existé. Qu'importe, puisque, dans une autre dimension, Maria, elle, l'avait bel et bien retrouvé.

Vers tout cela ses pensées allaient donc à chaque fois que, assis comme ce jour-là sur sa terrasse et occupé à coucher des idées plus saugrenues les unes que les autres sur une feuille de papier, il cherchait quelque moyen de justifier auprès de Briggs de son maintien à Grenade sans pour autant se mouiller, et se heurtait à chaque fois à un mur. Qui ne fait rien ne risque rien, dit-on. Mais comment diable, se demandait-il, faire semblant de faire sans rien risquer quand, dans « faire semblant », il y avait déjà le verbe « faire » ? Telle était pour lui la question.

Ayant lu et relu la liste qu'il venait de compiler ce matin-là et l'ayant soigneusement annotée, il en conclut que les noms des gauchistes, autonomistes, anarchistes, altermondialistes et autres « -istes » qu'il connaissait pouvaient être répartis en deux catégories. Il y avait d'une part ceux qui répondraient sans retenue à ses questions mais dont il ne tirerait que théories et spéculations sans intérêt, et il y avait ceux, mieux placés, qui pourraient fort bien le mettre sur la voie mais qui répondraient sans doute à ses questions par un haussement soupçonneux du sourcil. Ceux-là, Boone hésitait à les approcher. Pas tant, à vrai dire, parce que dans le monde d'aujourd'hui les questions avaient souvent plus de valeur que les réponses et qu'il craignait de se déculotter en abattant ses cartes. Grenade étant une petite ville de province incestueuse, et méditerranéenne de surcroît, il ne se faisait plus aucune illusion sur sa couverture officielle de directeur de la branche locale du Centre culturel britannique. Car même si les Arabes avaient quitté l'Andalousie plus de cinq siècles auparavant, le téléphone arabe, lui, avait très bien survécu à leur départ. Non, s'il hésitait à approcher ces personnes-là c'était surtout parce qu'il ne voulait pas que les questions qu'il leur poserait puissent les faire indûment cogiter sur le niveau de savoir qu'il leur imputait et qui aurait pu les incriminer.

Car contrairement à ce qu'on lui avait jadis appris au Practice, l'école de formation du Club-House, il était d'avis qu'on ne violait pas tant l'intégrité d'une source à travers les renseignements qu'on lui soutirait au forceps, que par le biais des questions qu'on lui posait, et qui ne voulaient jamais rien dire d'autre que : « Je *sais* que tu sais ! » Et cela, conscient des immenses complications et des tracas sans fin que tout viol entraînait, tant pour le violeur que pour la personne violée, Boone, chaud partisan du consentement mutuel qu'il était, restait, coûte que coûte, déterminé à l'éviter.

Non qu'il ne se soit pas senti concerné par cette affaire. Il l'était. Ne serait-ce que parce qu'il tenait à demeurer à Grenade. Il souhaitait néanmoins n'y être *que* concerné, un peu comme la poule le serait dans l'œuf qu'on trouverait dans notre coquetier au petit déjeuner, mais certainement pas de s'y retrouver impliqué comme l'agneau le serait dans les côtelettes qui tomberaient dans notre assiette. Optant pour la prudence, il finit donc par déchirer la feuille en quatre, en posa les morceaux dans le cendrier, y mit le feu, et alla téléphoner à Ortiz. C'était là il est vrai une solution de facilité. Mais pour Harry Boone, et contrairement à tout ce que racontait le manuel du parfait petit espion, facilité rimait avec sécurité.

9

Le colonel Ortiz (lieutenant-colonel, en vérité, mais donnons-lui ce plaisir tout en faisant court) était un homme petit et sec au teint mat, et à la chevelure noir de jais aussi brillante que ses souliers parfaitement cirés. Il était toujours bien mis dans son costume deux-pièces bleu nuit dans lequel on pouvait le voir tous les jours de la semaine et qui était devenu pour ainsi dire sa marque de fabrique. Ce n'était pourtant pas le même costume qu'il portait jour après jour. Dans sa penderie se trouvaient cinq costumes, tous de la même couleur, et tous coupés à l'identique dans le même tissu. Le seul détail qui les distinguait était un mot, brodé à la main et en italiques dans la poche poitrine intérieure du veston et qui, en disant le jour de la semaine – lundi, mardi, mercredi, jeudi, vendredi – les différenciait. Et si la série s'arrêtait au vendredi c'était uniquement parce que, le week-end, le colonel Ortiz se lâchait. Si tant est, bien sûr, qu'un homme comme lui puisse se lâcher. Disons que le week-end il se permettait une tenue plus décontractée. Mais en semaine il revêtait tous les matins son complet bleu nuit, différent de celui de la veille mais en tout point identique à lui, s'assurant ainsi d'une veste toujours immaculée et d'un pantalon sans un seul faux pli, et élevant aussi cette simple tenue de ville à la dignité d'un uniforme. Car le colonel Ortiz ne s'était jamais fait à la vie civile. Et il regrettait amèrement d'avoir quelques années auparavant et dans un moment d'égarement demandé sa mutation au Gran Peña. Il l'avait fait parce qu'il s'ennuyait dans l'armée. Sa famille était originaire de Huesca dans le nord-est du pays, mais lui était né à Ceuta sur la rive africaine de la Méditerranée, où son père, officier d'infanterie, avait été en poste. Comme son père il avait très tôt épousé la carrière militaire. Et comme lui, à sa sortie de l'école de guerre, il avait rejoint l'armée de terre. Certes, il savait que l'Espagne n'était plus en mesure d'offrir à un officier désireux de se distinguer les mêmes opportunités de briller que par le passé : plus de Reconquista, plus de guerre des Flandres et plus d'Amérique, plus d'Eldorado, plus de colonies et même plus de guerre civile. Il avait néanmoins misé sur l'Otan et sur les diverses coalitions que la nouvelle Rome d'outre-Atlantique assemblait régulièrement pour porter la guerre au loin. Mais par malchance il avait raté un déploiement en Irak et un autre en Afghanistan. Se morfondant dans sa caserne avec *Le Désert des Tartares* de Buzzati pour seul horizon, il avait donc demandé son affectation aux services secrets, espérant voir ainsi du pays et un peu d'action. Il était cependant arrivé trop tard au Gran Peña pour prendre part à l'épisode final de la guerre contre le terrorisme basque, et l'absence chez lui de toute curiosité pour les langues et la culture orientales l'avait en outre empêché de briguer un poste à l'étranger pour y œuvrer à contrecarrer les plans des terroristes islamistes. Il avait donc dû se contenter de Grenade et d'un travail de pure police politique, avec rien que des trublions locaux à se mettre sous la dent – anarchistes, autonomistes, indépendantistes, altermondialistes. L'annonce que Madrid lui avait faite quelque onze mois plus tôt d'une opération conjointe avec les Anglais pour retrouver une sainte relique musulmane enfouie plus de cinq siècles auparavant quelque part dans l'Alhambra avant que des terroristes islamistes ne s'en emparassent lui avait certes offert une distraction bienvenue, mais son rôle dans cette affaire se limitait pour l'instant à faire la liaison avec la partie anglaise, et il peinait toujours à entrevoir une possibilité rapide d'avancement. Alors, quand, dans la nuit du dimanche 15 mars, premier jour du confinement, quelqu'un eut la bonne idée de mettre le feu à la station de câbles sous-marins d'Estepona non loin de Grenade, il s'était dit que la chance lui souriait enfin, et qu'il ne resterait peut-être pas plus longtemps en rade.

Ce qui explique que, quand Boone l'appela ce jour-là et demanda à le voir, il le trouva d'excellente humeur et prêt à le recevoir tout de suite. Boone dut néanmoins calmer ses ardeurs. Car même si cette réunion avec Ortiz avait été pour lui un pis-aller, il ne lui fallait pas moins la préparer, son maintien à Grenade en dépendant. En sus, il ressentait le besoin de se mettre en condition avant de s'aventurer dans le centre-ville. Immunité diplomatique ou pas, il s'était en effet promis de ne point sortir d'Albayzín tant que le confinement durerait. La vieille ville mauresque serait, s'était-il dit, sa petite forteresse au cœur de Grenade, tout comme, lorsqu'il avait été en poste au Caire, l'île de Zamalek sur le Nil lui avait servi de rempart face au grouillement de la mégapole cairote.

En fin de compte, rendez-vous fut pris pour la fin de l'après-midi, et peu avant dix-sept heures, armé de son passe-droit diplomatique et arborant son masque sanitaire (car même les passe-droits avaient leurs limites), Boone avait quitté son domicile et parcouru à pied les quelque seize cents mètres le séparant de la Poste centrale de Grenade sans croiser âme qui vive.

Le poste des services secrets espagnols à Grenade, il fallait y penser, se cachait de fait sous les combles de l'immeuble de la Poste, au rond-point de la Puerta Real. C'était un imposant bâtiment blanc de style néo-impérial haut de quatre étages, dont la construction avait commencé dans les années 1940, quand l'Espagne bâtissait alors que le reste de l'Europe s'autodétruisait. Arrivé là, et ayant dépassé la façade monumentale de l'édifice, Boone avait pris à droite dans la rue Ángel Ganivet et fait une dizaine de mètres avant de s'arrêter devant une porte donnant accès aux étages supérieurs qui abritaient les appartements de fonction réservés aux huiles de la Poste. Parmi la douzaine de sonnettes affichant toutes des noms de particuliers, il y en avait une, noyée dans le lot, qui disait « Amicale des anciens des PTT ». Pressant le bouton Boone avait composé le C de l'alphabet Morse – un trait un point un trait un point –, puis attendu qu'Ortiz lui ouvrît. Et ils étaient à présent tous deux gentiment installés dans le bureau de ce dernier devant deux bouteilles de San Miguel bien fraîches.

– Tu as été voir à Estepona, Álvaro ?

– Ils y ont mis le feu !

– Le feu, dis-tu ? Ils n'ont pas utilisé des explosifs ou fait usage d'armes ?

Boone commençait à se demander si son patron n'avait pas raison de croire que l'attaque à Estepona détonnait avec le reste.

– Ils ont inondé les lieux d'essence et incendié l'ensemble, bâtiment central et dépendances.

– L'exception espagnole.

– Que veux-tu dire par là, Boone ?

Bien qu'ils se connussent depuis des mois et qu'ils aient été à tu et à toi Ortiz ne s'adressait jamais à lui que par son nom de famille. Et pour cause, le prénom de Boone faisait un peu trop anglo-saxon et le colonel Ortiz ne portait pas les Anglais dans son cœur. Les associant bien plus à Francis Drake et à la piraterie dans le Nouveau Monde qu'à Wellington et à la guerre d'indépendance espagnole, il avait tiqué lorsque Madrid lui avait annoncé une opération conjointe avec les Anglais. Mais dès qu'il eut appris que Boone n'était pas anglais mais irlandais, sa réticence à son égard s'était évaporée. Sur sa lancée, il avait même été jusqu'à dire un jour à Boone que son nom n'était sans doute pas anglo-saxon mais d'origine romane, vraisemblablement de l'espagnol *bueno* qui voulait dire « bon ». Il lui avait ensuite servi toute une théorie qui faisait de lui le descendant probable de l'un des marins de l'Armada espagnole. Car il était avéré, n'est-ce pas, qu'après avoir été défaits une première fois par la flotte anglaise à la bataille de Gravelines, puis une deuxième fois par les éléments déchaînés en mer du Nord, une vingtaine de navires de l'Armada avaient fini par s'échouer sur la côte ouest de l'Irlande. Comme il était avéré, et les témoignages à ce sujet ne manquaient pas, qu'une centaine de marins espagnols rescapés du naufrage avaient été recueillis et cachés sur l'île par les chefs tribaux gaéliques qui tenaient encore tête à l'envahisseur anglais. Ainsi parlait Álvaro Ortiz.

– Eh bien, lui répondait à présent le descendant supputé d'un marin de l'Armada espagnole échoué sur les côtes irlandaises quatre cent trente-deux ans auparavant, eh bien, il semblerait qu'ailleurs ils aient fait usage d'armes de guerre et d'explosifs. Mais qu'en dit Madrid ?

– Ce qu'en dit Madrid ? Considérant l'ampleur de l'opération et la concomitance des attentats Madrid penche pour un acteur étatique global et soupçonne les Chinois.

Ortiz ayant hésité avant de parler, Boone se disait qu'il n'était sans doute pas sur la même onde que ses supérieurs.

– Nos amis américains soupçonnent eux aussi les Chinois. Mais toi, Álvaro, qu'en penses-tu ?

– Moi je pense que derrière tout cela il y a de l'antifa. Du terrorisme gauchiste, internationaliste et anarchiste qui a décidé de déclarer la guerre à l'ordre établi.

Boone jugea bon de lui cacher qu'Archie Briggs n'en pensait pas moins. Ce nationaliste espagnol nostalgique du Saint Empire romain aurait sans doute été chagriné d'apprendre qu'un maître espion anglais, descendant spirituel de ce Sir Francis Walsingham qui avait jadis tant nui à la cause de la couronne espagnole, était arrivé à la même conclusion que lui, ou presque, quoique, en partant de prémisses différentes. Car si le colonel Ortiz avait été si prompt à rayer les Chinois de sa liste des suspects, ce n'était pas parce qu'il connaissait bien leur mode opératoire, mais au contraire parce qu'il ne savait rien ou presque d'eux et parce que leur mentalité, leur culture et leur façon de faire lui étaient tout à fait étrangères. Or le colonel Ortiz n'était pas homme à s'intéresser à une menace qu'il connaissait mal. En revanche, lorsqu'il s'était trouvé un ennemi et qu'il avait pris la peine de s'intéresser à lui, plus il apprenait à le connaître et plus il avait tendance à le voir derrière chaque arbre ou pilier et plus il était aussi enclin à voir sa main tremper dans chaque coup fourré. Or depuis son arrivée à Grenade Ortiz avait consacré une grande partie de son temps à se familiariser avec la mouvance gauchiste andalouse, allant des anarchistes aux indépendantistes en passant par les altermondialistes. Jusqu'à devenir un expert en la matière. Et il voyait dorénavant dans cet attentat contre la station de câbles d'Estepona l'occasion de mettre toute son expertise au service de son pays comme de sa carrière. Ce n'était pas qu'il ait eu quelque indice que ce soit confirmant l'implication de tel ou tel groupuscule antifa dans cet attentat. C'était plutôt qu'il soupçonnait les chefs de file de cette mouvance de comploter activement tout en semblant ne rien préparer. Ce qui, à vrai dire, faisait parfaitement l'affaire de Harry Boone. Une fois qu'Ortiz eut donc fini de parler, et après qu'il lui eut dit tout le bien qu'il pensait de son analyse et opiné à chacun de ses soupçons quant à l'implication probable des antifas dans l'attentat d'Estepona, il s'était dit qu'en se dérangeant pour aller à pied jusqu'au centre-ville il avait finalement réussi à trouver chaussure à son pied.

Mieux encore, il avait désormais en Ortiz quelqu'un qui se démènerait à sa place, lui évitant ainsi d'avoir à s'escrimer et à se mouiller.

Ayant fini sa bière et promis à son hôte, que l'attitude de sa propre hiérarchie frustrait, de vite faire part de son analyse à ses supérieurs – et à travers eux, aux Américains – et de tout entreprendre, aussi, afin qu'ils privilégiassent cette piste-là, il le quitta, non sans lui avoir gentiment rappelé de l'informer sans tarder de tout indice qu'il débusquerait et qui pourrait venir étayer sa thèse et la confirmer.

10

Si Boone croyait qu'en refilant le bébé à son ami le colonel Ortiz il allait pouvoir continuer à se prélasser, il se trompait. Il n'avait peut-être plus sur les bras cette histoire d'Estepona que Briggs lui avait fourguée, mais il avait en revanche les mains pleines de Maria, ou plus précisément pleines du pétrin dans lequel il l'avait lui-même fourrée.

En rentrant tout guilleret chez lui ce soir-là après sa réunion à l'Amicale des anciens des PTT, il trouva Maria effondrée. C'est qu'entre-temps, accompagnée des trois autres membres du comité chargé de localiser le Noble Reflet elle était allée à la porte de la Justice y tester sa théorie sur l'énigme de Yûsuf al-Faqîh. Juchée sur un échafaudage elle avait, lui raconta-t-elle, commencé par caresser la main sculptée dans le petit bloc de marbre rond encastré au-dessus de l'arc en brique unissant les deux bastions de la porte. Puis, se saisissant résolument du majeur, armée de toute sa foi en sa théorie elle avait voulu le faire bouger – vers l'arrière, vers l'avant, vers le haut, vers le bas, vers la droite et enfin vers la gauche, mais toujours en vain. Quoi de plus normal, s'était-elle alors dit : cinq siècles d'exposition aux éléments suffiraient à gripper le mécanisme le plus sophistiqué. Le conservateur de l'Alhambra lui ayant tendu une petite truelle à joints, elle s'était alors efforcée de dégager des contours du majeur les débris et particules qui s'y étaient déposés au fil du temps. Mais une fois cela fait, lorsqu'elle avait répété les mêmes gestes qu'auparavant, le majeur n'avait pas plus bougé d'un iota. Refusant de s'avouer vaincue elle avait demandé au conservateur de lui passer les pièces de monnaie nasrides qu'ils avaient pris soin d'apporter avec eux et elle avait cherché un bon quart d'heure durant sur la main sculptée, comme un peu partout ailleurs le long de l'arc surplombant la porte, quelque interstice où elle pourrait glisser un doublon, un dinar d'or ou un dirham d'argent qui déclencherait le mécanisme secret et dévoilerait, sous la pierre, le Noble Reflet. Mais sans succès. Le marbre était demeuré de marbre devant elle. Dépitée, elle était descendue de son échafaudage du pas lent qu'un général défait aurait adopté pour descendre de son piédestal, et elle s'en était allée conférer avec ses collègues. Ensemble ils étaient convenus, comme dernier ressort – alors que c'était précisément un ressort qui les contrariait ! – de faire appel à un maître maçon, de ceux qui travaillaient exclusivement pour le musée, pour desceller le petit bloc de marbre rond de sur l'arc de la porte. Et c'est la main sur le cœur et juchée une nouvelle fois sur l'échafaudage qu'elle avait regardé ce dernier, armé d'un petit burin et d'une scie à fil diamanté, décoller précautionneusement le marbre rond. Une fois cela fait elle s'était ruée vers la petite cavité à présent apparente dans la pierre, et elle y avait plongé le faisceau lumineux de la torche de son téléphone. Mais il n'avait éclairé que l'ignoble farce à retardement que l'orientaliste commandité par Archie Briggs y avait mentalement déposée en ricanant. Laissant ses collègues là, elle était alors rentrée à la maison la tête basse, et elle avait attendu le retour de Boone pour lui narrer sa déconvenue, s'interrompant maintes fois pour se demander quelle erreur d'interprétation elle avait bien pu commettre et à quel moment précis elle aurait pris le mauvais tournant qui l'avait conduite dans cette impasse. Elle était, en vérité, mortifiée à l'idée d'avoir échoué, et plus encore d'avoir déçu son bien aimé.

Pour sa part, pris de remords à l'idée de l'avoir menée en bateau et de lui avoir causé ce grand chagrin, Boone s'en voulait tout autant qu'elle, si ce n'est plus. Quoique, il le cachât bien. Ce qui ne faisait en vérité qu'ajouter à son attitude, déjà bien équivoque, une couche supplémentaire de tromperie. Sa conduite, il en était parfaitement conscient, n'avait été ni plus ni moins qu'un acte adultère. Pire encore, c'était comme s'il avait trompé Maria avec une autre femme en sa présence sans qu'elle s'en rende compte, et fait en sus d'elle la complice involontaire de son infidélité. Il se devait, se disait-il, de faire quelque chose. Mais faire quoi ? Il ne pouvait tout de même pas lui avouer que le miroir d'Aïcha qu'elle s'efforçait depuis des mois de retrouver n'avait jamais existé. Il ne voyait vraiment pas comment agir, et il en serait certainement resté là si le fort sentiment de culpabilité qu'une éducation catholique lui avait très tôt inculqué ne lui avait, en donnant à ses cellules grises un bon coup de fouet, suggéré une solution à son problème :

à savoir, comment consoler Maria et soulager aussi sa propre conscience sans pour autant se compromettre.

– Quelle taille ce petit bloc de marbre rond fait-il ? lui demanda-t-il.

– Il a exactement la même circonférence que la cavité, gros bêta, lui répondit-elle, non sans agacement. À quelques millimètres près, en tout cas. Sinon il n'aurait pas été possible de l'encastrer aussi parfaitement dans l'arc de la porte.

– Je comprends cela, lui dit-il calmement. Mais qu'en est-il au juste de la profondeur ? Le bloc remplissait-il toute la cavité ?

– À vrai dire non, finit-elle par répondre après un temps de réflexion. À présent que j'y pense, il fait une vingtaine de centimètres de profondeur alors que la cavité creusée dans la brique formant l'arc de la porte en fait une dizaine de plus.

– Il se pourrait donc très bien que tu aies vu juste, Maria.

– Tu veux dire…

– Je veux dire que si, aujourd'hui, cette main sculptée dans le marbre ne cache plus rien, on ne peut pas exclure qu'elle ait par le passé caché quelque chose. Quelque chose qui était là mais qui, pour une raison ou une autre, n'y est plus. Tu ne t'es sans doute pas trompée dans ton interprétation de l'énigme. Mais peut-être sommes-nous arrivés trop tard.

– Tu crois ? lui demanda-t-elle, reprenant confiance en elle. Pourtant, je peux t'assurer que personne n'a manipulé ce morceau de marbre. Pas récemment, en tout cas. Les jointures étaient dans leur jus. À mon avis, personne n'y a touché depuis une éternité.

– Me voilà rassuré. Cela voudrait dire qu'aucun barbu ne serait passé par là avant nous et que le miroir d'Aïcha ne serait pas aujourd'hui dans de mauvaises mains.

– Si tant est qu'il ait un jour été à la porte de la Justice, dit-elle, succombant de nouveau au doute.

– Je suis persuadé qu'il y était. Du moins l'était-il jusqu'à la chute de Grenade.

– Tu crois ?

– Si j'avais été l'émir de Grenade, et sachant que la ville allait capituler, je n'aurais pas voulu qu'une telle relique tombât entre les mains de mes ennemis.

– Selon toi Boabdil aurait emporté le miroir d'Aïcha avec lui dans son exil après la capitulation de la ville ?

– C'est ce que j'aurais fait à sa place.

– C'est possible, dit-elle, reprenant espoir. Et Yûsuf al-Faqîh ne pouvait pas le savoir.

Ça y est, se dit Boone, soulagé, la voilà réconfortée.

– Il était déjà à Istanbul quand la ville était tombée, lui disait-elle maintenant. Il ne pouvait pas savoir que son suzerain avait retiré le miroir d'Aïcha de sa cachette.

– Ce ne sont pas tes facultés de déduction qui sont en faute, Maria, mais les informations sur lesquelles l'auteur du manuscrit s'est appuyé pour concocter son énigme. Les renseignements dont il disposait étaient tout bonnement périmés.

– Après la chute de la ville au tout début du mois de janvier de l'an 1492 Boabdil s'en était allé vivre à Laujar de Andarax, dans les montagnes des Alpujarras, au sud-est de Grenade, où Isabelle et Ferdinand lui avaient octroyé un fief. Le miroir d'Aïcha s'y trouve peut-être encore, Harry.

– Mais Boabdil y était resté très peu de temps n'est-ce pas, s'empressa-t-il de lui faire remarquer. Car il s'inquiétait à présent de la voir déplacer de l'Alhambra vers les Alpujarras sa quête impossible du Noble Reflet

– Il y demeura tout de même dix-huit mois, le corrigea Maria. C'est seulement en octobre de l'année suivante qu'il embarqua du port d'Adra pour aller se réfugier à Fès chez les Mérinides. Mais Boabdil ne faisait aucune confiance aux Mérinides, qui n'avaient pas levé le petit doigt pour l'aider. Je le vois mal leur faisant *de facto* cadeau d'une relique aussi importante. S'il ne l'a pas laissée derrière lui dans l'Alhambra, peut-être l'aurait-il laissée à Laujar de Andarax, Harry…

– Tu le crois vraiment ? demanda Boone en faisant une moue dubitative.

Il lui fallait maintenant à tout prix la dissuader d'aller en quête du Noble Reflet à Laujar de Andarax, et lui épargner une deuxième chasse au trésor aussi infructueuse et aussi décevante que la première.

– Ne raconte-t-on pas, ajouta-t-il, qu'après avoir embarqué au port d'Adra pour rejoindre la côte africaine, Boabdil aurait lancé son épée dans les flots ?

– C'est ce qu'on dit. Tu crois qu'il aurait aussi jeté le miroir d'Aïcha à la mer ?

– Pas jeté à la mer, non, mais confié à la mer. Tout comme son épée. En attendant le jour où, comme dans la légende du roi Arthur, la Dame du Lac ne brandisse à nouveau l'épée hors de l'eau afin que s'en saisisse un roi digne de ce nom. C'est en tout cas la version que j'avais retenue du film de John Boorman sur Excalibur.

– Si l'épée de Boabdil est le pendant arabe d'Excalibur, le miroir d'Aïcha serait-il celui du Saint-Graal ?

– Peut-être. Mais ça ne fait pas pour autant de toi la Dame du Lac. Tu es néanmoins *ma* dame, ajouta-t-il en l'étreignant, et ça devrait te suffire amplement. Partir à la recherche du miroir d'Aïcha dans les hauteurs des Alpujarras ou dans les profondeurs de la Méditerranée serait pure folie, Maria. Et pourquoi pas, tant que tu y es, à Adra, où Boabdil avait embarqué pour l'Afrique. Voire à Fès, où il termina sa vie. N'y pense même pas, Maria. Une fois sorti de l'Alhambra, les possibilités deviennent infinies.

Il voyait bien qu'elle était partagée entre deux sentiments contradictoires. D'une part, sa fierté à l'idée d'avoir réussi à déchiffrer l'énigme, couplée à son désir ardent de retrouver cette relique, la poussait à étendre sa quête à tous les lieux par où Boabdil aurait pu passer après avoir quitté Grenade. Mais d'autre part, sa raison lui disait que toute recherche ailleurs que dans l'Alhambra ne reposerait que sur plusieurs postulats non avérés, à savoir, qu'elle aurait réellement déchiffré l'énigme, que cette relique aurait vraiment été cachée au-dessus de la porte de la Justice, et que Boabdil l'aurait assurément emportée avec lui dans son exil. Or rien de tout cela n'était vraiment prouvé, et en fin de compte, ce fut sa raison qui l'emporta chez elle sur sa fierté.

– Ce serait pire que de chercher une aiguille dans une botte de foin, lui dit-elle en effet. Nous reprendrons donc nos recherches dans l'Alhambra en repartant de zéro.

– Sage décision, dit Boone, qui pouvait enfin souffler. Mais n'en fais tout de même pas trop. Et surtout, ne t'en fais pas si jamais tu ne trouvais rien. Car si j'ai raison de croire que Boabdil aurait emporté cette relique avec lui, et je crois avoir raison, il y a une très grande chance pour qu'elle ne soit jamais retrouvée. Ni par nous ni par personne d'autre. Ni dans l'Alhambra ni ailleurs.

– Nous continuerons néanmoins à chercher dans l'Alhambra jusqu'à avoir épuisé toutes les possibilités.

– Et une fois que tu auras cherché partout, et épuisé toutes les possibilités sans rien trouver, tu sauras – tu sauras vraiment, et les autres avec toi – que tu avais réussi à déchiffrer l'énigme et que le miroir d'Aïcha avait bien été caché dans la porte de la Justice avant que Boabdil ne l'emporte avec lui en quittant la ville.

– C'est une façon de voir les choses, dit-elle coquettement, tout en lui souriant.

Et voilà, se dit Boone, soulagé, le tour est joué. Maria continuera certes à chercher le Noble Reflet, mais elle ne le fera plus avec le même acharnement qu'auparavant, elle ne hantera plus, comme elle l'avait fait jusque-là, l'Alhambra de la levée du jour jusqu'à la tombée de la nuit, pas plus qu'elle ne craindra quelque désappointement au bout du chemin. Car elle aura toujours à l'esprit l'idée que sa première intuition avait été la bonne et qu'elle avait bel et bien décodé l'énigme de Yûsuf al-Faqîh. À preuve cette petite cavité vide que cachait si bien la main sculptée dans le marbre.

Ce qui est, disait Lao Tseu, détermine la possibilité de chaque chose, mais c'est ce qui n'est pas qui détermine sa fonction. Ainsi, l'argile est-elle façonnée pour confectionner le vase, mais c'est le vide interne du vase qui rend possible son usage. Il en allait donc de la petite cavité au-dessus de la porte de la Justice comme du vase de Lao-Tseu : elle était ce vide dont Boone venait de faire judicieusement usage pour consoler la femme qu'il aimait et se donner en même temps bonne conscience.

11

Si les trublions andalous que le colonel Ortiz avait dans son collimateur œuvraient bien dans l'ombre comme ce dernier le soupçonnait, dans les jours qui suivirent sa visite à l'Amicale des anciens des PTT Harry Boone, lui, fit tout le contraire, semblant en tout point œuvrer mais ne faisant rien, en vérité, sinon attendre patiemment que son homologue espagnol ait fait le boulot pour lui. Dès lors qu'il s'agissait de laisser à d'autres le soin de faire les choses à sa place la patience de Boone ne connaissait de fait aucune limite. Et s'il est vrai que l'espionnage serait, comme on dit, un jeu de patience, alors il faudrait croire que Boone était l'espion parfait.

Mais Ortiz avait eu beau lancer puis relancer ses filets, à chaque fois il les avait remontés vides. Des relevés d'empreintes avaient bien été effectués à Estepona mais aucune ne correspondait à celles que les autorités avaient dans leurs fichiers. Soit les coupables n'avaient pas de casier, soit, n'ayant pas pris de gants en s'attaquant à la station, ils avaient en échange pris la précaution d'en mettre avant de commettre leur méfait.

Ortiz avait en outre fait la tournée des suspects habituels vers qui tous les regards se concentraient immanquablement dès lors qu'un acte de violence politique était commis. Mais là aussi, entre confinement forcé et alibi en béton, il avait fait chou blanc. Après quoi la question qui avait taraudé ce zélé gardien de l'ordre avait été de savoir comment, malgré l'interdiction de circuler sans laissez-passer du fait du confinement, les assaillants avaient pu arriver jusqu'à la station d'Estepona puis en repartir tranquillement sans être remarqués. Et si, avait-il confié à Boone, si les coupables s'étaient déjà trouvés dans les parages avant le jour de l'attaque ? S'ils n'avaient eu qu'à rejoindre leur repaire tout proche une fois leur sale besogne terminée ? Aidé de la police locale il avait donc ratissé la bourgade d'Estepona puis étendu ses recherches aux villages de l'arrière-pays, mais sans résultat aucun. Toutes les pistes terrestres qu'il avait explorées ayant, l'une après l'autre, mené à une impasse et s'étant refermées, il avait alors commencé à s'inquiéter. Car il ne pouvait plus exclure que les assaillants aient pu arriver par la mer et soient repartis en empruntant le même chemin. Et cela, bien qu'il ne l'eût pas dit à Boone en autant de mots, ne l'arrangeait guère. Car cela voudrait dire que les coupables seraient déjà au loin. Hors de sa juridiction, en tout cas. Envolés donc tous les espoirs qu'il avait caressés de pouvoir enfin se distinguer et briller.

Boone avait fait de son mieux pour lui remonter le moral. Il est peu probable, lui avait-il dit, que les assaillants soient venus par la mer. Où seraient-ils allés après cela, lui avait-il demandé. Au Maroc ? Mais alors, pourquoi venir s'attaquer à la station d'Estepona quand une attaque contre sa station jumelle marocaine de Tétouan aurait été bien moins risquée ? Et puis, pourquoi, en ces temps où les gardes-côtes étaient sur les dents, essayant partout en Méditerranée de juguler les flux massifs de migrants, pourquoi risquer d'être intercepté et arraisonné ? Non, lui avait-il assuré, cette attaque contre la station de câbles sous-marins d'Estepona ne pouvait être que l'œuvre de quelqu'un d'ici. Il avait tout fait, en vérité, pour convaincre son ami Ortiz de ne point baisser les bras. Car il avait besoin que l'Espagnol continuât ses recherches afin de garder Archie Briggs à distance respectable.

Deux fois par jour, en effet, aux heures convenues (à sexte et à complies pour être plus précis), Boone allait religieusement s'enfermer dans la pièce, à l'étage, qui lui servait de bureau, où il s'installait devant le poste radio le reliant à Londres à travers des transmissions cryptées. Le plus souvent c'était lui qui initiait la communication. Il dictait alors à l'officier du chiffre qui se trouvait à l'autre bout des ondes haute fréquence son rapport sur les avancées faites dans l'enquête sur l'attentat d'Estepona. Cinq à six minutes de parlote inutile à sens unique pour ne rien dire de plus que : RAS. C'était ainsi. Le protocole l'exigeait.

Mais il arrivait aussi qu'entrant dans la pièce Boone ait vu une petite lumière rouge allumée sur l'appareil. Tout comme dans un tabernacle, cette veilleuse annonçait qu'en cet instant-là la radio était « habitée ». Non pas certes par le corps du Christ mais par celui d'Archie Briggs. Boone lui faisait alors son rapport plus pieusement que d'ordinaire. Qu'il n'eût eu à lui faire part d'aucun progrès ne le dérangeait cependant guère. Sa connaissance intime de la fonction publique lui disait que, tout comme à confesse, ce qui importait ce n'était pas la qualité (ou la gravité) de ce que l'on confessait que le fait d'accepter le rituel et de s'y plier. Briggs l'écoutait quant à lui en silence. Peut-être pas comme un père confesseur l'aurait fait, mais en tout cas comme un médecin qui aurait encore plus à cœur de s'assurer que son patient respectait la posologie prescrite, que de savoir si le traitement lui faisait vraiment du bien. Ainsi allait le renseignement à l'heure de la bureaucratie postmoderne : à la subtilité de l'influence se substituait une exigence de convenance, et l'efficience des *process* venait compenser l'inefficacité sur le terrain.

Le rituel était certes astreignant, obligeant Boone à se rendre dans son bureau deux fois par jour, mais du moins le faisait-il à sexte et à complies et non à tierce ou, pire, à laudes. En tout état de cause, ce n'était pas pour lui cher payé puisque cela lui permettait de consacrer ses après-midi et ses soirées à Maria, dont il lui fallait bien occuper le temps et l'esprit à présent que la piste du miroir d'Aïcha s'était refroidie. Ce qui, en ces temps de confinement, n'était pas chose aisée.

Fort heureusement, il y avait les Serrat. Alex Serrat et sa femme Elena Rosales de Serrat s'étaient rencontrés quelque vingt ans auparavant alors qu'ils étaient à l'université. Après des études en mathématiques à l'Université autonome de Barcelone Alex y préparait alors une thèse en physique quantique, et Elena, elle, y changeait d'air, faisant en dilettante une licence de lettres libre de tout stress. Ils s'étaient mariés aussitôt qu'Alex avait obtenu son doctorat, et bien qu'Elena, qui commençait à souffrir du mal du pays, aurait préféré qu'ils s'installassent à Grenade où elle était née et où elle avait grandi, Alex avait voulu demeurer dans la capitale catalane. Mettant ses vastes connaissances scientifiques à profit il y avait monté une start-up pour développer des modèles d'intelligence artificielle au moment où peu de gens pensaient y trouver quelque intérêt financier. En un peu moins de quinze ans il avait cependant réussi à leur donner tort, et c'est, dit-on, pour son pesant d'or (ce qui n'est pas peu dire car il n'était pas particulièrement svelte, et quelqu'un d'indélicat aurait même dit qu'il était nettement en surpoids) qu'il avait alors cédé sa société florissante à un nabab de l'économie numérique.

Toujours est-il que, du jour au lendemain, et tout en conservant la confiance et l'amitié de son acheteur américain, ce quadra de génie s'était retrouvé en possession d'une coquette somme d'argent à neuf magnifiques chiffres et pouvait envisager sereinement une retraite aussi bien négociée que méritée. Et c'est seulement à ce moment-là, quelque dix-huit mois avant l'arrivée de Harry et de Maria en Espagne, que, cédant aux insistances de sa femme, Alex consentit finalement à quitter Barcelone pour venir s'installer à Grenade avec toute sa famille. Car entre-temps il n'avait pas fait que de l'argent. Il avait aussi trouvé l'énergie de faire à Elena trois enfants qui tenaient – fort heureusement pour eux – bien plus de leur mère, que de leur père. Il faut dire que si le Créateur avait comblé Alex Serrat en contenu (notamment en matière grise et en neurones), Il avait par contre totalement négligé le contenant, l'affligeant d'une forme en poire, épaisse au milieu et étroite aux extrémités, et la surmontant d'un visage rond aux traits ingrats.

D'après ce que Maria avait appris d'Elena, Alex serait bien venu s'installer à Grenade plus tôt que cela, si ce n'était qu'il avait voulu se donner les moyens de traiter d'égal à égal avec sa belle-famille. C'est qu'il était issu de la petite-bourgeoise catalane (son père avait semble-t-il tenu une quincaillerie de quartier à Barcelone), alors que les Rosales, eux, étaient à la tête de la plus grande fortune grenadine. Outre les terres qu'ils exploitaient dans la province et dont la production, surtout maraîchère, se retrouvait sur tous les étals en Espagne comme ailleurs en Europe, la quasi-totalité des belles maisons andalouses de la rue où Maria avait choisi d'élire domicile leur appartenaient.

C'est d'ailleurs en cherchant une maison à Albayzín que Maria avait rencontré Elena. Sa famille en avait justement eu une à louer (les Rosales ne vendaient jamais), et Elena entendait bien ne pas laisser le choix de leur locataire à la seule discrétion de leur agent immobilier. Maria avait passé l'examen haut la main et, très vite, ces deux furent comme larrons en foire. Ce qui n'avait rien d'étonnant car elles appartenaient à la même race : celle des derniers descendants de ces familles bourgeoises qui avaient fait fortune une centaine d'années auparavant – qui dans le commerce, qui dans l'industrie et qui dans l'agroalimentaire –, et qui, dépassés par les nouveaux capitaines du capitalisme financier, goûtaient désormais à un doux déclin qui les rapprochait d'autant de la vieille aristocratie sur laquelle leurs aïeux avaient si longtemps lorgné sans jamais pouvoir s'en approcher.

L'Andalouse et la Levantine avaient la même aisance en société, les mêmes réflexes et préjugés de classe, les mêmes goûts artistiques et vestimentaires, et elles avaient aussi en commun bien de frivoles passe-temps. En sus, elles étaient toutes deux filles uniques en quête de sororité, et aussi curieuses l'une que l'autre d'apprendre à se connaître. Que tout cela se fît en anglais ne semblait d'ailleurs gêner personne.

Très vite, donc, et avant même que Harry et Maria n'eussent emménagé, ils avaient été invités à dîner chez Alex et Elena qui habitaient à deux pas de ce qui allait devenir l'antenne grenadine du Centre culturel britannique. À l'apéritif, et tandis que les deux garçons des Serrat, de douze et onze ans, tournaient autour de Boone tels des Sioux, trop fiers pour s'en approcher et lui poser les questions qui leur brûlaient les lèvres, la petite Elvira, neuf ans, avait accaparé Maria et n'avait eu cesse de la questionner : sur le spencer oriental en brocard de soie qu'elle portait ce soir-là, sur la ville de Beyrouth où cette veste avait été brodée, sur ce qu'elle aimait et détestait. Et Maria s'était volontiers pliée au jeu, assouvissant la curiosité de cette enfant avec la patience, la douceur et le sérieux dont seuls sont capables les adultes qui savent qu'ils n'auront pas à s'en occuper longtemps, encore moins à en assumer la responsabilité.

Dans les mois qui avaient suivi, l'amitié entre les deux couples s'était renforcée au gré de leurs virées sur les pistes skiables de la Sierra Nevada et de leurs week-ends dans la coquette maison pieds dans l'eau des Serrat située dans une petite crique bien tranquille à l'est de la jolie localité de La Herradura. Tout comme au Liban, semblait-il à Boone, en Andalousie aussi on pouvait skier et nager dans une seule et même journée.

Et puis il y avait eu ce déjeuner dominical auquel Maria et lui avaient été conviés, dans la magnifique *carmen* des parents d'Elena : une immense maison andalouse baignant dans la verdure, avec plan d'eau, fontaines, kiosques et verger, le tout clos de murs et en plein Albayzín. À l'intérieur, tant le personnel que les tapisseries flamandes, les tableaux de maîtres espagnols, les tapis persans, les chandeliers en cristal et les œufs Fabergé attestaient de l'opulence de la famille. Tout comme l'imposante pierre rouge montée en broche que Mme Rosales portait ce jour-là sur sa robe noire très stricte, et qu'en réponse à Maria qui s'extasiait devant son éclat, elle confirma, l'air de rien, était un rubis, cadeau de son mari, pour, justement, leurs noces de rubis. Parmi la douzaine d'oncles et de tantes, de cousins et de cousines, il y avait eu là, à la grande surprise de Boone, le conservateur du musée de l'Alhambra, qui se trouvait être le beau-frère de Mme Rosales et qui, à chaque fois que son regard accrochait celui de Boone, prenait au grand dam de ce dernier un air entendu et lui faisait un clin d'œil complice. Ce déjeuner-là avait consacré, sinon l'adoption de Boone par les Rosales (c'eût sans doute été trop demander à ces vénérables piliers de la bonne société grenadine), du moins celle de Maria, qui était d'une certaine façon l'une des leurs.

Et puis il y avait leurs fréquentes parties de cartes. Bridge, whist, gin rami, belote, ou canasta : ils avaient délibéré. Elena s'étant prononcée contre le bridge et le whist (« Ça laisse bien trop peu de place à la chance, avait-elle candidement dit, ce n'est plus du jeu, c'est toujours le meilleur qui gagne »), ils avaient fini par tomber d'accord sur la canasta. Et si leurs dîners en ville, leurs week-ends à la mer et leurs journées de ski avaient contribué à cimenter leur camaraderie, leurs parties de cartes avaient fait d'eux des intimes.

Elles avaient surtout permis à Boone de se faire une meilleure idée de leurs nouveaux compagnons. Elena, elle, était une vraie flambeuse. Elle jouait moins pour gagner que pour le seul plaisir d'être de la partie, et elle risquait tout avec la désinvolture du joueur de roulette ou de dés. Jamais Boone ne l'avait vue s'en vouloir d'avoir mal joué ou s'emporter pour avoir perdu. Par contre chaque fin de partie l'attristait, et elle ne s'en consolait que dans l'espoir de la suivante. Alex, quant à lui, jouait pour gagner. Pour lui les cartes n'étaient pas qu'un jeu, et il abordait chaque manche comme si c'était la dernière. À ses yeux une partie de cartes n'était pas qu'une simple bataille dont on pouvait se relever, même perdant, en espérant remporter celle d'après, mais une guerre qu'il fallait gagner à tout prix, l'occasion de se refaire pouvant ne jamais se présenter. C'était d'ailleurs un joueur hors pair. Et s'il est vrai que, contrairement au bridge, la canasta laissait une bonne part à la chance, Boone avait vite constaté qu'au tapis vert Alex créait sa propre chance. Sans avoir jamais lu Sénèque (et pourquoi un scientifique comme lui se serait-il intéressé à ce stoïcien romain ?), Alex semblait avoir compris que la chance ne souriait que dès lors que la préparation s'alliait à l'occasion. Boone, que cela ne gênait pas outre mesure de jouer contre lui, redoutait en revanche d'être son partenaire au jeu car c'est alors qu'il prenait conscience de ses propres limites de joueur de cartes. Un ordinateur classique peut-il vraiment espérer faire la paire avec un autre, quantique ?

Alex jouait donc, Alex gagnait, mais Alex, semblait-il, s'ennuyait.

– Alex s'est fait faire des cartes de visite su-bli-mes ! Maria lui avait-elle un jour dit sur un ton enjoué, alors qu'elle rentrait d'un déjeuner chez Elena.

C'était il y a près de trois mois de cela. Tel un vent mauvais, le virus venu de Chine que les autorités de Pékin s'efforçaient de circonscrire dans la ville de Wuhan soufflait déjà son haleine fétide sur le Vieux Continent, et un mot que les Européens avaient jusque-là associé au despotisme oriental et à lui seul était sur toutes les lèvres : confinement.

– Des cartes de visite, dis-tu ? avait demandé Boone distraitement.

– J'imagine que c'est pour son travail, parce qu'ici tout le monde le connaît.

– Son travail ?

– Je ne sais plus trop ce qu'il faisait au juste auparavant – de l'informatique, n'est-ce pas ? –, mais quoi qu'il en soit, d'après Elena, il aurait repris ses activités depuis quelque temps déjà… Le petit cachottier… Pas à temps plein, me dit-elle, mais pour conseiller ponctuellement l'Américain qui a racheté sa boîte. Un gros bonnet de la haute technologie dont je n'ai pas retenu le nom. C'est pour cela qu'il s'absente de plus en plus souvent. Et ça, ça déplaît à Elena.

– Il doit regretter d'avoir arrêté de travailler, dit Boone, qui ne s'en étonnait pas.

Depuis un bon moment déjà il avait placé Alex dans le camp des farouches partisans du « Je travaille donc je suis », alors que lui-même était un inconditionnel du « Je respire donc je suis ».

– Il les aurait fait faire chez un imprimeur-graveur milanais.

– Fait faire quoi, ma chérie ?

– Ses cartes de visite, gros bêta. Tu ne m'écoutes donc pas ? Elles sont d'un chic, je ne te dis pas. Je vais t'en commander.

– Tu sais bien que je suis tenu d'utiliser les cartes standard du Centre culturel.

– Alors j'en commanderai pour moi. Celles d'Alex sont en lettres noires gravées sur du bristol ivoire. Pour les miennes, j'aimerais des caractères de couleur. Du sépia, peut-être, ou alors un beau vert…

Ainsi, entre journées au ski, week-ends en bord de mer, déjeuners à la campagne, dîners en ville et parties de cartes, allait leur vie à quatre à Grenade. Et n'était-ce pour l'Alhambra, omniprésente où qu'on tournât le regard, entre ciel bleu, sommets enneigés et mer d'azur, on aurait pu pardonner à Boone de croire qu'il était encore en poste à Beyrouth.

Bien évidemment, avec le confinement, dès le 15 mars il leur avait fallu dire adieu aux dîners en ville, aux piqueniques champêtres et aux pistes de la Sierra Nevada. De temps à autre, abusant du passe-droit diplomatique de Boone ils se payaient bien des petits week-ends à La Herradura, mais dans l'ensemble leur univers se limitait au seul quartier d'Albayzín, plus paisible que jamais à présent que les touristes n'avaient plus le droit d'y mettre les pieds.

12

Harry Boone se la coulait donc douce à Grenade en ce début de printemps de l'année 2020. Il se la coulait très douce, même, vu que le colonel Ortiz se tapait tout le boulot à sa place. Cette situation idyllique ne pouvait cependant pas durer. La loi universelle de la compensation l'exigeait. Et, de fait, le 1er mai, sans crier gare, tout partit en vrille.

Ce jour-là, se pliant au rituel qui consistait pour lui à faire deux fois par jour le sacrifice d'une dizaine de minutes de son temps si précieux à son employeur, il s'était rendu dans son bureau à midi, et là, il avait vu que sur le poste HF la petite veilleuse rouge était allumée. Ce qui n'avait pas manqué de l'agacer. Ce n'était pas tant le fait qu'il aurait affaire à Archie Briggs en personne, qui l'agaçait. Il ne doutait en effet pas que son baratin réussisse à endormir son patron aussi aisément qu'il endormait l'officier du chiffre auquel il avait à faire d'ordinaire. Il faut dire que si, dans la littérature, la perfection d'un récit se mesurait à la capacité de l'auteur à maintenir son lecteur en éveil, dans la fonction publique l'efficacité d'un conte se mesurait au contraire à la capacité qu'avait un fonctionnaire à endormir son supérieur. Et Harry Boone excellait à ce jeu-là.

Non, ce qui l'agaçait ce jour-là c'était cette petite lumière rouge qui brillait sur le poste radio. Allumée elle lui rappelait que, loin d'être branché sur Londres c'était Londres qui était branché sur lui, et que même si une radio HF fonctionnait dans les deux sens, il y avait toujours là un sens dominant et un autre dominé dont il faisait les frais. Et il vivait cela comme une atteinte à son intimité et à sa souveraineté.

Le poids conjugué de son intimité et de sa souveraineté pesant – et quoiqu'il s'en serait défendu – bien moins que celui de sa tranquillité, sa fronde ne dura cependant qu'un court instant. Après quoi il alla docilement s'installer devant le poste radio, prêt à y régurgiter le petit laïus qu'il avait mentalement préparé et qui expliquerait à son patron, avec force détails circonstanciés, pourquoi *on* (et par *on*, entendez : le colonel Ortiz) n'avait toujours pas progressé dans l'enquête sur l'attentat contre la station de câbles sous-marins d'Estepona.

Il aurait pu s'épargner cette peine. Une fois n'est pas coutume ce fut son patron qui tint en effet le crachoir. Ayant commencé par lui dire « J'ai eu bien raison, Harry, de te demander de t'accrocher à ta radio comme à ta vie », une bonne demi-heure durant il discourut sans s'arrêter, balayant à chaque fois d'un revers de phrase les vaines tentatives que son subordonné faisait pour placer un mot et envoyant les mille et une questions que ce dernier brûlait de lui poser se bousculer dans sa tête et lui embrouiller l'esprit. « Je ne sais même pas pourquoi je te raconte tout ça, Harry », finit-il par lui dire, avant de mettre brutalement fin à la transmission sur un ordre péremptoire, le laissant aussi abasourdi que si on venait de lui annoncer que la fin du monde interviendrait dans l'heure qui suivrait.

Sonné, il demeura longtemps prostré dans sa chaise andalouse en bois peint, jouant machinalement avec son stylo et regardant fixement le poste radio. Puis, comme la contemplation de cet objet inanimé et désespérément muet ne lui était d'aucun secours, il finit, empochant les notes qu'il avait prises tandis que son patron monologuait, par aller jusqu'à la terrasse après s'être servi un whisky bien tassé.

C'est qu'il avait besoin de réfléchir. Et le temps pressait. Il avait une petite huitaine d'heures à peine devant lui avant complies – avant la prochaine transmission –, et si d'ici là il n'avait pas trouvé une échappatoire, s'en serait se disait-il fini de son *dolce farniente* andalous. Il avait beau se triturer les méninges, cependant, il avait beau solliciter la fumée du tabac pour réveiller ses petites cellules grises et en appeler aux vapeurs de l'alcool pour exciter son imagination, il ne trouvait toujours pas. Et il s'apprêtait en désespoir de cause à aller voir à l'Amicale des anciens des PTT si, contre toute attente, son ami le colonel Ortiz n'aurait pas quelque chose pour lui – un tuyau, fût-il crevé, mais un tuyau qu'il pourrait néanmoins, l'ayant arrangé à sa façon, refiler à Archie Briggs pour l'inciter à surseoir à sa décision –, quand Maria qui rentrait de chez les Serrat le rejoignit sous la glycine, laquelle, au vu de la triste mine qu'il faisait, semblait avoir pris des allures de couronne funéraire.

– Tu en fais une tête, mon chéri, lui dit-elle. Que se passe-t-il ?

– Il se passe, lui répondit-il d'une voix grave, il se passe que Briggs veut me voir à Londres.

– Mon pauvre chou, contraint de laisser derrière lui ce petit paradis pour aller se plonger dans la grisaille londonienne. Allez, suis-moi jusqu'à la cuisine. Tu me raconteras tout cela pendant que je préparerai le repas. Je vais faire un de tes plats préférés. Ça te remontera le moral.

Elle commença par sortir méthodiquement pour l'étaler ensuite sur le plan de travail tout ce dont elle aurait besoin – une grande casserole, une passoire, un couteau de cuisine, une grande cuillère et une grande fourchette en bois, une râpe, un presse-ail, un grand saladier, un autre plus petit, un citron, une gousse d'ail, de l'huile d'olive, du vinaigre de Modène, du sel et du poivre et, du frigo, de la roquette, des spaghettis frais, et une belle poche de poutargue dans son enveloppe de cire. Elle remplit ensuite la casserole d'eau, et la mit sur la gazinière. De son côté, Boone sortit une bouteille de vin et dressa la table.

– Quelques jours passés sous le climat anglais te feront d'autant plus apprécier la chance que tu as d'être ici, lui dit-elle en allumant le feu. Histoire de te rappeler, mon chéri, que dans la vie, il ne faut rien prendre pour acquis.

– Ça risque de prendre un peu plus que quelques jours, dit-il, pesant ses mots pour ne point la brusquer.

– Combien de temps penses-tu être absent ? demanda-t-elle en rappant le zeste du citron en fines lamelles. Et pourquoi Briggs insiste-t-il tant pour te voir ? Serait-ce parce qu'on n'est pas plus près de trouver le Noble Reflet, qu'on ne l'était le jour où nous avions commencé à le chercher ?

– Ça n'a rien à voir avec ça.

Avec tout ce qui lui tombait soudain dessus il en avait oublié jusqu'à l'existence de cette relique inventée de toutes pièces par son patron pour enfumer les Espagnols et s'assurer que la présence à Grenade de son subordonné ne paraîtrait pas suspecte.

– Que se passe-t-il alors ?

– Eh bien, lui répondit-il après un long moment d'hésitation, imagine-toi qu'il y a des problèmes énormes sur l'Internet. Et ils ne semblent pas vouloir s'en aller.

– Ah bon ? Maman m'a pourtant appelée alors que j'étais chez Elena.

– C'est l'Internet qui est affecté et non le réseau GSM du téléphone mobile.

– C'est une drôle d'année, ne trouves-tu pas ? D'abord cette épidémie qui nous renvoie aux siècles obscurs, ensuite ce confinement qui nous projette dans un futur dystopique. Et comme si tout cela ne suffisait pas, ne voilà-t-il pas que l'Internet fait maintenant des siennes. À croire que cet horrible virus s'attaquerait autant à l'Internet qu'aux humains.

– Tu ne crois pas si bien dire, soupira Boone.

– Arrête tes facéties, Harry.

– Loin de moi l'idée de plaisanter, ma chérie. Surtout un jour comme celui-ci. Comme le disait j'oublie quel stoïcien les événements n'arrivent jamais par hasard : ils sont toujours là sur rendez-vous.

– Facétieux, et abscons, insista-t-elle en versant le zeste qu'elle venait de râper au fond du saladier.

– Peut-être bien. En tout cas ce gros incident n'est pas dû à une panne. Sinon, tu crois bien que tout serait déjà rentré dans l'ordre. Quatre heures, c'est une éternité sur l'Internet. Non, ce qui arrive là est le résultat d'une attaque de grande envergure. De très grande envergure, même. Du jamais vu encore, à en croire Archie.

– Tu veux dire que l'Internet est paralysé ?

– Pas tout l'Internet. Apparemment seuls les Big Tech seraient visés. Mais les Big Tech, c'est tout de même l'essentiel de l'Internet.

– C'est qui les biftecks ?

– Les Big Tech, ma chérie, pas les biftecks. Les Big Tech sont les cinq géants de la haute technologie et de l'économie numérique : Google, Amazon, Facebook, Apple et Microsoft.

– On leur aurait passé un virus ? demanda-t-elle tout en détachant deux gousses de la tête d'ail.

– Un virus particulièrement méchant selon Archie, qui m'apprend aussi que tous ceux qui se penchent sur la question depuis ce matin se gratteraient la tête en vain, n'arrivant pas à comprendre ce qu'il se passe, encore moins à trouver la parade.

– Et comment, s'ils n'y comprennent rien, savent-ils qu'il s'agit d'un virus ? demanda-t-elle en épluchant les gousses d'ail. C'est peut-être là quelque chose d'inhérent à ce grand réseau que nous avons tissé et dans lequel nous serions maintenant empêtrés. Nous envisagions l'Internet comme une toile, mais peut-être est-ce un filet. Nous nous pensions araignées, mais nous ne sommes peut-être que moucherons. Peut-être l'Internet se sera-t-il autonomisé. Comme les robots dans la science-fiction.

– Ce que tu dis là arrivera peut-être un jour, notamment avec le développement de la robotique et de l'intelligence artificielle, mais dans ce cas précis l'existence de hackers est indiscutable. Ce virus a été injecté.

– Comment sait-on cela ?

– Les hackers apposent d'ordinaire leur signature aux systèmes qu'ils infectent. Des pseudos mêlant lettres, chiffres et caractères spéciaux : h@ck3r pour hacker, par exemple, ou r@nsôm pour rançon, ou alors t3rm1n@tor pour terminator. Mais dans ce cas précis ils ont signé leur forfait différemment.

– Comment l'ont-ils signé ?

– Ils ont eu le culot de faire apparaître leur signature simultanément sur les écrans des patrons de la cybersécurité chez les Big Tech. Histoire de les narguer.

– Et c'est quoi, cette signature ? demanda-t-elle, curieuse.

– Apparemment ce serait une mise en garde. « Méfiez-vous des ides de mars ! »

– Les ides de mars, comme pour le jour de l'assassinat de Jules César ? demanda-t-elle en écrasant l'ail.

– C'est ça. Un aruspice qui aurait vu venir l'assassinat de César dans les entrailles d'un animal sacrifié l'aurait averti de se méfier des ides de mars. Mais César n'en aurait pas tenu compte.

– Des hackers cultivés, à ce que je vois. « Méfiez-vous des ides de mars », c'est plus chic que *terminator*, avec ou sans caractères spéciaux. Et c'est pour ça, reprit-elle ensuite, narquoise, que ton ami Briggs t'enlève à moi, mon chéri ? Se serait-il rappelé qu'avant de devenir un espion tu avais enseigné le grec et le latin dans une école publique aussi obscure que huppée ? À ce propos, pourquoi diable les Anglais disent-ils école publique lorsqu'ils entendent école privée ?

– Parce qu'elle était publique par opposition à l'éducation privée qui était jadis dispensée aux enfants par des précepteurs à la maison.

– Il faut être anglais pour dire quelque chose quand on entend son contraire. Mais tu ne m'as toujours pas dit. Est-ce de ta culture classique que ton ami Briggs a tant besoin aujourd'hui ?

– Qui est facétieux, maintenant ?

– Pourquoi n'as-tu pas encore raccroché, Harry, dit-elle en versant l'ail écrasé au-dessus du zeste de citron. À quoi servent encore les gens comme toi, je me le demande. Les agents secrets, je veux dire – même si, dans ton cas, je crains que, dans la bonne société grenadine, ton secret n'en soit plus qu'un de Polichinelle.

– Comment cela, un secret de Polichinelle, s'indigna Boone, bien plus qu'il ne s'en inquiéta. Qu'aurais-je fait ou dit pour éveiller les soupçons ?

– Absolument rien, mon chéri. Tu as été parfait. Mais ils ne t'en soupçonnent pas moins. Ou peut-être devrais-je dire qu'ils tiennent à tout prix à te soupçonner. À leurs yeux rien n'est ce qu'il paraît être et tout cache nécessairement autre chose. Il en va toujours ainsi en Orient, et l'Andalousie, Reconquista ou pas, fait toujours partie de l'Orient. Il n'en allait d'ailleurs pas autrement lorsque nous étions en Égypte, et avant cela au Liban. Le conspirationnisme est notre façon à nous, les Orientaux, de donner un sens à des événements qui nous échappent complètement.

Elle n'a pas tort, se disait Boone. Lorsque rien ne dépend de vous et tout se fait à vos dépens, le conspirationnisme donne l'illusion de comprendre et, en comprenant, de se persuader d'avoir encore pied.

– En sus, poursuivait-elle, en conférant au diplomate étranger qu'on invite chez soi une importance qu'il n'a pas, c'est sa propre importance qu'on grandit. Crois-tu que tous ces gens de la bonne société te voudraient à leurs soirées s'ils pensaient que tu n'étais qu'un simple attaché culturel ? L'habit ne fait pas le moine, mon chéri, et sous ta bure, c'est une armure que leurs yeux avides de frissons voient scintiller.

Elle n'a pas tort là, se répéta Boone.

– Mais pour en revenir à notre sujet, Harry, quelle utilité, dis-moi, vous trouve-t-on encore, vous les agents secrets, quand un bon informaticien confortablement installé chez lui peut, dit-on, crocheter à distance toute une armoire numérique et siphonner ses secrets sans être détecté ?

Maria avait-elle raison de croire cela ? Maintes fois Boone s'était posé la question de savoir si Terence Blackwell et ses Grandes Oreilles n'auraient pas pris définitivement l'ascendant sur Archie Briggs et ses sources humaines. Le patron des Grandes Oreilles brassait déjà beaucoup d'air aux réunions du Comité de la pêche à la morue où tous les pêcheurs en eau trouble qui dirigeaient les différents services secrets britanniques retrouvaient régulièrement leurs maîtres politiques. Ce que Blackwell semblait ignorer cependant, c'est que dans le meilleur des cas les renseignements technologiques qu'il déballait à ces réunions-là ne portaient que sur le potentiel de l'ennemi et sur ce que ce dernier était en mesure de faire. Alors que Briggs, lui, pouvait encore se targuer de sonder grâce à ses sources humaines le cœur même de l'ennemi, dévoilant ainsi ses véritables intentions. Et il y a loin, n'est-ce pas, entre le potentiel – quantitatif et objectif – et les intentions – qualitatives et subjectives –, d'aucuns pouvant agir contre nous mais n'en faisant rien, tandis que d'autres, bien que ne pouvant rien faire de conséquent contre nous, ne s'y essaient pas moins. Blackwell arrivait toujours aux réunions, bardé d'images-satellite, de relevés d'écoutes téléphoniques, de rouleaux de nomenclatures et de tableaux statistiques tous aussi irréfutables les uns que les autres, et tous aussi catégoriques. Mais ce qu'empêtré dans ses métadonnées il semblait négliger c'est qu'en étalant devant l'échelon politique ce qui avait l'apparence de l'évidence il plaçait le Premier ministre devant un choix purement binaire : soit agir, soit ne rien faire. S'il agissait, ce dernier pouvait certes espérer éradiquer une menace potentielle. Mais il le ferait alors au risque de passer pour un va-t-en-guerre et de heurter de front une partie de l'opinion à un moment qui pouvait être électoralement inopportun. Si en revanche il sursoyait à toute décision, on pourrait lui reprocher plus tard de ne pas avoir pris en compte les renseignements à sa disposition et de n'avoir rien fait. C'est pourquoi, Boone s'était-il souvent dit, les renseignements technologiques des Grandes Oreilles, dans leur crudité même et leur froide objectivité, devaient souvent mettre le Premier ministre dans l'embarras. Plus nuancés et moins tranchés, bien plus subjectifs aussi, les rapports de sources humaines du Club-House introduisaient en revanche le doute au milieu des certitudes technologiques servies par les Grandes Oreilles, offrant ainsi au Premier ministre le luxe d'une porte de sortie en le libérant du dilemme binaire auquel il aurait sinon dû fait face, et l'exonérant éventuellemcnt plus tard, s'il s'avérait que sa décision n'avait pas été la bonne. Boone savait certes qu'un jour viendrait où le Grand Jeu autour du territoire, des ressources naturelles, des routes commerciales et du cœur des hommes – ce jeu que Kipling avait si bien décrit et tant chanté – céderait inévitablement la place à un Nouveau Grand Jeu, quand le territoire, les ressources naturelles, les routes commerciales et le cœur même des hommes se verraient remplacés comme enjeux stratégiques par les données et les métadonnées, les routeurs périphériques, l'intelligence artificielle et tous les rejetons de la 5G. Il se pourrait même, se disait-il, que cette attaque contre les Big Tech soit le premier coup de feu tiré dans cette nouvelle guerre froide numérique. Il doutait fort, cependant, que les Grandes Oreilles aient la peau du Club-House de sitôt, les hommes politiques ne pouvant toujours pas se passer des sources humaines, aussi imparfaites soient-elles. Ou plutôt parce qu'ils étaient eux-mêmes aussi imparfaits qu'elles. Tout comme l'Américain Sydney Harris, Boone était en fait persuadé que le vrai basculement, celui qui sonnerait le glas de toutes les sources humaines et avec elles de tous leurs officiers traitants, ne résidait pas tant dans le fait que les machines puissent penser comme les êtres humains (ce qui était déjà largement le cas), mais dans le fait que les êtres humains puissent un jour se mettre à penser comme les machines (ce qui n'était pas encore tout à fait le cas).

– Tu crois vraiment, finit-il par dire, que nous serons mis au chômage par ces parvenus ? Nous avons pourtant, contrairement à eux, une très longue histoire derrière nous. N'avons-nous pas accompagné l'homme tout au long de son évolution, si je puis oser le mot ? Nous sommes même référencés dans la Bible. « Le Seigneur dit à Moïse : Envoie des hommes se renseigner sur le pays de Canaan. » C'est de nous qu'on parle, là, dans le livre des Nombres. C'est l'un des plus vieux métiers du monde, que le nôtre.

– Le plus vieux, après la prostitution, précisa-t-elle versant généreusement de l'huile d'olive sur son mélange d'ail écrasé et de zeste râpé.

– À propos de prostitution, savais-tu que l'expression « le plus vieux métier du monde » apparaît pour la première fois dans une nouvelle de Kipling à propos d'une prostituée ? Kipling : l'auteur du *Kim*, le livre où tout agent secret qui se respecte va trouver son inspiration et sa motivation.

– Il n'y a pas de quoi être fier, dit-elle en salant et poivrant sa concoction. Reconnais en tout cas qu'en ces temps où il n'est plus question que de cyberguerre et de cyberespionnage l'agent secret à la James Bond, avec sa prestance, son panache, son bagout, son culot, et son art de la séduction et de la manipulation – je ne parle évidemment pas de toi, Harry, toi tu es l'exception qui confirme la règle – relève d'un folklore juste bon pour le cinéma et le roman.

– Tu crois cela ? Je dirais pour ma part que nous sommes au cyberespionnage ce que la pêche à la ligne est à la pêche industrielle. Ou, si tu préfères – et ça fait plus chic –, ce que la haute couture et le sur-mesure sont au prêt-à-porter et à la vente en gros.

– Mais les temps ne sont plus à la haute couture et au sur-mesure, Harry. Le temps est à la production en masse et à la consommation des masses. Et si les cyber-espions sont plus productifs que vous, plus efficients aussi, bientôt, ils vous enterreront.

– Tu es un véritable enfant de la société industrielle, ma chérie. Efficience et productivité n'ont rien à voir là-dedans. C'est surtout de psychologie qu'il s'agit. Nous ne pouvons certes pas espérer rivaliser avec les cyberespions en termes de masse d'informations, mais notre influence nous l'exerçons en ne disant, ni trop, ni trop peu ; nous la déroulons en suggérant, plutôt qu'en informant ; et nous la perpétuons en faisant de subtiles allusions susceptibles d'être interprétées de plus d'une façon. Je commencerai à m'inquiéter sérieusement le jour où je verrai un maître cyberespion cajoler notre Premier ministre comme Archie sait le faire. Les cyber-espions peuvent bien, si ça leur chante, se targuer d'être les nouveaux agents secrets, nous n'en demeurons pas moins quant à nous les agents *du* secret. Rappelle-toi ce qu'écrivait Héraclite.

– Je ne peux pas me le rappeler puisque je n'ai jamais lu Héraclite, dit-elle en mettant la roquette dans le petit saladier.

– C'était une façon de parler. D'ailleurs, qui a vraiment lu Héraclite d'Éphèse ? Nous n'avons de lui que des fragments épars noyés dans un vaste océan d'exégèse. Toujours est-il que selon lui : « Le dieu dont l'oracle est à Delphes ne dit ni ne cache mais donne des signes. » Eh bien, c'est de ce dieu-là – en l'occurrence Apollon –, que nous autres nous tirons notre inspiration. Transposé dans la théologie chrétienne Apollon serait notre saint patron. Comme Apollon, nous ne disons en effet ni ne cachons mais donnons des signes, laissant à celui qui sollicite nos lumières le soin de les interpréter à sa guise. Et je dois reconnaître qu'Archie excelle à ce jeu-là. On pourrait d'ailleurs, paraphrasant Eschyle, dire à son propos que ce n'est pas le renseignement qui nous fait croire en l'homme, mais l'homme au renseignement.

– J'ai du mal à imaginer ton ami Archie Briggs en pythie, Harry, dit-elle en assaisonnant sa roquette à l'huile d'olive et au vinaigre balsamique. À moins qu'il ne s'agisse d'une pythie à sonnettes.

– Ha ! Ha ! Ha ! Elle est très bonne. Je me garderai néanmoins de la répéter devant lui, ajouta-t-il ensuite en débouchant la bouteille de vin. Quoi qu'il en soit, pythie à sonnettes, ou sybille à sornettes, je doute fort qu'Archie soit de sitôt mis sur la touche par les cyberespions. Vois-tu, un maître-espion comme lui est aux cyberespions ce qu'une geisha est à la poupée gonflable. Et quel Premier ministre normalement constitué préférerait une poupée gonflable à une geisha qui lui caresserait le corps tout entier en massant son ego par-dessus le marché ?

– Très drôle, Harry, dit-elle en posant la roquette sur la table. Je vois que tu es très porté sur les allégories aujourd'hui. Mais tu ne m'as toujours pas dit pourquoi la pythie insiste tant pour que tu ailles la voir à Londres – ou devrais-je dire à Delphes ?

Boone aurait préféré rester dans le registre des paraboles. Il en avait d'ailleurs une à l'esprit sur les différentes toiles que tissaient différentes variétés d'araignées – les unes à motifs bien visibles, les autres apurées et quasi invisibles et chacune remplissant une fonction bien précise –, sur laquelle il se serait bien étendu. Mais il ne pouvait plus retarder le moment de se jeter à l'eau. Avant de lui répondre, il prit néanmoins le temps de servir le vin.

– Si Archie me rappelle, dit-il finalement, lâchant subrepticement le mot fatidique, c'est à cause de ce qui s'est passé il y a six semaines de cela. Ou plutôt à cause de ce qui ne s'est pas passé depuis.

– À cause de ce qui s'est passé et de ce qui ne s'est pas passé ? C'est un discours quantique que tu me tiens là, Harry, ou serait-ce quelque oracle delphique ?

– Ce que je voulais dire c'est : de ce qui s'est passé il y a de cela six semaines, et de ce qui aurait dû se passer depuis mais qui ne s'est malheureusement pas passé.

– Tu cherches à m'embrouiller, c'est ça, dit-elle en découpant en belles tranches épaisses la poutargue qu'elle venait de débarrasser de sa gangue de cire.

– Pas du tout, protesta Boone en posant la salade sur la table. Laisse-moi t'expliquer, ajouta-t-il ensuite en mettant les couverts. Tu te rappelles peut-être qu'à la mi-mars le réseau GSM du téléphone avait été très perturbé et l'Internet bigrement ralenti. C'était un dimanche, au premier jour du confinement.

– Je m'en rappelle, dit Maria en s'asseyant à son tour pour attaquer sa salade.

Pour des raisons médicinales ou autres que Boone n'avait jamais cherché à approfondir, encore moins contester, elle insistait pour toujours manger ce qu'elle appelait les « aliments vivants » en premier.

– On avait parlé d'un incendie accidentel sur un échangeur téléphonique, non ?

– Ce n'était rien de la sorte. C'était une attaque contre nos systèmes de télécommunications.

– Tu ne m'en avais rien dit, Harry, dit-elle en jetant un œil à la casserole qu'elle avait mise sur le feu.

– Je ne voulais pas t'inquiéter. D'autant que tout était vite rentré dans l'ordre.

– Encore un virus ?

– Du sabotage, plutôt. Des attaques simultanées contre trois stations où atterrissent des câbles sous-marins assurant les télécommunications entre l'Europe, l'Amérique et l'Asie. Dont la petite station d'Estepona, à quelque deux cents kilomètres d'ici.

– Et ?

– Et quoi, ma chérie ?

– Qu'est-ce que tout cela a à voir avec toi ? Je croyais qu'on était ici pour essayer de retrouver le miroir d'Aïcha avant que des terroristes ne puissent s'en emparer.

– Depuis les attaques contre les terminaux des câbles sous-marins cette mission est passée pour Archie au second plan, lui mentit-il, car il était bien trop tard pour lui avouer que toute cette histoire de miroir d'Aïcha et de Noble Reflet n'était qu'un gros nuage de fumée cachant le rocher de Gibraltar. Archie est d'avis que, parmi les trois attaques perpétrées il y a six semaines de cela contre les terminaux de Widemouth, d'Alexandrie et d'Estepona, le maillon faible qui pourrait nous donner une piste nous permettant de remonter jusqu'aux commanditaires se trouve ici, en Andalousie.

– Et pourquoi cela ?

L'eau sur le feu ayant commencé à bouillir, elle s'était levée pour verser les pâtes dans la casserole.

– Parce que l'attaque à Estepona détonne des deux autres par son amateurisme et son côté artisanal ; parce que, le même terminal d'Estepona accueillant des câbles en provenance du terminal d'Alexandrie, le sabotage de ce dernier rendait l'attaque contre le premier largement redondante ; et parce que, comme dirait Shakespeare, cette dernière attaque aura fait beaucoup de bruit pour rien. Archie y a vu une incohérence à exploiter. Un peu comme l'exception qui, en confirmant la règle, aiderait à mieux la comprendre.

– Tu parlais du côté artisanal de cette attaque, dit-elle en revenant s'asseoir.

– C'est ça.

– Elle aurait donc un côté plus humain que technologique ?

– C'est ça.

– Si tu veux mon avis ton ami Briggs y voit tout simplement ce qu'il veut y voir, à savoir quelque chose qui est plus dans ses cordes que dans celles des cyberespions.

– Tu crois cela ? Si c'est le cas, si Archie en fait vraiment une affaire personnelle, je ne m'étonne pas qu'il soit si remonté contre moi.

– Et pourquoi diable serait-il remonté contre toi ?

– Il était venu ici exprès me demander d'enquêter sur l'attaque à Estepona. Et j'avoue avoir lamentablement échoué.

– C'est donc pour cela qu'il était venu. Et moi qui croyais qu'il avait voulu s'enquérir des progrès faits dans notre quête du Noble Reflet.

– Archie, quand je l'avais vu, semblait obnubilé par cette histoire de câbles sous-marins sabotés. Jusqu'à exiger que je lui fasse des rapports quotidiens. Et tout porte hélas à croire qu'il avait raison. On peut dire ce qu'on veut d'Archie Briggs, mais on ne peut pas nier qu'il ait du flair.

– Comment cela, du flair ?

– L'attaque informatique de ce matin le prouve.

– Mais tu disais que c'étaient des hackers. Alors que l'incident d'avant, c'étaient des saboteurs.

– Les deux n'en sont pas moins liés. L'attaque d'aujourd'hui est dans la continuité des opérations de sabotage perpétrées contre les câbles sous-marins.

– Vraiment ? Comment sait-on cela ?

– Grâce à la signature. Je te disais que les hackers avaient signé leur méfait : « Méfiez-vous des ides de mars ! »

– Les saboteurs des terminaux des câbles sous-marins auraient-ils signé leur méfait de la même façon ?

– Ils n'en avaient pas besoin. La date des attentats parlait d'elle-même.

– Comment cela, la date parlait d'elle-même ?

– C'est le 15 mars que les terminaux des câbles sous-marins avaient été attaqués de manière quasi simultanée. C'était un dimanche.

– C'est vrai, ça ? C'était le 15 mars ?

– Le 15 mars, ou, si tu préfères, aux ides de mars, jour anniversaire de l'assassinat de Jules César. Il n'a pas fallu longtemps à Archie pour faire le rapprochement. Archie n'est peut-être pas très féru d'Antiquité mais il connaît son Shakespeare.

– Qui pourrait être derrière cette affaire ?

– S'agissant d'une attaque qui cible exclusivement des géants occidentaux de la haute technologie, et la Chine, tout comme la Russie, ne semblant pas en avoir été particulièrement affectées – les Chinois ont leur propre Intranet, et les Russes s'y sont aussi mis –, les soupçons de nos amis américains se portent sur ces deux pays. Soit qu'ils aient – dans le cas des Chinois – commandité l'affaire, soit qu'ils aient – dans le cas des Russes – laissé faire des hackers noirs présents sur leur territoire.

– A-t-on des preuves en ce sens ?

– Des preuves ? Avions-nous eu besoin de preuves de l'existence d'armes de destruction massive chez Saddam Hussein pour envahir l'Irak ? Nos réactions sont moins déterminées par des preuves que par nos préjugés. Pour ce qui est des Russes, le fait est que la criminalité sur l'Internet empoisonne les relations entre Washington et Moscou depuis les années 1990 déjà. Cela avait commencé tout bêtement avec des attaques de spams par email, mais là il semblerait qu'on ait franchi un pas qualitatif. Et pour ce qui est des Chinois, nul n'ignore que Washington et Pékin sont depuis quelques années déjà à couteaux tirés autour de la 5G et des câbles sous-marins des télécommunications.

– Et toi, qu'en penses-tu ?

– Ce qui me taraude, c'est que l'attaque électronique très sophistiquée qui vient de frapper les Big Tech ne cadre pas avec le caractère violent des attaques précédentes contre les terminaux des câbles sous-marins. Mais Archie n'en démord pas. Il voit dans les premières attaques contre les câbles une manœuvre de diversion pour nous contraindre à porter toute notre attention sur cette vulnérabilité-là, négligeant ainsi les menaces électroniques pesant sur l'Internet. Et à présent que ceux qui sont derrière cet assaut délibéré contre nos systèmes de télécommunications en sont passés à ce qui semble être la phase deux de leur plan, il m'en veut de ne pas avoir réussi à étayer son intuition à temps pour les en empêcher. C'est comme s'il me tenait personnellement responsable de ce qui est arrivé aujourd'hui. Il me rappelle donc à Londres.

– Il te *rappelle*, dis-tu ? Je croyais qu'il voulait simplement te voir. Pour consultation.

– Euh, non, bégaya Boone. Il envisage d'envoyer quelqu'un d'autre à ma place ici.

– Parce ce qu'il croit qu'on pourrait faire mieux que toi ?

– Peut-être pas. Mais il entend semble-t-il me sanctionner pour l'avoir laissé tomber.

Elle ne réagit pas immédiatement mais, s'étant de nouveau levée pour enlever les pâtes du feu, elle s'occupa de vider le contenu de la casserole dans la passoire posée dans l'évier. Prenant ensuite soin de ne pas trop égoutter les pâtes, elle les transvasa dans le grand saladier, les y touilla, y versa les lamelles de poutargue et posa le tout bruyamment sur la table. Et lorsqu'elle se tourna enfin vers lui, ses beaux yeux verts brillaient d'une lueur menaçante.

– Je te préviens, Harry Boone, dit-elle, je ne te suivrai pas à Londres !

– Tu m'avais pourtant promis de me suivre jusqu'au bout du monde, plaisanta-t-il, espérant ainsi dédramatiser la situation.

– Au bout du monde, oui, mais certainement pas à Londres ! J'ai souffert à chacun des séjours que j'y ai faits pour être à tes côtés. Je n'irai plus vivre dans un pays où le soleil fait son apparition une fois tous les millénaires et où il est attendu tel un messie par une génération après l'autre d'Anglais. Tu ne peux pas me demander cela, Harry.

– Ce n'est pas comme si j'avais le choix.

– Bien sûr que tu as le choix, dit-elle en se rasseyant. Démissionne et finissons-en !

– Démissionner ?

Il se disait que cette discussion qui tournait au vinaigre lui gâchait tout le plaisir qu'il aurait dû avoir à manger ces délicieuses pâtes à la poutargue.

– Et pour aller où ? Et vivre de quoi ? Démissionner, pour subsister sur une maigre pension du gouvernement de Sa Majesté ? Tu me l'aurais demandé il y a de cela six petits mois, je n'aurais peut-être pas dit non. Il y a six mois j'avais encore un petit pécule à la banque à Beyrouth, qui, placé sur un compte épargne bien sage, ne m'en rapportait pas moins un bon dix pour cent. Suffisamment pour me permettre d'envisager une gentille retraite de rentier aux bords de la Méditerranée. Mais ça, comme tu le sais, c'était il y a six mois. Depuis, il s'est avéré que les banquiers libanais, encouragés en cela par le gouverneur de votre banque centrale, avaient mis en place une pyramide de Ponzi très sophistiquée, prêtant à l'État l'argent des déposants à un taux exorbitant tout en sachant que le jour viendrait où l'État ne serait plus en mesure d'honorer ne serait-ce que le service de sa dette. Et ce jour a bien sûr fini par arriver. La pyramide s'est effondrée, les banques libanaises sont en faillite non déclarée, et l'argent des déposants – le mien compris – a fondu comme neige au soleil bien qu'il soit, ironiquement, gelé.

– Je t'avais pourtant prévenu de ne pas confier ton argent aux banques, Harry, dit-elle en remplissant l'assiette qu'il lui tendait.

Pensant à la grosse fortune dont, fille unique, elle avait hérité de son père, Boone fut bien tenté de lui citer une nouvelle fois Eschyle. Lequel disait qu'il était facile, lorsqu'on était prospère, de donner des conseils aux plus démunis. Mais il se retint.

– Je sais, poursuivit-elle après s'être servie à son tour, à quel point les taux proposés par les banques libanaises pouvaient être tentants, rapportant huit à dix fois ce que la même somme placée en Europe ou aux États-Unis aurait pu rapporter. Rares sont d'ailleurs les Libanais qui ont résisté au chant de sirène des banquiers. Et aujourd'hui ils sont pratiquement tous ruinés. La classe moyenne libanaise n'existe plus. Autant dire que le Liban n'existe plus puisque la classe moyenne est l'épine dorsale sans laquelle ce pays ne saurait connaître de stabilité. C'était vraiment très imprudent de ta part d'avoir confié toutes tes économies aux banques.

– À vrai dire ce n'étaient pas tant les taux d'intérêt élevés proposés qui m'y avaient poussé que l'idée qu'en plaçant mes économies au Liban je m'y trouverais en quelque sorte déjà avant d'y être pour de bon.

– Mais, auquel cas, Harry, plutôt que de placer ton argent à la banque, tu aurais dû l'investir dans le foncier. La famille de maman ne fait que cela depuis quatre générations. Dans un pays à peine plus grand qu'un mouchoir de poche et où les places se font de plus en plus rares c'est, dit maman, ce qu'il y a encore de mieux à faire. Même prospère l'usine de métallurgie de mon père ne l'avait jamais intéressée. Trop d'impondérables dans l'industrie comme dans le commerce et dans la finance, disait-elle. Bien trop de vautours qui tournent autour. À la mort de papa elle avait donc insisté pour qu'on la cède. Ce dont je me félicite aujourd'hui.

– C'est surtout le fisc que ta mère a en sainte horreur. À l'*homo economicus*, m'avait-elle un jour dit, a succédé l'*homo fiscalus*.

– Ce n'est pas tant le fisc que maman abhorre que la manière dont les recettes fiscales sont dépensées. Elle refuse d'engraisser le gouvernement tout en lui donnant un blanc-seing lui permettant de dilapider son argent au gré de ses caprices.

– Je me souviens parfaitement de son argumentaire en faveur d'une nouvelle démocratie fondée, non pas sur le mandat représentatif qui laisse à l'élu toute latitude pour faire ce qu'il veut, mais sur le mandat impératif.

– Elle estime que les contribuables devraient pouvoir décider d'eux-mêmes à quelle fin l'argent de leurs impôts serait dépensé et si ce devrait être pour la santé, la sécurité, la culture, l'éducation ou les infrastructures. Ainsi le poids de chaque ministère et de chaque administration serait fonction de l'investissement qu'y feraient les contribuables et, chaque ministre étant tenu d'avance par le budget que lui aurait octroyé le corps des citoyens, ces derniers n'auraient plus le sentiment d'être constamment floués.

– Une idée intéressante, je dois l'avouer. Une sorte de démocratie directe fiscale. Ta mère est une vraie femme de tête.

– L'aversion de maman pour les structures parasitaires comme l'État ou les banques ne se limite pas au cas libanais. Il y a de cela quelques jours encore elle me disait au téléphone que ce qui vient de se passer à Beyrouth dans l'impunité la plus totale – la chute vertigineuse de la monnaie et le gel arbitraire des avoirs des déposants – pourrait très bien se reproduire demain un peu partout dans le monde à la faveur de cette crise sanitaire et de l'état d'urgence qu'on décrète un peu trop facilement ici et là.

– J'aurais dû t'écouter avant de mettre tous mes sous à la banque, dit-il, non sans regret, la belle tranche moelleuse de poutargue orangée dans laquelle il venait de mordre lui ayant étonnamment laissé dans la bouche un goût de cendres. Mais ce qui est fait est fait, ajouta-t-il, se reprenant. Je ne pleurerai pas sur le lait versé. La seule chose qui me met rogne c'est de ne plus être en mesure faire un pied de nez à Archie et de partir en claquant la porte. Mes économies ayant fondu, je ne peux plus me passer de mon salaire. Encore moins des avantages en nature qui vont avec ma fonction.

– Tu n'es pas obligé de continuer à travailler, mon chéri. J'ai bien assez d'argent pour deux.

– Il n'est pas question que je vive à tes crochets, dit-il en laissant sa fourchette choir bruyamment dans son assiette.

– Quelle théâtralité ! Tu me sacrifierais à ta fierté mal placée ?

– Il ne s'agit pas de fierté, bien ou mal placée, mais de respect de soi. Pour pouvoir vivre heureux à tes côtés je dois d'abord pouvoir vivre avec moi-même et me regarder en face. Je n'ai pas le choix. Je dois aller à Londres et m'y plier au bon vouloir d'Archie.

– Mais vas-y donc, si tu tiens tant que cela à ton misérable salaire ! Je resterai pour ma part à Grenade. Le Liban étant devenu franchement invivable je me vois très bien m'installant ici. Je m'y sens comme chez moi à vrai dire. D'ailleurs, j'ai déjà demandé à Elena de m'aider à trouver une maison à Albayzín. Une maison à acheter, pas simplement à louer.

– Et si on reportait cette conversation au lendemain de mon entretien avec Archie, plaida Boone.

– Va donc à Londres si tu le souhaites, lui concéda-t-elle, mais vas-y pour cajoler Briggs comme tu sais si bien cajoler les gens, Harry. Fais son siège jusqu'à le faire changer d'avis. Jusqu'à ce qu'il accepte de te garder ici.

– Pour le cajoler, encore faut-il que j'aie ne serait-ce qu'un hochet. Un petit quelque chose pour l'appâter. Or j'y vais les mains vides, sans munition aucune, alors que l'ennemi est déjà dans la place.

– Mais qui s'inquiète que Google, Apple et les autres soient aujourd'hui dans la merde ? s'irrita-t-elle.

Les gouvernements ne cessent de critiquer le pouvoir croissant de ces géants technologiques, mais dès lors que quelqu'un s'en prend à eux, leur rendant la monnaie de leur pièce, ne voilà-t-il pas que tout le monde court à leur secours. C'est quand même paradoxal, ne trouves-tu pas ?

– Dans un sens, tu as raison. Il n'en reste pas moins que cette affaire est très grave.

– Dans quel sens, grave ?

– Tu vas voir.

Ayant sorti de la poche revolver de son pantalon la feuille de papier sur laquelle il avait gribouillé des notes tandis que son patron monologuait, il la déplia, la parcourut et finit par dire :

– Google, Microsoft et Amazon sont les plus grosses plateformes cloud vers quoi ont migré les data de dizaines de millions d'entreprises et d'institutions publiques et privées qui sauvegardaient auparavant leurs données *in situ*, dans leurs propres data centres. Sans compter les milliards de particuliers. Or du fait de cette attaque en règle contre les Big Tech, toutes ces entreprises, toutes ces institutions et tous ces particuliers n'ont plus accès à leurs données. Tu imagines le bordel ? Et ce n'est pas tout. Avec Google qui se crashe, le déni de service aux utilisateurs touche aussi Gmail, YouTube, Google Drive, Google Maps, Google Cloud, les contacts, photos, calendrier Google, etc., etc. Avec Apple qui se crashe, le déni de service aux utilisateurs touche iTunes, Apple Music, Apple Photos, Apple TV, etc., etc. Avec Microsoft qui se crashe, le déni de service aux utilisateurs touche aussi Outlook, Microsoft Cloud, OneDrive, Skype, LinkedIn,

GitHub, etc., etc. Avec Amazon qui se crashe, le déni de service aux utilisateurs touche Amazon Web Services, Amazon Ventes au détail, Amazon Prime, Amazon Cloud, Zoom, etc., etc. Et avec Facebook qui se crashe, le déni de service toucherait aussi semble-t-il les utilisateurs de WhatsApp, de Messenger, d'Instagram…

– C'est fou comme tout est lié, désormais !

– Déjà, le confinement était impopulaire. Déjà, les gens grognaient de se voir enfermés et privés de toute vie professionnelle, sociale ou mondaine significative. Mais du moins pouvaient-ils encore se rabattre sur l'Internet pour faire du télétravail via Zoom ou via les messageries mail, pour échanger avec leurs amis et leur famille sur Skype, Facebook ou WhatsApp, pour acheter ce dont ils avaient besoin ou envie sur Amazon et se le faire livrer, ou pour regarder des films en streaming. De ce fait, si les gens étaient bien confinés, ils n'en restaient pas moins connectés. Mais imagine que cette situation perdure et qu'au confinement social s'ajoute une déconnexion totale. Le bon vieux téléphone filaire, le mobile GSM, les réseaux sociaux tel Twitter et les petites messageries comme Telegram ou Threema, qui ont encore leurs propres serveurs, étant pris d'assaut et saturés depuis que tout le reste a crashé, très bientôt il n'y aura plus moyen de télétravailler, de tchatter avec ses amis, de prendre des nouvelles de sa famille éloignée, de commander un livre, un CD ou un jeu de société, de se distraire en regardant sa série préférée… Prends Netflix, par exemple. Cette plateforme qui propose des films, des séries et des documentaires à la demande connaît aujourd'hui un succès fulgurant. Le nombre de leurs abonnés ne faisait qu'augmenter depuis le début du confinement. Quoi de plus normal, me diras-tu. Enfermés chez eux, les gens ont besoin de se divertir. Quoi qu'il en soit, Netflix abritant ses serveurs sur Amazon Cloud, depuis ce matin leurs abonnés n'ont plus accès au service.

– Justement, Elena pestait tantôt contre Netflix. Tu sais comment elle est. Elle s'agaçait de ne pouvoir accéder au menu pour se trouver un bon film pour la soirée. « J'en connais en tout cas un que cette panne sur l'Internet ne risque pas d'embêter », lui avait alors dit Alex, qui venait de nous rejoindre dans le jardin, la taquinant à sa façon. Il parlait d'Andrés, bien sûr, et Elena lui avait répondu que si le service de Netflix n'était pas rétabli avant la nuit elle irait rejoindre Andrés et ses amis et vivrait avec eux pour le restant de sa vie.

– Andrés ?

– Andrés Tarrés, mon chéri. On l'a rencontré à une soirée chez les Serrat peu de temps après notre arrivée ici. Un homme très intéressant. On aurait voulu qu'il participât à ce documentaire dans lequel on dressait un parallèle entre les excentriques anglais et les anticonformistes andalous.

Encore une de mes idées farfelues pour faire plaisir à Archie, se dit Boone.

– Mais il avait sèchement refusé. Tu te souviens d'Andrés, n'est-ce pas ?

Si Boone s'en souvenait ! Bien sûr qu'il s'en souvenait ! Un beau ténébreux au regard charmeur, arborant une élégante chevelure longue et une barbe clairsemée d'adolescent qui n'était pas sans rappeler celle du Che.

Un bien beau parleur aussi, un vrai Chrysostome devant qui, à cette soirée mondaine chez les Serrat, toutes les dames s'étaient pâmées, le dévorant des yeux et buvant chacun de ses mots. Même Maria, Boone n'avait pu s'empêcher de le remarquer ce soir-là, n'avait pas semblé être insensible à son charme. Ce Tarrés était une de ces figures romantiques qui plaisent tant aux femelles de l'espèce et qui agacent évidemment tout autant les mâles. Il enseignait l'histoire de l'art à l'université de Grenade et vivait dans une ancienne ferme loin de la ville. Là, il avait réuni quelques jeunes qui partageaient sa conception très particulière de la vie et qui, pour nombre d'entre eux, s'était dit Boone la première fois qu'il s'était rendu chez lui avec Maria et quelques amis grenadins, partageaient sans doute aussi son lit. Si Maria avait dit « Andrés Tarrés », il ne s'en serait sans doute pas formalisé. Mais cet « Andrés », juste « Andrés », comme si cela allait de soi, comme s'il était tout à fait inutile de préciser son nom de famille alors qu'ils ne l'avaient vu, en tout et pour tout, que quelques fois, avait réveillé l'Othello en lui et, piqué au vif par ce prénom négligemment lancé par la femme qu'il aimait, il était parti dans son trip de mâle possessif. Aussitôt cependant que sa raison eut repris le dessus sur ses émotions, il se dit qu'en se braquant sur ce simple prénom il avait sans doute raté quelque chose.

– Que me disais-tu au juste, ma chérie ? Tu veux bien répéter ?

– Je te disais, Harry, qu'Alex avait dit que ce n'était pas Andrés qui se plaindrait de voir Netflix, et tout l'Internet, hors service, et qu'Elena lui avait répliqué que si cela devait durer, elle irait vivre avec Andrés et ses amis.

Mais bien sûr, se dit Boone, sortant enfin de sa léthargie. Il s'en voulait à présent de ne pas avoir pensé à Andrés Tarrés plus tôt et de ne pas l'avoir couché sur sa liste des suspects. Il avait pourtant su, lorsque ce dernier avait refusé de prendre part à leur documentaire, qu'il ne l'avait pas fait pour fuir toute publicité, mais parce que sa vie entière était une réfutation de tout ce qui était indirect et réfracté. Ce n'était pas tant le sujet du documentaire qui l'avait rebuté que le fait qu'il s'agissait d'un enregistrement : de quelque chose qui niait le présentiel et le vivant. Or Tarrés ne vivait que pour et par cela. Chez lui, ni téléphone ni poste radio ni téléviseur, ni magnétoscope ni CD ni DVD. Encore moins l'Internet et tout ce qui va avec. Fustigeant la radio, le cinéma, la télévision, l'informatique et tout ce qui était *télé* au sens grec premier – tout ce qui portait au loin –, Tarrés ne jurait que par les théâtres, les salles de concert et les salles de conférence, quand acteurs et spectateurs, musiciens et auditeurs, conférenciers et public, se retrouvaient ensemble au même moment, en communion directe. Où était-il allé chercher ses idées sur le sujet, cela, Boone l'ignorait. Mais il lui rappelait les parents de Benjamin Britten, lesquels refusaient d'introduire un tourne-disque ou un poste radio chez eux, et qui avaient en outre interdit à leur fils d'écouter de la musique autrement que vivante : à la maison, sinon dans une salle de concert. Est-il possible, se demandait à présent Boone, que Tarrés soit impliqué dans quelque conspiration ourdie par des illuminés passéistes déterminés à interdire à l'humanité tout ce qui était *télé* et à imposer le présentiel et le direct à la planète tout entière ? L'existence d'un complot d'une telle ampleur expliquerait, se disait-il, les attaques précédentes contre les terminaux de câbles sous-marins, et l'offensive de ce matin contre les Big Tech. Auquel cas Andrés Tarrés pourrait bien être le maillon faible de cette mystérieuse chaîne recouvrant trois continents, et la vulnérabilité chez l'ennemi qu'Archie disait avoir pressentie. Tout cela était bien possible. En tout cas, au point où il en était, ce n'était pas une piste à négliger. Piste de dernière minute, piste inespérée qu'il devait à Maria et à sa remarque anodine au sujet d'un échange tout aussi anodin entre Alex et Elena. Et lui qui, l'instant d'avant, fulminait encore contre la légèreté et l'inconstance des femmes, regardait à cet instant Maria avec les yeux de l'amour. Le problème avec les hommes, se disait-il, était qu'ils se focalisaient trop, zoomant sur leur objectif tel un missile guidé au laser et négligeant tout ce qui était alentour. Alors que les femmes, elles, privilégiaient la vue d'ensemble, des choses insignifiantes côtoyant dans leur perception d'autres, plus importantes. Et c'était souvent un détail périphérique et en apparence insignifiant qui, mis en relation avec un autre, faisait d'un amas de détails épars un ensemble cohérent et donnait au tableau tout son sens. Dotée d'une sorte de troisième œil la femme semblait capable de percevoir ce qui demeurait invisible à l'œil plus prosaïque de l'homme, se dit-il, et il se demandait si, en excluant très vite et férocement les femmes de la prêtrise comme de la liturgie et de l'Évangile, l'Église catholique romaine ne se serait pas aussi coupée d'une bonne part du divin qui dormait dans tout un chacun. Dieu sauve la femme, se dit-il et, retrouvant l'appétit, il rattrapa vite le retard qu'il avait pris sur Maria en terminant ses pâtes. Se levant ensuite, il alla s'agenouiller devant elle et lui baisa tendrement la main – et avec elle celle de toutes les femmes.

– Que me vaut cet hommage ? lui demanda-t-elle en riant.

– C'est à ta clairvoyance que je rends hommage. « Le dieu dont l'oracle est à Delphes ne dit ni ne cache mais donne des signes », te disais-je tantôt, et toi, tu viens à l'instant de me donner un signe. Ton deuxième nom doit être Sibylle.

– Mais de quoi parles-tu, Harry ?

– Tu vas voir, dit-il en se relevant. Allons rendre une petite visite à Tarrés.

– Et pourquoi cela ?

– Pour lui demander ce qu'il pense du krach de l'Internet de ce matin.

– Le connaissant, il ne doit même pas être au courant !

– Justement. On le lui apprendra, et on lui demandera ce qui, à son avis, se passerait si ce genre de panne devait se généraliser et durer. Ça fera un bon sujet de conférence au Centre culturel aussitôt le confinement levé, tu ne crois pas ? Je ne pense pas qu'il refuserait. Après tout, une conférence, c'est du vivant.

– Il faudrait peut-être le prévenir de notre arrivée.

– Et comment cela ? Il n'a pas le téléphone. Mais il doit être chez lui. Où veux-tu qu'il soit avec le confinement. Allez, viens.

– Tout de suite, là ? Pourquoi cet empressement ? Andrés ne va pas s'envoler.

– Tu veux rester à Grenade, non ?

– Évidemment que je le veux, mais qu'a à voir cette visite à Andrés avec cela ?

– Je te disais tantôt que, pour cajoler Archie, j'avais besoin d'un hochet. Eh bien, ce hochet, tu me l'as peut-être, sans le savoir, donné.

– Et ce hochet, ce serait Andrés ?

– Peut-être bien. Ou peut-être pas. Mais faisons vite s'il te plaît car je dois être de retour avant l'heure de ma communication avec Londres. En croisant les doigts afin que d'ici à ce soir j'aie trouvé quelque chose à donner à Archie, qui le fera patienter quelque temps avant de m'ôter d'ici et me séparer de toi. Mais il nous faudra jouer serré. Tu devras faire exactement comme que je te dis.

– Me voilà devenue ta complice.

– Tu l'as toujours été, ma chérie, et moi le tien.

– Tu ne vas tout de même pas me fâcher avec mes amis espagnols, Harry, s'inquiéta-t-elle.

– Plus tard les questions, plus tard.

Il la pressait maladroitement, la bousculait même et lui forçait la main, comme s'il avait voulu se rassurer en obtenant d'elle un gage de loyauté sans partage.

– Va vite te changer, s'il te plaît, finit-il par lui dire, sachant qu'il ne lui viendrait pas à l'idée d'aller à la campagne dans sa tenue de ville. On se retrouve en bas dès que tu seras prête. Mais ne tarde pas trop, s'il te plaît. Le temps presse.

Maria partie, Boone n'alla pas comme on aurait pu se l'imaginer chercher dans son bureau quelque arme, caméra miniature, briquet-enregistreur ou stylo-micro. Il alla jusqu'à la machine à café et se fit un petit expresso qu'il avala d'un trait, puis il sortit de la cuisine après avoir empoché un sachet en plastique à fermoir, de ceux dont on se sert pour conserver les aliments au congélateur. Il descendit ensuite dans la rue et alluma un cigarillo, qu'il fuma en regardant les tourelles rougeâtres de l'Alhambra qui se découpaient contre le blanc de la Sierra Nevada. Puis il grimpa dans la Seat à laquelle Archie Briggs avait absolument tenu. Aucune autre marque de voiture ne fera l'affaire, lui avait-il dit. Retors qu'il était, Archie avait voulu que Boone s'affichât dans une voiture de fabrication locale (gage de bonne foi envers nos hôtes, avait-il précisé), alors même qu'il s'apprêtait à faire aux Espagnols un enfant dans le dos.

13

Ils sortirent de la ville par le sud pour rejoindre l'autoroute menant jusqu'à la mer. Ils roulaient en silence, pris l'un et l'autre par les pensées, qui s'étaient insinuées dans leur esprit sans y être invitées, les emportant chacun de son côté. Car contrairement à ce que dit la chanson ce n'est pas tant la vie qui sépare ceux qui s'aiment, mais bien les pensées. Maria, pour sa part, pensait au Noble Reflet, qui continuait de lui échapper. Elle avait cru si fort qu'elle touchait au but que sa déception lorsqu'elle s'était rendu compte qu'il n'en était rien n'en avait été que plus grande. Et elle se disait à présent qu'elle ne le trouverait sans doute jamais. Quant à Boone, il se demandait si ce n'était pas par pure jalousie qu'il soupçonnait Tarrés. À moins que ce ne soit par pur désespoir. Acculé par son patron qui le menaçait de l'ôter à son paradis andalou, peut-être, se disait-il, se raccrochait-il désespérément à cette piste inespérée comme à un fétu de paille un infortuné naufragé. Incapable de trancher, il finit par se dire que, fétu de paille ou pas, si cette invraisemblable piste pouvait lui éviter une mutation des plus malvenues il la suivrait jusqu'au bout. Vous n'avez aucune chance, disait Schopenhauer, mais saisissez-la !

Arrivés à hauteur d'Otura, ils quittèrent l'autoroute pour prendre la direction de l'ouest. Mais ce n'est qu'une fois les collines salines de La Malahá dépassées que Boone aborda de nouveau le sujet.

– Quand nous serons arrivés, Maria, tu lui feras la conversation, lui parlant de sa ferme et de tout ce que tu veux, mais tu me laisseras le soin d'évoquer avec lui l'Internet.

– C'est ta partie, Harry, c'est toi qui décides.

– Et lorsqu'on s'apprêtera à prendre congé de lui, j'aimerais que tu attires son attention sur quelque chose au loin. N'importe quoi, tant que ça viendra naturellement. Peut-être le lac, s'il nous reçoit sur la terrasse où l'on avait un jour déjeuné en compagnie d'Alex et d'Elena. Sinon, s'il nous reçoit à l'intérieur, vers quelque chose que tu serais censée avoir vu à travers la fenêtre. J'aurai besoin de quelques instants d'intimité loin de tout regard indiscret.

– Tu feras bientôt de moi unc vraie Mata-Hari. J'espère ne pas finir comme elle.

– Une dernière chose, ma chérie. S'il nous offre un rafraîchissement, ce qu'il ne manquera pas de faire, ne refuse surtout pas.

– De plus en plus mystérieux. Mais si tu ne veux pas m'en dire davantage sur ce que tu manigances, explique-moi au moins comment ces gens-là s'y sont pris pour mettre ces grandes compagnies à genoux.

Et comme il ne lui répondait pas, elle insista :

– Dis-moi comment ils s'y sont pris, Harry !

– Attends un peu. Tu dois comprendre que tout cela est nouveau pour moi.

Boone avait l'impression de revivre son tout premier trimestre d'enseignant, quand il avait dû inculquer aux jeunes garçons dont il avait eu la charge un savoir qu'à peine sorti de l'université il ne maîtrisait pas encore tout à fait. Ce fut finalement leur trajet en voiture qui lui souffla l'entame qu'il cherchait.

– Te souviens-tu, finit-il par lui dire, d'un vieux film appelé *L'or se barre* ? Non ? Avec Michael Caine dans le rôle principal, et Noël Coward en chef de gang ? Ça ne te dit rien. Toujours est-il que, dans ce film, des membres de la pègre de l'East End de Londres décident de mettre la main, à Turin, sur un énorme chargement d'or qui doit être transporté à bord d'un fourgon blindé escorté par des policiers. Pour y parvenir, ils s'introduisent dans le centre de gestion de la circulation urbaine et remplacent les bandes magnétiques des données concernant le trafic par des bandes de leur cru agrémentées de fausses informations. Le jour du hold-up, les caméras en circuit fermé surveillant le trafic automobile turinois ayant été mises hors d'usage par leurs soins, les bandes trafiquées se mettent en marche en lieu et place du direct, provoquant un chaos total dans les rues de la ville, circulation à l'arrêt. Ils en profitent alors pour s'attaquer au fourgon blindé, mettre la main sur l'or, et prendre le large à bord de trois petites Mini Cooper en passant par des cours d'immeubles, des arcades piétonnières, des escaliers, des digues et des souterrains. Eh bien, les hackers en auraient, me dit-on, fait de même avec la circulation des données entre les Big Tech et leurs utilisateurs, y faisant régner un sacré bordel en piratant les routeurs qui gèrent et régulent la circulation des données sur l'Internet. Car il semblerait que, tout comme la circulation routière est régie par des règles – panneaux de signalisation, indications, feux rouges et feux verts, etc. –, sans quoi, sur les routes, ce serait le chaos total, la circulation des données sur l'Internet soit, elle aussi, régie par des règles très strictes. Dès lors qu'une communication, par exemple, ou une commande, sort de chez toi, elle est prise en charge par ton fournisseur de services Internet qui la fait transiter par de gros réseaux dont les routeurs partagent des protocoles communs leur permettant de communiquer les uns avec les autres et de gérer au mieux le trajet des données entre l'expéditeur et le destinataire. Mais que se passerait-il à ton avis si, les routeurs de ces réseaux ayant été piratés, on substituait aux informations fiables qu'ils recevaient jusque-là des informations erronées, tout comme le gang londonien l'avait fait avec la circulation à Turin, dans ce film dont je te parlais ? Il en résulterait, tu l'imagines bien, sur l'Internet, ce qui se passerait sur les routes si tous les automobilistes étaient trompés par des indications, des panneaux et des feux de signalisation mensongers : déviations, désorientations, accidents, carambolages, bouchons monstres. Traduit en termes informatiques, cela donnerait un déroutage des données, une saturation des réseaux, et un déni de service comme celui dont Elena a fait l'expérience ce matin avec Netflix.

– Comment diable une attaque d'une telle ampleur a-t-elle bien pu se produire ? lui demanda Maria alors qu'ils arrivaient en vue du lac de Los Bermejales, ses flots bleus scintillant dans leur écrin végétal jaune et vert. J'aurais cru ces grosses compagnies mieux armées pour se défendre contre une telle éventualité.

– Là tu m'en demandes trop. Même les crânes d'œuf des Big Tech se prennent paraît-il la tête en vain depuis ce matin, et les experts gouvernementaux de cybersécurité n'en mènent semble-t-il pas plus large.

Ayant enjambé la rivière Cacín, tournant le dos au bourg pittoresque d'Alhama de Granada qui s'offrait à eux à l'ouest avec son pont romain, ses bains mauresques, sa synagogue, et bien évidemment sa maison de l'Inquisition, Boone piqua vers le sud et longea sur près de cinq kilomètres la rive ouest du lac.

Peu avant d'atteindre Arenas del Rey qu'un tremblement de terre avait entièrement détruit à la Noël de l'année 1884, sa mémoire lui jouant des tours il hésita un instant, puis, tournant le dos à la route goudronnée, il prit à gauche une piste en terre battue. Elle coupait à travers un verger où des orangers bien feuillus et des citronniers tardifs lourds de fruits côtoyaient des grenadiers encore dénudés et des amandiers déjà fleuris. Quelque cent mètres plus bas ils croisèrent un pick-up arrêté sur le bas-côté et Boone, qui avait ralenti en s'en approchant, aperçut des jeunes gens qui s'affairaient autour des citronniers. Les ayant dépassés, il vit dans son rétroviseur que l'un d'entre eux s'était arrêté de travailler pour les suivre des yeux.

Deux cents mètres plus loin la piste en terre battue débouchait sur un portail en fer forgé, point d'orgue d'un mur blanchi à la chaux qui courait sur les côtés. Le pilier droit soutenant le portail s'ornait d'un écriteau en bois sur lequel, tracé en lettres majuscules et en caractères de police Herculanum pour faire plus antique qu'antique, on pouvait lire : Ipse. L'écriteau en question était relativement récent. Il n'était pas là près d'un an plus tôt, lorsque Maria et lui étaient venus là pour une journée champêtre que Tarrés avait organisée à l'attention d'une douzaine de ses amis grenadins, mais il était bien là quelques mois plus tard quand ils étaient revenus chez ce même Tarrés en la seule compagnie de leurs amis les Serrat pour un déjeuner dominical. Lorsqu'il l'avait vu pour la première fois, se rappelant le type de société que Tarrés prônait, Boone s'était dit que ce dernier avait dû choisir ce nom d'Ipse pour son étymologie – *ipse* signifiant soi-même en latin –, la perception directe qu'on aurait d'une personne devenant alors, pourquoi pas, une ipsovision, par opposition à une télévision, tandis que la conversation qu'on entamerait avec elle serait une ipsoconversation par opposition à une téléconversation. Tout cela étant, si l'on peut dire, à mille lieues de tout ce qui était *télé*, et résumant parfaitement la philosophie de vie du maître des lieux. Il s'était aussi dit que Tarrés aurait sans doute été mieux servi s'il avait opté pour *auto* au lieu d'*ipse*, mais qu'*auto*, qu'on utilisait à toutes les sauces, avait dû lui paraître galvaudé.

Le portail étant grand ouvert, Boone s'y engouffra et finit par arrêter la voiture cinquante mètres plus loin devant une vaste bâtisse blanche à deux étages. À sa droite se trouvaient les dépendances, et à sa gauche un carport sous lequel stationnaient côte à côte un vénérable Combi VW de couleur orange, un antique Land Rover Defender vert, ainsi qu'une moto BMW noire des années 1960. Boone les avait déjà remarqués lorsque Maria et lui étaient venus là pour la première fois. Ils avaient attiré son attention parce qu'ils lui semblaient être en parfaite condition. Moins des moyens de locomotion, s'était-il dit, que des véhicules de collection. Lorsqu'il en avait parlé au maître de céans celui-ci lui avait dit qu'il ne lui viendrait jamais à l'idée d'acheter un véhicule bardé d'informatique et d'électronique, et que ce qui lui insupportait le plus dans les automobiles modernes c'étaient bien les odomètres et les compteurs numériques, lui-même ne faisant confiance qu'à l'analogique. Voilà un homme qui va au bout de sa logique, s'était dit Boone.

– Tu penses qu'on devrait mettre nos masques ? s'enquit Maria alors qu'ils sortaient de la voiture pour aller gravir les marches du perron.

– Ce n'est peut-être pas la peine.

– Tu veux dire que nous avançons déjà masqués, c'est ça ?

Arrivé à la porte d'entrée, Boone vit que, de sonnette, il n'y avait point. D'interphone encore moins. Ce qui ne le surprit guère, l'interphone étant un cousin germain du téléphone. Il y avait là en revanche un gros heurtoir métallique qui résonna tel un coup de butoir contre la porte en chêne lorsque Boone le fit jouer. L'action n'eut cependant pas l'effet escompté car une bonne minute passa sans que la porte s'ouvrît. Ayant répété la manœuvre sans plus de succès, Boone redescendit les marches du perron, alla jusqu'à la voiture et fit timidement jouer son Klaxon, mais sans plus de succès.

– Andrés n'est peut-être pas là, lui dit alors Maria.

– Où veux-tu qu'il soit ? D'ailleurs, je vois que tous ses véhicules sont là.

– Allons demander à ces gens que nous avons croisés s'ils savent où il se trouverait, lui suggéra-t-elle en redescendant les marches à son tour.

Il eut néanmoins la flemme de faire demi-tour, et en guise de réponse se contenta de tambouriner sur son avertisseur. Ses coups intempestifs de Klaxon produisirent leur effet car la porte d'entrée finit par s'ouvrir sur la silhouette gracieuse d'Andrés Tarrés.

S'il était surpris de les voir, il n'en montra rien. Protestant gentiment lorsqu'ils firent mine de vouloir mettre leurs masques sanitaires, il leur souhaita très aimablement la bienvenue, s'excusa auprès d'eux de ne pas les avoir entendus frapper, s'étant trouvé derrière dans le potager, les fit entrer, et les guida ensuite à travers la maison jusqu'à la terrasse, surplombant le lac, où ils avaient un jour déjeuné en compagnie des Serrat.

– J'ai préparé une citronnade pour les filles et les garçons qui devraient être rentrés au coucher du soleil, leur dit-il alors. Une citronnade faite avec les citrons de notre verger. Ça vous dirait ?

Avec grand plaisir, lui répondirent-ils tous deux en même temps, et Boone, qui n'était pas venu jusque-là sans arrière-pensées, se dit que cet unisson sonnait bien faux et qu'il n'aurait sans doute pas dû tant insister auprès de Maria afin qu'elle ne refusât pas le rafraîchissement qu'il leur proposerait. Il en était toujours ainsi lorsqu'on forçait les choses, péchant par excès de crainte de le faire par défaut. Le naturel, dans de tels moments, ne revient pas nécessairement au galop.

Lorsque leur hôte les rejoignit quelques minutes plus tard portant un plateau sur lequel il avait posé des verres et un cruchon, Boone se réjouit de voir que, de verres, il y en avait bien trois. Il avait craint que, blasé de la-citronnade-faite-maison-avec-des-fruits-fraîchement-cueillis-dans-notre-verger, Tarrés ne les accompagnât pas, quand l'escamotage du cruchon aurait été bien plus délicat pour lui à réussir que celui du verre qu'il était venu avec l'intention ferme de subtiliser.

– Que me vaut le plaisir de cette visite inespérée ? leur dit leur hôte une fois qu'installés ils eurent goûté à sa citronnade puis émis les interjections d'appréciation que les règles de la bienséance leur commandaient. Avec l'entrée en vigueur de ce fâcheux confinement, je ne m'attendais pas à recevoir de la visite.

– Vous oubliez que Harry est diplomate, Andrés, dit Maria. Il ne viendrait pas à l'idée des représentants de l'autorité, s'ils venaient à nous contrôler, de demander à un diplomate étranger où il va et pour quelle raison. Encore moins de le verbaliser. Nous profitons donc de ce privilège d'extraterritorialité pour rendre visite à ceux parmi nos amis qui n'ont pas la même chance que nous.

– Vous avez bien fait. Je suis ravi de vous revoir.

Le regardant, Boone se disait qu'il ne correspondait pas tout à fait à l'image qu'il avait gardée de lui. Il n'aurait pas su dire comment, mais il était différent. Les quelques mois qui s'étaient écoulés depuis leur dernière rencontre l'avaient changé. Son être n'exhalait plus la même vitalité qu'auparavant ni le même allant, et ses yeux, tout comme sa voix, n'exprimaient plus la même intensité et la même passion qu'autrefois. Le regardant plus attentivement il finit par se dire que c'était son étonnante maigreur qui lui donnait cette impression. Son visage s'était nettement émacié, et il était plus marqué. Même son teint semblait avoir changé. Non que tout cela eût en quoi que ce soit affecté la beauté de ses traits ou diminué en quoi que ce soit le charme qui se dégageait de sa personne à chaque mouvement qu'il esquissait. C'était juste que, après avoir longtemps fait figure d'un Che, il semblait à présent faire figure d'un Christ. D'un Christ las et résigné, pour être plus précis. D'un Christ portant péniblement sa croix sur le long chemin du Golgotha.

– En vérité, Andrés, lui dit-il, car il avait hâte d'en venir au fait de crainte de rater l'heure de sa communication avec Londres, c'est un peu pour parler de ce confinement que nous sommes venus vous voir. Ou plutôt pour parler du double confinement auquel nous sommes astreints depuis ce matin.

– Un double confinement, dites-vous ? Qu'entendez-vous par là ?

– Vous n'avez vu personne aujourd'hui ?

– Je vous le disais, cela fait longtemps – trop longtemps – que je n'ai plus vu personne d'étranger à la ferme. Mais pourquoi me demandez-vous cela ?

– Eh bien, figurez-vous que, depuis ce matin, du fait d'une grosse panne, les gens n'ont plus accès à leurs fournisseurs de services Internet.

– Vous parlez des gens d'ici ?

– Il ne s'agit malheureusement pas que des gens d'ici, ou même de l'Espagne. Pour tout vous dire c'est l'Europe tout entière qui est touchée, de même que l'Amérique et une partie de l'Asie.

– Ah oui, dit Tarrés, du ton détaché qu'emprunterait un aveugle à qui on viendrait d'annoncer que le brouillard, ce jour-là, était si épais qu'on ne voyait plus où l'on mettait les pieds.

– Du coup, poursuivit Boone, le confinement dans lequel nous étions rentrés il y a quelques jours de cela se double maintenant d'un isolement. Non seulement les gens ne peuvent plus se rencontrer et se réunir, mais ils ne peuvent même plus s'écrire et c'est à peine s'ils peuvent encore se parler. Le téléphone fixe et le GSM mis à part, ils n'ont accès à rien : ni à Skype ni à Facebook ni à WhatsApp. Du moins est-ce le cas pour le moment car je ne doute pas que le problème soit vite réglé. Mais entre-temps les gens font péniblement connaissance avec la vie sans l'Internet. La vie sans appels faciles et gratuits d'un bout à l'autre du monde, sans messagerie email, sans commande de marchandise à distance, sans concerts en replay, sans films et sans séries en streaming, sans sport à la télé. Autant dire sans aucune distraction digne de ce nom.

– Le glas sonnerait-il donc pour la société du spectacle ?

– Je vous demande pardon ?

– Excusez-moi. Je pensais tout haut. Un ouvrage très intéressant, d'un philosophe français contemporain aujourd'hui décédé.

– Je sais que vous ne portez pas l'Internet dans votre cœur, Andrés, mais s'il a bien consacré la prééminence d'une société du spectacle, il ne l'a pas pour autant inventée. Cette bonne vieille recette ne date pas d'hier.

– *Panem et circenses.*

Interloqué, Boone laissa néanmoins passer. C'est son côté pédant et pontifiant, se disait-il. Ce n'était pas par hasard qu'on se retrouvait un jour à jouer au maître à penser.

– Comme je vous disais à l'instant, Andrés, cette panne sur l'Internet devrait vite être réparée. Mais supposons qu'elle ne le soit pas. Supposons que nous nous retrouvions privés de l'Internet deux, trois, ou quatre jours durant. Que se passera-t-il à votre avis dans la tête de tous ces gens aujourd'hui confinés chez eux et privés de tout rapport social et mondain, interdits aussi de s'aventurer dans le monde physique et réel, et qui seraient en sus coupés du monde éthérique et virtuel, telles des machines privées de courant ? Que se passera-t-il dans leur tête lorsqu'ils s'apercevront qu'ils n'ont plus accès à tous les divertissements que l'Internet leur offrait jusque-là et qu'ils prenaient pour acquis et comme allant de soi ?

– J'oublie, intervint Maria, qui a dit que quand l'ennui est d'une culture le pire ennemi, le divertissement devient son messie.

– C'est très juste, ça, opina Tarrés après un court temps de réflexion.

Il regardait d'ailleurs Maria comme s'il la voyait pour la première fois. Ou plutôt, comme si, pour la première fois, il voyait en elle autre chose qu'une jolie femme.

– C'est précisément pour parler de cet ennui qui guette les gens que nous sommes venus vous voir, dit Boone. Vous, Andrés, en dépit de ce confinement, vous ne vous ennuyez pas. Vous avez ici même vos amis, vos lectures, vos jolies voitures et votre belle moto que vous devez certainement passer du temps à bichonner, et vous avez aussi votre verger.

– Mon verger, et mes plantes aromatiques, tint à préciser Tarrés en esquissant un léger mouvement du menton en direction de l'arrière de la maison. Cette région a une vieille tradition de plantes aromatiques, aujourd'hui disparue, hélas, et à laquelle je me suis promis de redonner vie.

– Je le disais, vous vous suffisez à vous-même. Vos occupations sont toutes à portée de main. Mais dans le monde réel d'où nous arrivons à l'instant, Maria et moi…

– Ah ! Le monde réel !

– Avouez tout de même que vivre de nos jours en tournant carrément le dos au numérique et au virtuel, ce n'est pas très… Comment dire… Pas très réaliste, disons. Si je puis me permettre le jeu de mots.

– C'est vrai ça, Andrés, dit Maria sur un ton malicieux. C'est comme si, un bon siècle après l'invention de l'imprimerie par Gutenberg quelqu'un s'était encore entêté à recopier des manuscrits à la main.

– Je ne vous ai pas offensé, j'espère, Andrés, intervint Boone.

– Nullement. Il se fait juste que l'expression « le monde réel » m'interpelle. Elle reflète si bien le prosaïsme de votre culture anglo-saxonne.

Boone se garda de lui préciser qu'en sa qualité d'Irlandais il n'y avait pas en lui une once d'Anglo-Saxon, ou de lui dire qu'à en croire son ami le colonel Ortiz, il se pourrait même qu'il ait de lointaines origines espagnoles.

– Mais pardonnez-moi, lui disait à présent Tarrés, je vous ai interrompu. Vous disiez ?

– Je disais que dans le monde réel du confinement, rares sont les loisirs ou les occupations qui sont encore à portée de main. Empêchés de se déplacer, interdits de se retrouver entre amis, les gens sont plus que jamais tributaires de l'Internet pour tromper leur ennui et meubler leur temps.

– Où on se rend compte, n'est-ce pas, que votre monde réel est en réalité un monde virtuel.

Boone ne s'attendait pas à ce qu'il lui rende la monnaie de sa pièce de cette façon-là. L'humour ne faisant pas nécessairement bon ménage avec la gravitas que les maîtres à penser cultivaient, il n'aurait pas cru Tarrés capable d'une telle repartie.

– Vous mettez là le doigt sur un drôle de paradoxe, Andrés, finit-il par dire une fois revenu de sa surprise. Je vois que nous avons frappé à la bonne porte.

– Dans quel sens ?

– Eh bien, si nous sommes venus vous voir, Maria et moi, poursuivit Boone, embarquant sa compagne dans sa manipulation et se cachant lâchement derrière son couple, c'est pour vous demander si vous seriez d'accord pour…

– Au risque de vous décevoir, l'interrompit l'autre, vous savez parfaitement que je ne donne jamais d'interview. Je refuse toute forme de capture et d'enregistrement du son ou de l'image à des fins de reproduction différée ou démultipliée. Maria disait à l'instant que je lui rappelais ceux qui, un siècle après l'invention de l'imprimerie par Gutenberg, se conduisaient encore comme si la presse à caractères mobiles n'avait pas existé. Et de fait, si on devait me caractériser, on dirait sans doute de moi que je suis prégutenbergien. Prégutenbergien comme d'autres seraient préraphaélites ou précolombiens.

À son grand étonnement Boone se disait qu'il commençait à trouver Tarrés bien sympathique. Et le trouvant sympathique, il avait maintenant du mal à l'imaginer dans la peau d'un saboteur. Il se demandait même s'il n'aurait pas fait fausse route en venant ici. Mais un Tarrés blanc comme neige ne l'arrangeant guère, à peine l'avait-il trouvé sympathique qu'il changea à nouveau d'avis à son propos. Un Tarrés sûr de lui et conquérant et prenant toute parole prononcée devant lui au premier degré cadrait mieux avec ses plans.

– Je comprends tout à fait, finit-il par dire. J'avais appris ma leçon la fois où vous aviez refusé de participer à notre petit documentaire sur les artistes et les intellectuels andalous. Ce n'est donc pas une interview que nous vous proposons (toujours ce nous, derrière lequel il se cachait), mais une conférence-débat. Une conférence-débat autour du thème de l'impact du numérique sur nos schèmes mentaux et sociétaux, qui se tiendrait au Centre culturel britannique une fois le confinement levé. C'est cette panne de ce matin sur l'Internet qui nous en a donné l'idée. Nous nous sommes dit que si nous avions organisé une telle conférence du temps où les gens prenaient encore l'Internet comme acquis, nous aurions eu peu de chance d'y intéresser le public. Mais après l'incident de ce matin qui, même s'il ne durait pas longtemps, aura donné aux gens matière à réflexion, les choses promettent d'être très différentes, et le débat passionnant. Alors, qu'en dites-vous, Andrés ? Êtes-vous partant ?

– Pourquoi pas ? lui répondit Tarrés après y avoir réfléchi quelques instants. C'est une bonne idée. D'autant que, comme vous le disiez à l'instant – quoique, en des termes bien plus appropriés au marketing et à la politique qu'au monde des idées –, le moment semble plus propice que jamais. C'est donc d'accord, je me ferai une joie de venir chez vous alimenter le débat sur la question aussitôt que les restrictions sur les déplacements auront été levées.

– Le plus tôt serait le mieux. Il faut battre le fer tant qu'il est chaud. Si on tardait trop les gens risqueraient d'oublier tous les désagréments que cette panne sur l'Internet leur aura causés.

– Je doute qu'ils oublient de sitôt.

– Vous pensez que cette panne pourrait se prolonger ou se répéter ?

De nouveau, Boone se disait qu'il ne s'était peut-être pas trompé en venant ici, et que son intuition était peut-être juste.

– Comment le saurais-je ? Je ne connais rien à ces choses-là. Ce que je voulais dire c'est que, même si cette panne ne durait pas longtemps, les gens n'oublieront pas de sitôt que l'Internet les a un jour lâchés. C'est comme si un ami vous abandonnait lorsque vous aviez le plus besoin de lui. Vous ne vous ôterez jamais de la tête l'idée qu'il pourrait le faire une nouvelle fois.

Détrompez-vous, Andrés, aurait voulu lui dire Boone, les gens pardonnent aisément à ceux, comme à ce, dont ils estiment ne pas pouvoir se passer. Tout comme un homme victime d'un infarctus n'en voudra jamais à son cœur, bien au contraire, de même les adeptes de l'économie numérique n'en voudront pas à leur Internet de les avoir – une fois n'est pas coutume – laissés un jour tomber. Mais comme cela ne servait pas son dessein il n'en dit rien. En tout état de cause le moment était venu pour lui de passer à l'action. Plus il tarderait, se disait-il, plus il risquerait d'avoir les protégés de Tarrés de retour du verger entre les pattes au moment d'agir.

– Eh bien, dit-il en se levant comme pour prendre congé, nous allons vous laisser.

Il vit alors Maria quitter sa place et aller jusqu'au bord de la terrasse pour y porter son regard au loin.

– Merci de votre hospitalité, Andrés, poursuivit-il tandis que leur hôte se levait à son tour, et merci aussi d'avoir accepté de venir animer notre prochaine conférence-débat qui s'annonce palpitante. Nous reprendrons contact avec vous aussitôt la date du déconfinement fixée pour convenir d'un jour.

– Oh ! s'exclama à ce moment-là Maria, les yeux fixés sur le lac. Je viens de voir un bouquetin !

– Un bouquetin ici ? s'étonna Tarrés. Où cela ? lui demanda-t-il en allant la rejoindre.

– Là-bas, lui répondit-elle, en pointant du doigt la masse des pins noirs de Méditerranée qui gardaient la rive orientale du lac tels une muraille. Il vient de se mettre à l'abri de ces arbres.

– C'est curieux, dit Tarrés, à qui l'idée ne serait pas venue de dire à une jolie femme qu'elle racontait n'importe quoi. Je n'avais pas encore vu les bouquetins quitter le plateau pour s'aventurer aussi bas.

– C'est peut-être le confinement qui les y encourage, suggéra Boone qui était resté en retrait. Les abords du lac sont vides de touristes.

– Un gros bouquetin cornu, Maria insistait-elle.

– Un mâle vieillissant chassé par le nouveau chef de la harde, dit Boone, qui ne savait rien des us et coutumes des bouquetins mais qui était déterminé à ajouter de l'eau au moulin de sa compagne.

– Je vais chercher mes jumelles, dit Tarrés. Peut-être pourrons-nous alors voir cet animal plus distinctement.

Aussitôt qu'il eut le dos tourné Boone lorgna le verre de citronnade de leur hôte, nota qu'il était vide, avala le sien d'un trait alors qu'il s'était jusque-là contenté de le siroter, et alla le poser à côté de celui de Tarrés. Sortant ensuite de la poche intérieure de son veston le sachet en plastique qu'il avait apporté avec lui, il l'ouvrit, et, plongeant l'index et le majeur de la main droite dans le verre de Tarrés, il les écarta jusqu'à les caler contre la paroi intérieure, souleva lentement le verre, le glissa délicatement dans le sachet, en fit glisser le fermoir, et empocha le tout. Tout cela sous les yeux écarquillés et amusés de Maria qui se demandait quelle mouche l'avait piqué.

Lorsque Tarrés revint quelques instants après avec ses jumelles, Boone annonça qu'il aimerait aller jeter un œil aux plantes aromatiques avant de partir. Il s'y intéressait en vérité autant qu'aux bouquetins (autant dire pas du tout), mais il avait besoin de s'éloigner, histoire de justifier, dans l'éventualité peu probable où le maître des lieux devait le remarquer, le fait qu'un verre sur trois manquait à l'appel. Auquel cas, se rappelant que Boone s'en était allé déambuler, il en conclurait que son invité avait pris son verre avec lui et oublié de le rapporter. Boone était à n'en pas douter un espion indolent. Mais il était loin d'être un espion négligent.

Et quand, ayant laissé filer une dizaine de minutes en regardant d'un œil distrait des plantes qui ne lui disaient rien, il revint finalement sur ses pas, il vit que Maria et Tarrés n'avaient toujours pas réussi à repérer l'imaginaire bouquetin. Ils prirent alors congé de leur hôte, mais pas avant que ce dernier, toujours aussi galant, eut promis à Maria de continuer à guetter l'animal et de lui faire parvenir, au cas où, un mot en ce sens.

Ils avaient parcouru une vingtaine de kilomètres sur leur chemin du retour quand Maria, qui n'avait encore rien dit, rompit le silence.

– Tu ne cesseras jamais de m'étonner, Harry. Il m'est déjà arrivé de voir à un dîner un invité empocher subrepticement un couvert en argent, mais c'est bien la première fois que je vois quelqu'un faucher un vulgaire verre de table.

– Hahaha ! Tu y as pensé aussi ? Il est vrai qu'au moment où je le raflais j'avais moi-même à l'esprit l'histoire de cet adolescent russe, fils d'oligarque et vivant à Londres, qui avait reçu de son père la raclée de sa vie après qu'il avait été attrapé en flagrant délit de vol à la tire dans une enseigne Marks & Spencer. « Dans notre famille, lui répétait son paternel en le corrigeant, on ne chaparde pas chez Marks & Spencer mais chez Harrods ! »

– Très drôle, Harry. Mais tu ne m'as toujours pas dit pourquoi tu as piqué ce verre. Ce n'était pas une improvisation, puisque tu avais pris la peine de venir jusqu'ici équipé d'un petit sachet en plastique. Alors, c'est quoi cette histoire ? On a fait tout ce chemin pour ça ? Quelle importance aurait ce verre tout bête ?

– Ce verre tout bête, comme tu dis, pourrait bien être le Graal qui éloignera de moi le calice amer qu'Archie Briggs semble déterminé à me faire boire jusqu'à la lie.

– Graal, calice… Tu ne pourrais pas être plus explicite ?

– Pas tout de suite, lui répondit-il en sortant son téléphone de la poche de son veston. Pas avant de m'être assuré que ce verre est plus qu'un simple verre et bien le Graal que j'espère.

Il fit défiler les numéros récents.

– C'est moi, dit-il lorsque, ayant composé un numéro, son interlocuteur eut décroché, j'ai quelque chose qui devrait t'intéresser. Tu peux être là où tu sais dans, disons, une heure de temps ? Parfait… On se retrouve là-bas.

– C'est ton receleur, c'est ça ? lui demanda Maria, une fois qu'il eut raccroché.

14

« *What a difference a day made, twenty-four little hours, brought the sun and the flowers, where there used to be rain…* »

Confortablement installé sous sa glycine, exubérante, à présent, tout comme son humeur, et se sentant autant chez lui à Grenade que Muhammad le Rouge, le fondateur de la dynastie nasride, ne l'avait jamais été, Boone, tout guilleret, fredonnait cet air de Dinah Washington tout en se disant qu'il était bien vrai que vingt-quatre petites heures pouvaient tout changer. Hier encore il était au trente-sixième dessous, s'apprêtant, résigné, à faire ses bagages et à quitter l'Andalousie en laissant sa dulcinée derrière lui. Et ne voilà-t-il pas que tout lui souriait à présent, son maintien à Grenade lui semblant assuré.

La veille, ayant déposé Maria à la maison après leur virée jusqu'à Arenas del Rey, il s'était vite rendu à l'Amicale des anciens des PTT, et là, il avait confié à son ami Ortiz sa dernière cartouche ceinte de son sachet protecteur, en priant fort qu'elle ne s'avérât pas être un pétard mouillé. Et tôt ce matin, sans prendre la peine de téléphoner pour s'annoncer, le même Ortiz était venu tambouriner à sa porte et le tirer du lit. Tout sourire, et tout à fait oublieux aussi des sacro-saintes règles de distanciation sociale, il lui était tombé dans les bras, l'étreignant, lui tapotant le dos, s'en éloignant ensuite tout en le retenant par les poignets, et le regardant tendrement dans les yeux comme pour lui dire tout le bien qu'il pensait de lui et lui faire aussi savoir l'immense joie qu'il ressentait à l'idée de le compter au nombre de ses amis.

Son excitation se comprenait. Car ce qu'il était venu annoncer à Boone, à savoir, qu'il y avait concordance entre les empreintes trouvées sur le verre qu'il lui avait remis la veille et des empreintes jusque-là non identifiées trouvées un peu partout sur les lieux de l'attentat d'Estepona, était à même de donner à sa carrière un véritable coup de fouet. Cet Andrés Tarrés est un catalan, avait-il tenu à préciser, l'air de dire que ceci expliquait parfaitement cela. La Doña, lui avait-il dit ensuite fièrement, avait déjà été avertie de cette avancée spectaculaire dans l'enquête, et s'il s'était permis de venir le déranger à une heure si matinale c'était afin qu'il puisse en informer à son tour ses supérieurs et en tirer tout le crédit. Un verre, un simple verre, a fait notre affaire, s'était-il exclamé, et ce verre-là, mon cher Boone, avait-il ajouté, si je n'avais pas craint d'en effacer les empreintes que ce Tarrés y a laissées, je l'aurais volontiers couvert de baisers !

Entendant cela, Boone s'en était allé d'un grand éclat de rire car l'exubérance du colonel Ortiz avait ravivé chez lui le souvenir d'un drôle de spectacle auquel il avait jadis assisté, du temps où il avait été en poste à Beyrouth. À l'époque Briggs lui avait demandé de se rapprocher d'un seigneur féodal devenu par la force des choses seigneur de la guerre, qui intéressait particulièrement le gouvernement de Sa Majesté du fait qu'il semblait naviguer très heureusement parmi les nombreux écueils qui jonchaient ce petit pays ballotté par des vents et des courants contraires, ménageant et la chèvre israélienne et le chou syrien, et tirant parfaitement son épingle du jeu tout en en profitant évidemment pour manger aux deux râteliers à la fois.

Contre toute attente, et grâce, d'ailleurs, à Maria, qui se trouvait être une amie d'enfance de son épouse (comme quoi, dans le renseignement, ce qu'on sait importe finalement bien moins que qui on connaît), Boone avait réussi à gagner, sinon la confiance de cet homme-là, du moins sa bienveillance. Ce jour-là, donc – c'était, il s'en rappelait, un dimanche du mois de septembre –, Maria et lui s'étaient rendus dans le fief montagneux de ce spécialiste de la survie en terrain miné à l'invitation de son épouse pour un brunch impromptu à quatre, se pointant à la porte de la forteresse qui lui servait de palais peu avant onze heures. C'était un imposant édifice en pierre de taille surmonté d'un toit de tuiles rouges, érigé dans la seconde moitié du XVIIIe siècle dans un savant et heureux mélange d'architectures orientale et italienne. Adossé à la montagne qui le protégeait et qu'il protégeait en retour, il était entouré des trois autres côtés d'une haute muraille d'allure médiévale. On y accédait une fois qu'on avait montré patte blanche par une poterne profonde de plusieurs mètres qui débouchait sur une vaste esplanade rectangulaire en terre battue dont le palais occupait tout le côté est. C'est d'ailleurs cette esplanade qui allait servir de scène au spectacle insolite dont Boone devait être témoin ce jour-là.

Leur brunch terminé ils s'étaient tranquillement installés sur le magnifique balcon à fines colonnades en onyx faisant saillie dans la belle façade de l'édifice, quand Boone avait vu un vieux pick-up déglingué qui jurait ostensiblement avec le décorum des lieux faire une entrée fracassante sur l'esplanade à grand renfort de poussière. Il faut dire que le palais de leur hôte était ouvert à tous les villageois du coin, s'apparentant plus dans sa fonction aux châteaux médiévaux de la noblesse d'épée européenne, quand les fenêtres étaient petites pour se garder des projectiles de l'ennemi mais la porte grande ouverte aux féaux des alentours en cas de danger ou de besoin, qu'aux châteaux d'apparat érigés par la noblesse de robe au cours des siècles suivants, lorsqu'on avait certes considérablement agrandi les fenêtres, mais résolument fermé la porte au nez du petit peuple.

Quand la poussière était retombée Boone avait vu que le pick-up, qui s'était immobilisé au beau milieu de l'esplanade, transportait des cageots. Deux hommes en étaient ensuite descendus qui avaient négligemment déchargé deux cageots de pommes chacun, les laissant à chaque fois choir bruyamment au sol, sans ménagement aucun. Ce qui n'avait pas manqué de l'intriguer. Si ces pommes étaient destinées au palais, s'était-il dit, c'était là une manière bien peu gracieuse de procéder. Il n'avait d'ailleurs pas été au bout de ses surprises car, pour descendre le cinquième cageot ces deux énergumènes si peu respectueux de la propriété d'autrui s'y étaient mis à deux, faisant glisser le cageot très lentement sur le plateau du pick-up avant de le soulever précautionneusement en le tenant chacun d'un côté, puis d'aller le poser délicatement par terre. Cela fait ils s'étaient affairés quelques instants autour de lui tels des marchands de fruits qui, un jour de marché, auraient voulu mettre leurs plus belles pommes bien en évidence avant l'arrivée du chaland. Apparemment satisfaits de leur arrangement, ils s'en étaient ensuite quelque peu éloignés pour mieux l'admirer les poings sur les hanches.

Ce n'est qu'alors, que Boone s'était rendu compte que planté en plein milieu de ce cageot dans lequel il n'y avait pas l'ombre d'un fruit se trouvait un objet cylindrique haut d'une soixantaine de centimètres qui ressemblait fort à un obus. Sa curiosité avait évidemment été piquée à vif. Mais, perplexe, il se demandait quelle conduite adopter. Devrait-il, faisant comme s'il n'avait rien vu, se joindre à nouveau à la conversation comme si de rien n'était, ou devrait-il s'en ouvrir plutôt à leur hôte ? Ce dernier, s'était-il dit, avait sans doute remarqué que l'attention de son invité avait été attirée par ce qui se passait en bas. Auquel cas, faire semblant de n'avoir rien vu serait bien maladroit. Mais d'un autre côté, poser à son hôte la question de but en blanc serait prendre des libertés avec lui.

Il en était encore à se demander quelle ligne de conduite serait la moins suspecte quand ses cogitations avaient été interrompues par l'arrivée sur les lieux d'un Range Rover noir aux vitres opaques. Ayant immobilisé son véhicule derrière le pick-up de manière à prendre le cageot en étau, le conducteur du Range avait ensuite mis pied à terre, et Boone n'avait eu aucune peine à reconnaître en lui un haut responsable du renseignement de la milice de son hôte. Lentement, la portière côté passager s'était ensuite ouverte sur un blondinet que Boone n'avait jamais vu auparavant. Un long moment il était resté comme scotché à la portière, s'y agrippant des deux mains comme s'il n'avait eu aucune confiance en ses jambes, ses yeux écarquillés fixant intensément l'obus et un grand sourire béat lui mangeant le reste du visage. Finalement, s'étant semblait-il rendu compte que, contrairement à ce qu'il avait pu croire, il ne vivait pas un rêve éveillé, il avait lâché la portière et, s'étant avancé jusqu'au cageot à pas lents et mesurés, il s'était agenouillé devant l'obus et l'avait amoureusement étreint tout en couvrant la flèche de cet engin mort de tendres baisers.

Devant ce spectacle Boone n'avait plus hésité. S'étant levé puis ayant fait quelques pas vers la balustrade, englobant les dames présentes dans sa remarque histoire de privilégier l'aspect insolite de la situation aux dépens de son aspect professionnel, il avait lancé :

– Venez voir ça, mesdames.

– Voir quoi ? avait demandé leur hôtesse sur un ton blasé.

– Il faut absolument que tu viennes voir ça, avait insisté Maria qui, contrairement à leur hôtesse, s'était vite levée et était déjà accoudée à la balustrade. Il y a un type, là dans la cour, qui fait des mamours à un cylindre métallique planté comme un cul-de-jatte dans un cageot auquel il ne manquerait que des roulettes.

Présenté de la sorte le spectacle promis devenait irrésistible, et la maîtresse de maison n'y avait plus résisté.

– Non ! s'était-elle écriée après avoir rejoint son amie. Je n'en crois pas mes yeux ! C'est d'un drôle…

– C'est même hilarant, avait renchéri son époux qui venait à son tour de voir le blondinet enlaçant amoureusement l'obus.

– À quoi rime cette scène, Maria lui avait-elle demandé. Et qui est cet homme ? On dirait un acteur comique du cinéma muet qui viendrait de tomber de manière tout à fait inespérée sur son grand amour qu'il croyait perdu à tout jamais.

– Dis-nous de quoi il s'agit mon chéri, avait insisté son épouse.

– Eh bien, le maître des lieux avait-il dit après un temps d'hésitation, normalement, quoique le soleil n'ait pas encore tourné et qu'il fasse encore bon ici, normalement je devrais maintenant vous dire qu'il fait bien trop chaud sur cette terrasse et que nous devrions rentrer et profiter de la fraîcheur de la maison. Car vous n'étiez pas censés voir ça.

– Ah non ! Maria avait-elle protesté. Nous ne partirons pas d'ici avant d'avoir assouvi notre curiosité ! Nous tenons absolument à savoir ce que cet homme-là fabrique !

– Soit, avait fini, grand seigneur, par concéder le seigneur de la guerre. Mon devoir d'hôte, et le côté cocasse de la situation, m'obligent je crois à vous fournir une explication. Mais c'est uniquement parce qu'on est entre amis et parce que je sais que rien de tout cela ne transpirera, avait-il ajouté.

Et quoiqu'il eût évité de se tourner vers Boone en disant cela, ce dernier n'avait pas pu s'empêcher de penser que c'était à lui que cette remarque avait été adressée.

– Vous devez néanmoins me promettre de garder le secret.

– Tu sais bien, mon chéri, que le seul secret qu'il y ait dans ce pays est le secret bancaire, sa femme lui avait-elle dit.

– Ne dis pas ça, avait protesté Maria, tu vas le faire changer d'avis. Promis juré, avait-elle ensuite dit, nous n'en soufflerons mot à personne. Et maintenant, dis-nous tout.

– Eh bien, si vous voulez tout savoir, le cylindre dans ce cageot, objet de toutes les attentions et effusions de cet homme-là, est un nouvel obus de char mis en service il n'y a pas bien longtemps dans l'armée d'un pays dont je tairai le nom.

L'armée syrienne, s'était dit Boone, et pour ses chars d'assaut T-72A équipés d'un canon de cent vingt-cinq millimètres.

– L'obus de char serait donc Juliette ? avait plaisanté Maria. Et qui est Roméo ?

– Roméo, comme vous l'appelez, c'est, disons, l'envoyé officieux d'un autre pays que je ne nommerai pas plus.

Israël, bien entendu, s'était dit Boone.

– Et ce pays-là, avait poursuivi leur hôte, ce pays-là s'inquiète semble-t-il des ravages que ce nouvel obus de char pourrait occasionner dans les rangs de ses propres blindés et aimerait bien mettre la main sur un exemplaire pour se familiariser avec lui.

– Et tu leur offres cela sur un plateau d'argent ?

C'était Maria qui venait de dire cela, au grand dam de Boone. Fort heureusement, elle avait fini sur une boutade qui avait coupé court à toute tension.

– Plutôt un cageot de bois qu'un plateau d'argent, en vérité.

– Je leur offre de fait cela, Maria, leur hôte avait-il reconnu. Et je le fais au nom de l'équilibre. Petit, fragmenté, affaibli, notre pays ne peut espérer survivre sans qu'un équilibre soit en permanence maintenu entre ces deux voisins belliqueux. Or cet obus-là, par sa nouveauté, est à même d'inciter la nation qui le détient à plus de témérité. Trop sûre d'elle, elle pourrait être tentée par une aventure militaire dont nous serions, nous autres Libanais, les premiers à faire les frais. Avec l'offrande de cet obus à la nation adverse – offrande qui lui permettra d'en analyser les composantes à souhait jusqu'à trouver la parade –, je contribue à ma façon au maintien d'une forme d'équilibre entre les deux parties, dont le Liban ne pourra que tirer profit.

– Mais cela présuppose, était alors intervenu Boone, que la première partie sache que l'autre partie a désormais cet obus en sa possession et qu'elle en connaîtra bientôt tous les secrets.

– La première partie le saura bien assez tôt.

Et cela avait été l'allusion la plus claire qu'il eût faite à son art consommé du double jeu.

– C'est bien possible, avait reconnu Boone, tout en se disant que c'était même une certitude.

Rendant à César ce qui est à César et à Dieu ce qui est à Dieu, leur hôte s'en chargerait lui-même. Et il le ferait sans doute par l'entremise du deuxième service de renseignement qu'il avait mis sur pied. Car cet homme avisé, qui ne mettait jamais tous ses œufs dans le même panier, avait non pas un mais deux services de renseignement, tout à fait distincts, l'un fricotant avec les voisins encombrants de l'est, l'autre avec ceux, pressants, du sud. Qu'avait dit Kipling, déjà ? « Je dois beaucoup aux Terres qui grandirent, plus encore aux Vies qui nourrirent, mais bien plus encore à Allah Qui me donna une tête faite de deux parties séparées. »

– Je suis sûre que tout cela est très intéressant mon chéri, était alors intervenue son épouse, toute cette géopolitique et toute cette haute diplomatie, mais ça ne nous dit toujours pas pourquoi ce monsieur – assez beau gosse, d'ailleurs – se comporte avec cet obus comme l'un de nos métayers bornés qui, après avoir vu sa femme accoucher de sept filles d'affilée, se retrouve enfin père d'un petit garçon.

– C'est parce qu'il désespérait de l'avoir, cet obus. Un an déjà qu'il l'attend impatiemment. Jusqu'à en perdre le sommeil car il le lui fallait à tout prix avant la fin du mois.

– Se tramerait-il quelque chose d'imminent ? n'avait pu s'empêcher de demander Boone.

– Je ne le crois pas.

– Pourquoi toute cette urgence et toute cette impatience, alors ? Si ça a attendu un an, ça pouvait attendre quelques semaines de plus, non ?

– Pour ça, oui, ça pouvait très bien attendre. Lui, en revanche, ajouta-t-il ensuite en pointant le menton vers le blondinet qui, anxieux comme un papa poule, faisait à présent la mouche du coche autour de l'obus tandis que les sbires de leur hôte le chargeaient à l'arrière du Range Rover, lui ne pouvait pas attendre.

– Et pourquoi cela ? avait demandé Maria.

– Parce que son affectation ici se termine à la fin du mois. Il nous quittera alors définitivement pour rentrer chez lui. Il voulait donc à tout prix que cet obus, dans lequel il s'est tant investi et sur lequel il a tout misé, soit en sa possession avant son départ. L'analyse de cet obus permettra à sa nation de renforcer l'armure de ses blindés pour mieux y résister, et notre homme aimerait évidemment s'en attribuer le mérite. Si cet obus avait trop tardé à arriver et si notre homme avait été contraint de repartir dans son pays sans son trophée, tous les efforts consentis ces derniers mois, tous les sacrifices faits aussi, auraient vite été oubliés par sa hiérarchie et c'est le nom de son remplaçant chanceux qui aurait été associé à ce succès. Tu comprends maintenant, Maria, pourquoi cet homme se comportait tantôt devant cet obus tel un Roméo devant sa Juliette. Et toi, avait-il ajouté en se tournant vers sa femme, tu comprends sans doute aussi pourquoi il t'aura fait l'effet d'un paysan borné père d'une flopée de filles, qui voit soudain arriver le fils tant attendu et qu'il n'espérait plus.

Bien plus qu'un trophée, s'était alors dit Boone, cet obus était pour cet officier du renseignement israélien un véritable tremplin : un marchepied en or qui lui permettrait de vite gravir les échelons et de faire une belle carrière. Et ne voilà-t-il pas qu'aujourd'hui, à des années d'intervalle, il assistait à un spectacle similaire et tout aussi cocasse, avec cette fois dans le rôle principal, non pas quelque agent israélien du renseignement mais son ami le colonel Ortiz, et dans le rôle de l'obus de char, un vulgaire verre de table.

15

Après quoi les choses allèrent très vite. Le jour même, armés d'un mandat et ayant auparavant dûment encerclé la propriété, des éléments de la brigade antiterroriste locale faisaient irruption chez Tarrés et lui signifiaient son arrestation tout en embarquant à titre conservatoire tous les autres occupants des lieux. Comme jadis Jésus dans le jardin des Oliviers la nuit de son arrestation par la milice du Sanhédrin (ou par une cohorte romaine, s'il faut en croire saint Jean), Andrés Tarrés ne leur opposa d'ailleurs aucune résistance. Pas plus qu'il ne protesta, se contentant, et en parlant de ses disciples, de répéter : « Laissez-les tranquilles, ils n'ont rien à voir dans cette affaire. » Ce qui équivalait de sa part à une reconnaissance implicite des faits qu'on lui reprochait.

La perquisition qui suivit ces arrestations produisit quant à elle une tenaille, trouvée dans l'établi et qui s'avéra après analyse être recouverte des mêmes pigments que ceux utilisés dans la peinture du grillage entourant la station d'Estepona, ainsi que des traces de boue séchée sous le garde-boue arrière et le carter à huile de la moto de Tarrés et qui, après analyse, s'avérèrent contenir des résidus de péridotite, une roche volcanique qu'on trouve en quantité dans la Sierra Bermeja surplombant Estepona.

Tout cela, ajouté aux empreintes de Tarrés relevées sur les lieux de l'attentat, sonna, dès lors que le lien entre les attaques contre les terminaux des câbles sous-marins de la mi-mars et le hacking plus récent eut été confirmé, le branle-bas de combat au Royaume-Uni, où une série de rafles frappa les milieux gauchistes, anarchistes, nihilistes et néo-luddites. Armées du *Diggers and Dreamers*, ouvrage de référence sur les communautés intentionnelles dans les îles Britanniques, les forces de l'ordre firent même du zèle en allant jusqu'à perquisitionner dans une petite communauté agraire du Somerset, Tinker's Bubble, qui se trouvait pourtant à plus de deux heures et demie de route de la station de câbles sous-marins de Widemouth Bay visée par l'attentat du 15 mars. Ne voulant pas être de reste, et en partant du principe qu'il valait mieux prévenir des attentats sur le sol américain que les guérir, oublieux du fait que l'Amérique elle-même n'était qu'une immense communauté intentionnelle, armés du *Communities Directory*, véritable *Who's Who* des communautés intentionnelles d'outre-Atlantique, des hommes du FBI effectuaient le jour même des descentes musclées dans toutes les colonies néo-luddites ou s'apparentant. Primitivistes, antiscientistes, nihilistes, anarchistes, amish, mennonites, quakers et huttérites, tout le monde y passa, les autorités procédant ce jour-là à un bon millier d'arrestations (dans un cas pareil, Dieu reconnaissant évidemment les siens, mieux valait ratisser large). Même les trois colonies mennonites de Belize fondées dans les années 1950 par des émigrés originaires du Manitoba au Canada n'y échappèrent pas. Quant aux Égyptiens, qui avaient pourtant souffert eux aussi des attentats du 15 mars, personne ne jugea bon de devoir les informer de l'arrestation d'Andrés Tarrés ou leur dire ce qu'elle signifiait. Ainsi allait le renseignement à l'heure du ôte-toi-de-là-que-je-m'y-mette : l'efficience l'emportait haut la main sur l'efficacité.

L'arrestation de Tarrés servit en outre de levée de rideau à un véritable ballet de grosses pointures cis et transatlantiques dont la ville endormie de Grenade devint l'improbable décor. Deux jours plus tôt à peine Boone avait craint de devoir quitter précipitamment ce petit paradis. Et ne voilà-t-il pas que Grenade qui, cinq siècles auparavant, avait, comme Boabdil son dernier émir, quitté l'Histoire par la petite porte pour s'effacer ensuite doucement, se retrouvait soudain au centre de toutes les attentions. Tout comme Boone, d'ailleurs, et tout comme son ami le colonel Ortiz. Le patron de Boone qui, l'avant-veille même, lui avait passé un sacré savon, était à présent tout miel avec lui, et Boone aurait très bien pu, s'il l'avait voulu, lui souffler sa fumée au visage, qu'il se serait contenté de lui sourire avec indulgence. Quant à Álvaro Ortiz, il était désormais autant que Boone dans les petits papiers de sa hiérarchie, et il aurait sans doute pu faire le salut franquiste devant la Doña sans qu'elle eût trouvé à y redire. Et pour cause, Tarrés, que Boone et Ortiz avaient tant contribué à identifier et à appréhender, était la seule vraie chance qu'il y avait de faire progresser l'enquête.

Certes, les experts en cybersécurité avaient enfin réussi à comprendre où les hackers avaient frappé. Plutôt que de s'attaquer aux Big Tech de front ils avaient judicieusement biaisé en s'en prenant à leur périphérie. En l'occurrence ils avaient ciblé les systèmes autonomes de serveurs – appelés AS – qui acheminent tels des aéroports les données d'un point à l'autre de l'Internet. Plus précisément, ils s'étaient attaqués aux protocoles de portiques frontaliers – ou BGP – que les routeurs des AS utilisent pour échanger entre eux des informations sur les chemins empruntés par les données, et sur les règles régissant leur circulation. C'est grâce à ces protocoles BGP, et en échangeant entre eux des informations, que les routeurs arrivent à contrôler les flux de données et à canaliser l'ensemble de la circulation informatique. Or, tout comme c'est le cas avec la signalisation régissant le trafic routier, ferroviaire ou aérien, le bon fonctionnement de ces routeurs repose entièrement sur la confiance. Pour prendre la bonne décision et acheminer l'information comme il faut le routeur d'un AS donné présuppose que son homologue de l'AS voisin lui fournit les bonnes informations et lui dit la vérité. Entre eux une totale confiance doit régner sans quoi l'Internet ne pourrait pas fonctionner. Ayant donc identifié les AS les plus proches des Big Tech – ceux situés, tels les derniers relayeurs d'une course de relais, dans la toute dernière ligne droite du parcours emprunté par les demandes envoyées par les internautes –, profitant de certaines vulnérabilités sur les protocoles BGP les hackers avaient réussi à introduire dans les routeurs des informations erronées qui avaient dérouté tous les messages envoyés par les internautes aux différents Big Tech, semant la pagaille dans le trafic. Une demande faite à Amazon, par exemple, se retrouvait du fait de ce piratage acheminée vers Microsoft ; une autre, destinée à Microsoft, atterrissait chez Google ; celle destinée à Google allait chez Apple ; celle d'Apple, chez Facebook ; celle de Facebook, chez Amazon ; et ainsi de suite, en boucle et à l'infini, dans une sorte de ronde aussi incestueuse qu'infernale qui avait fini par provoquer un déni total de service. Et lorsque, en désespoir de cause, les Big Tech se décidèrent finalement à faire migrer à grands frais les données de leurs serveurs vers des AS qui n'avaient pas été contaminés, comme s'il s'y était attendu et qu'il avait tout prévu ce redoutable virus avait fait avorter la manœuvre.

Dans son malheur, tout un chacun se félicitait néanmoins qu'il en soit ainsi, et rien qu'ainsi. On s'en félicitait car, si toutes ces données et métadonnées détournées avaient été tout simplement lâchées sur la Toile au lieu d'être dirigées vers tel membre des Big Tech ou tel autre, une masse phénoménale de données et de métadonnées déboussolées se serait retrouvée sur une voie virtuelle de garage, quand un phénomène de trou noir se serait produit qui aurait conduit à l'implosion pure et simple de la Toile dans son intégralité. Mais tel que c'était, seuls les cinq Big Tech et leurs utilisateurs en pâtissaient. Et même si cela était déjà catastrophique en soi, on n'en était pas moins soulagé.

On ignorait cependant toujours comment ce virus avait réussi à pénétrer les AS situés dans la périphérie proche des Big Tech, où il nichait dans leurs systèmes, et par quel miracle de la technologie il anticipait toutes les contre-mesures qu'on mettait en œuvre pour le neutraliser. C'était à croire que les ides de mars n'étaient ni plus ni moins qu'une maladie auto-immune des systèmes autonomes de réseaux. Ajoutons à cela que, sur le front des attentats contre les terminaux des câbles sous-marins de Widemouth Bay et d'Alexandrie, l'enquête était toujours au point mort, et on comprendra aisément que la ville paisible de Grenade qui accueillait alors Andrés Tarrés ait été ce printemps-là un véritable centre d'attraction.

La première huile à y débarquer fut Archie Briggs. Sachant qu'il n'était pas en terrain conquis et qu'il risquait, s'il ne prenait pas les devants, de faire office de pièce rapportée, histoire de marquer son territoire et de rappeler à tout le monde que la paternité du maillon faible andalou lui revenait (n'était-ce pas lui qui avait insisté pour qu'on cherchât justement la faille là ?), il s'était empressé de rappliquer aussitôt qu'il eut été informé du sérieux de la piste Tarrés. Il y fut rejoint par la Doña, tout enchantée encore de l'entrevue qu'elle venait d'avoir à la Moncloa avec son Premier ministre à qui elle avait pu, à grand renfort de fausse modestie, annoncer que c'était à son service qu'on devait cette belle prise. Et le dernier à arriver (à tout seigneur tout honneur) fut le neveu de l'occupant de la Maison-Blanche. Le président américain se méfiant des hauts fonctionnaires américains comme de la peste, c'est à ses intimes qu'il préférait en effet confier les missions les plus délicates, et c'est son propre neveu (que tout le monde appelait d'ailleurs le Neveu) qu'il avait donc nommé comme *missus dominicus* dans cette affaire qu'il prenait désormais très au sérieux.

Au départ, il est vrai, ce krach monstre de l'Internet ne l'avait pas ému outre mesure. Il faut dire que depuis sa prise de fonctions les Big Tech et les réseaux sociaux qui en dépendaient lui donnaient bien du fil à retordre, refusant de se plier à sa volonté et le traitant même comme n'importe quel autre de leurs clients. C'est bien fait pour eux, s'était-il dit. Mais lorsqu'il eut compris que cette affaire risquait de durer, lorsqu'on lui eut surtout expliqué tout ce que cela impliquait, il avait vu là l'occasion, en réglant le problème, de rabattre leur caquet aux grands patrons du numérique qui le regardaient de haut et à prendre définitivement l'ascendant sur eux. Ayant donc écouté d'une oreille distraite ceux parmi ses proches qui pensaient que les Chinois étaient derrière cette attaque massive (ne les soupçonnait-on pas déjà d'être responsables des attentats récents contre les terminaux de câbles sous-marins ? et cachés qu'ils étaient derrière leur Grande Muraille de Feu, ce virus informatique ne semblait-il pas les avoir épargnés ?) et ceux qui y voyaient plutôt la main d'un gang de hackers russes protégé par le Kremlin (les autorités russes n'avaient-elles pas, aux termes de la toute récente loi dite de l'Internet Souverain, coupé de manière très suspecte le Runet de l'Internet global quelques minutes à peine après le déclenchement de l'attaque ?), il avait fini par pointer les Chinois du doigt. Non que la CISA, l'agence américaine de cybersécurité, ait eu des preuves tangibles en ce sens. Mais accuser les Chinois l'arrangeait. C'est que, malgré ses ogives nucléaires et sa gloire passée, il ne voyait dans la Russie qu'une simple puissance régionale incapable de se mesurer aux États-Unis. Alors que la Chine lui paraissait être un ennemi autrement plus redoutable – un ennemi systémique dont les avancées technologiques, si elles n'étaient pas contrariées, risquaient de faire peser sur l'Amérique la pire des menaces. Il piaffait donc d'impatience d'en découdre avec Pékin et se disait qu'ayant raté l'occasion de riposter lors de l'attaque précédente contre les câbles sous-marins, il ne laisserait pas passer cette nouvelle chance pour – œil pour œil, dent pour dent – lancer une contre-attaque cybernétique contre les BATX, pendants chinois des Big Tech américains, et faire ainsi d'une pierre deux coups : s'imposer comme le leader incontesté du monde occidental, et faire des patrons des Big Tech qui le snobaient ses obligés. C'est dire s'il n'espérait pas que son neveu s'en retournerait au pays avec la preuve irréfutable de l'implication des Chinois dans cette affaire, quand tout le monde verrait la morve qui leur pendait au nez. Après la sale histoire de l'Institut de virologie de Wuhan d'où le coronavirus avait fuité, ce nouveau scandale finirait, espérait-il, de les décrédibiliser aux yeux du monde entier, quand ils se retrouveraient ostracisés. Non seulement cela, mais depuis que ses conseillers l'avaient informé que les hackers avaient signé leur méfait du nom des ides de mars, appris que les ides de mars chez les Romains coïncidaient avec le 15 mars du calendrier grégorien, expliqué ce qu'était le calendrier grégorien et révélé que les ides de mars marquaient le jour anniversaire de l'assassinat de Jules César, il en avait fait une affaire personnelle, s'en inquiétant et demandant au service secret qui assurait sa protection un redoublement de vigilance. Car nul n'ignorait qu'à défaut d'être la Nouvelle Jérusalem les États-Unis d'Amérique étaient la Nouvelle Rome et – les politiciens américains n'ayant choisi de retenir de l'histoire de Rome que sa période impériale – les occupants de la Maison-Blanche les nouveaux César, évidemment.

La délégation américaine arrivée à Grenade aurait voulu qu'Andrés Tarrés soit transféré jusqu'à la base aérienne de Morón pour être interrogé là-bas. Pas tant pour pouvoir profiter des charmes immenses du joyau architectural sévillan tout proche, mais parce que trois mille marines et quarante appareils militaires américains y étaient stationnés en permanence. Craignant cependant que les Américains ne tirassent profit de la présence du prisonnier à Morón, base somme toute plus américaine qu'espagnole, pour l'embarquer en catimini sur un transporteur de troupes, direction les États-Unis, la Doña se braqua et tapa du pied. L'opération lui aurait totalement échappé, et avec elle tout le crédit qu'elle aurait dû en tirer. Aidée par les circonstances, elle obtint finalement gain de cause et put ainsi garder son précieux atout en main.

Si les Américains n'insistèrent pas trop, ni trop longtemps, pour arracher cette concession à leurs hôtes espagnols, c'est qu'ils étaient pressés, souhaitant entamer l'interrogatoire de Tarrés le plus vite possible en espérant qu'il se conclurait rapidement sur un heureux déballage de noms qui permettrait, en mettant les responsables et les commanditaires de cette attaque en règle contre l'Internet hors d'état de nuire, le retour tant espéré à la normale. Or les cybernéticiens maison des Big Tech et des AS, comme ceux de la CISA d'ailleurs, de même que les régiments entiers de hackers blancs appelés à la rescousse, n'arrivant toujours pas à isoler ce redoutable virus et à le neutraliser, ils n'avaient plus que Tarrés à qui se raccrocher. Une expression était alors sur les lèvres de tous les experts qui se cassaient les dents sur ce virus informatique et cherchaient à justifier leur impuissance devant lui : « C'est une attaque zero-day ! » À savoir, et tout comme pour le coronavirus, une attaque inédite contre laquelle on n'avait encore ni parade ni correctif. C'était à croire que tous ces génies de l'informatique étaient programmés de telle sorte qu'ils ne pouvaient traiter que le connu. Programmés pour re-connaître, mais en aucun cas pour dé-couvrir.

Ce qu'officiellement on appelait encore une panne inexpliquée se prolongeait donc, et plus elle durait, plus la fièvre dans la société montait. Les internautes étaient vite passés de l'agacement à voir leur connexion interrompue au soulagement à constater qu'elle s'étendait à des centaines de millions de leurs semblables (malheur partagé étant malheur diminué), puis du soulagement à l'abattement, à l'idée que, malgré la gravité de la situation, ils étaient livrés à eux-mêmes avec personne pour les aider. Déjà confinés chez eux du fait de l'épidémie les gens se retrouvaient à présent en outre dans l'impossibilité de s'évader d'entre leurs quatre murs comme ils l'avaient si aisément et si naturellement fait jusque-là grâce à l'Internet. Les réseaux sociaux étant par ailleurs dans leur écrasante majorité aux abonnés absents, fébriles et tendus, tous ces malheureux n'étaient même plus en mesure de partager leurs griefs avec leurs congénères, histoire de soulager ne serait-ce qu'un peu leur frustration grandissante. Du coup, à l'abattement avait fini par succéder la colère, notamment contre les Big Tech à qui l'on reprochait maintenant de ne rien faire pour réparer cette panne monstre et, la colère suscitant l'agressivité, partout où la police et les associations faisaient encore leur boulot on notait une forte augmentation des cas de violences conjugales et d'incivilités entre voisins, signe que les nerfs étaient à vif, et les gens à bout.

Ce climat social exécrable explique pourquoi il fut décidé que l'interrogatoire de Tarrés se déroulerait sans plus tarder à la base aérienne d'Armilla, tout près de Grenade, et qui était à celle de Morón ce que Disneyland est au centre spatial de cap Canaveral. Et pour cause, alors que la base Morón pouvait s'enorgueillir d'avoir, hier encore, contribué à des opérations militaires d'envergure – dont les deux guerres du Golfe, celle du Kosovo, celle d'Afghanistan et celle de Libye –, avec ses toits de tuile rouge et son architecture pittoresque la base d'Armilla, elle, n'avait plus connu de frisson martial depuis la guerre du Maroc des années 1920, et elle n'abritait désormais plus que le 78ᵉ escadron héliporté d'entraînement aux opérations de recherche et de secours et la patrouille Aspa de voltige aérienne. Autant dire les saint-bernards et les funambules des forces armées espagnoles.

Trois jours et trois nuits durant Andrés Tarrés y fut donc soumis à la question par un tribunal composé de deux inquisiteurs du Gran Peña, des deux gros bras que le neveu du président des États-Unis avait ramenés dans ses bagages (et dont on ne savait pas trop s'ils étaient des fonctionnaires du gouvernement américain ou les affidés de quelque condottiere des temps modernes), et du Niblick (car c'est ainsi qu'on appelait les interrogateurs, au Club-House) qui avait accompagné Archie Briggs à Grenade. Malgré leurs efforts ils ne réussirent cependant pas à lui soutirer ne serait-ce qu'un mot. Ignorant chacune de leurs questions, même les plus anodines, comme s'il avait voulu leur faire comprendre que le temps jouait en sa faveur il demeura muet comme une carpe. Or la carpe, on le sait, est une créature du temps long.

Et tout ce temps, les informaticiens, cryptologues et mathématiciens déployés par les Big Tech comme par le gouvernement américain ne cessant de patiner devant leurs écrans, partout la colère continuait de monter. N'en pouvant plus d'être à la fois confinés et déconnectés, nombre de gens bravaient à présent le couvre-feu pour aller hanter les rues comme des âmes en peine ; dans les grandes villes des rassemblements spontanés se formaient pour mettre en doute la réalité de la pandémie et exiger la levée immédiate des restrictions sur les libertés ; et dans certains quartiers chauds de banlieue, tous les prétextes étant bons, des émeutes éclataient.

Les choses ne s'arrangèrent d'ailleurs guère lorsque des centaines d'institutions publiques et de grandes entreprises qui avaient confié leurs data centres aux clouds des Big Tech et qui s'étaient du coup retrouvées coupées de leurs données se joignirent à la partie en déposant l'une après l'autre des plaintes en justice pour déni de service. Soucieux d'étouffer dans l'œuf toute possibilité de procès, un avocat (on ne sut jamais qui, ni pour quelle entreprise du Big Tech au juste il travaillait) eut alors l'idée de faire fuiter la thèse selon laquelle le déni prolongé de service dont souffraient tous ces plaignants n'était pas dû à quelque défaillance technique de son client mais bel et bien à une attaque en règle, un redoutable malware jusque-là inconnu ayant, contre toute attente, réussi à se jouer des défenses pourtant très sophistiquées des géants du numérique. Sa logique se comprenait. Alors que la défaillance technique engageait au premier chef la responsabilité de son client, évoquer la thèse d'un malware – d'un logiciel malveillant lancé par une tierce partie – exonérait jusqu'à un certain point ce dernier. Mieux encore, elle le plaçait du même côté de la barrière que les plaignants, et face aux malfaiteurs qui avaient conçu et lancé ledit malware. Mis devant ce fait accompli les gouvernements, celui des États-Unis en tête, qui auraient préféré perpétuer la fiction de la panne technique afin de ne pas trop inquiéter la population, se firent finalement une raison et entérinèrent publiquement la version du malware.

Mais c'est là que les choses se gâtèrent. La loi de l'équilibre dans la nature et celle de la compensation dans les idées étant ce qu'elles sont, à peine la version de la panne technique s'était-elle effacée derrière celle du malware qu'une nouvelle thèse se mit à circuler dans l'opinion qui voulait que ce malware ne soit pas qu'un simple malware (un logiciel qui faisait mal pour le simple plaisir de faire du mal) mais un ransomware, à savoir, un logiciel qui faisait mal en vue d'obtenir une rançon. Du coup les Big Tech qui, en évoquant un malware, avaient cru pouvoir faire taire les accusations de défaillance portées contre eux, se retrouvèrent accusés de prolonger indûment le calvaire de leurs clients en refusant de payer la rançon. Ils eurent beau tenter de contrer cette rumeur infondée en disant à qui voulait l'entendre qu'on ne pouvait pas parler de ransomware puisque aucune demande de rançon n'avait été reçue (ce qui était tout à fait vrai), le mal était fait et les Big Tech, qui avaient déjà perdu dans cette affaire la confiance de leurs clients, finirent par perdre aussi celle du gouvernement américain. Les relations entre les deux parties se détériorèrent, les groupes de travail mixtes public-privé qui avaient été mis sur pied pour combattre ce virus de concert furent démantelés, et chacun se mit à œuvrer seul dans son coin.

C'est dans ce contexte peu reluisant qu'à la base d'Armilla, l'interrogatoire de Tarrés n'avançant toujours pas, Archie Briggs eut l'idée de substituer à l'approche classique adoptée jusque-là et qui semblait ne mener à rien une autre, plus originale, et pourquoi pas, dit-il, une qui, en déstabilisant le prisonnier, l'inciterait à se livrer. Comment, demanda-t-il sur un ton rhétorique, Andrés Tarrés réagirait-il à l'arrivée surprise dans la salle d'interrogatoire de quelqu'un qu'il connaissait ? Quel avantage cette touche personnelle nous apportera-t-elle ? Quelle brèche ouvrira-t-elle dans ses défenses ? Pressés, le premier par son oncle, la deuxième par son chef de gouvernement, d'obtenir très vite des résultats, le Neveu et la Doña applaudirent aussitôt à cette suggestion qui leur permettait et de gagner du temps et, le cas échéant, de faire porter le chapeau d'un éventuel fiasco à la partie anglaise. *Exit* donc les experts anonymes ès questions, et entrée en scène inattendue (et très tièdement applaudie) de Harry Boone.

À vrai dire ce dernier s'en serait bien passé. Comment, si cela devait se savoir, Maria prendrait-elle l'affaire, s'inquiétait-il. Passe encore qu'il ait cherché à piéger un homme qui était la coqueluche de la gent féminine grenadine et qu'elle-même semblait apprécier. Mais que pourrait-il lui dire pour la calmer si, la ville de Grenade étant ce qu'elle était, il devait transparaître que le mauvais tour qu'il avait joué à Tarrés avait contribué à son arrestation et qu'il l'avait en sus soumis lui-même à un interrogatoire en règle en vue de son inculpation alors qu'hier encore il les accueillait gentiment chez lui et leur servait une citronnade faite maison ? Que lui dirait-il ? Lui dirait-il que, tout comme le Christ auquel il ressemblait de plus en plus, Tarrés avait en vérité tout fait pour se faire arrêter ? Car c'est ce qu'il soupçonnait. Lui dirait-il aussi que lui-même n'était traître à l'amitié que bien malgré lui, s'étant contenté, tout comme Judas Iscariote dans la pièce qui s'était jouée deux mille ans auparavant à Gethsémani, de tenir le rôle qui lui avait été dévolu dans un scénario écrit par je ne sais qui ? Par Tarrés lui-même, peut-être ? Il doutait fort de pouvoir l'en persuader. D'un autre côté, il pensait avoir compris pourquoi Tarrés et ses acolytes avaient choisi les ides de mars pour signer leur méfait. Et cela, ides de mars ou pas, avait à son avis moins à voir avec l'assassinat d'un quelconque César, qu'avec quelque chose de bien plus sinistre. Ce qu'il entrevoyait pourrait se passer s'ils devaient arriver à leurs fins lui donnait d'ailleurs des frissons dans le dos et, quitte à encourir les foudres de Maria, il était résolu à contrecarrer leurs projets. Ce n'était pas qu'il s'en faisait pour les Big Tech, pas plus, d'ailleurs, que pour les Césars du jour. Ce qu'il craignait c'était l'impact que cette attaque sur l'Internet, si elle devait aller au bout de sa logique, aurait sur sa tranquillité. Et s'il était une chose que Harry Boone redoutait plus même que le courroux de sa dulcinée c'était bien la perspective de devoir dire adieu à sa tranquillité. C'était sans doute là la seule chose qui pouvait, paradoxalement, l'inciter à sortir sa tête de sa carapace et à se démener.

16

– Vous ne semblez guère surpris de me trouver ici, Andrés, lança Boone d'emblée.

Quelques instants plus tôt deux membres de la police militaire de la base avaient escorté ce dernier, menotté, jusqu'au bungalow où Boone l'attendait assis tranquillement dans un fauteuil. C'est qu'avant de se plier à la volonté de Briggs et d'accepter de jouer son jeu il avait posé ses conditions, exigeant, d'abord, de demeurer seul en scène avec Tarrés, ensuite un changement radical de décor. Jusque-là, avait-il dit, ballotté entre sa cellule étroite en sous-sol et une salle d'interrogatoire tout aussi sinistre, Tarrés n'avait fait que tomber de Charybde en Scylla. Or il fallait à tout prix, avait-il expliqué, que la différence entre ce que Tarrés avait vécu depuis son arrestation et leurs entretiens futurs soit égale à celle qui sépare le jour de la nuit. À ce prix-là seulement, avait-il insisté, pourra-t-il espérer renouer avec lui des liens de convivialité qui (si on pouvait lui passer ce jeu de mots) lui délieraient la langue. Et c'est ainsi qu'à la pièce en sous-sol où Andrés Tarrés avait été interrogé jusque-là succéda le cadre autrement plus accueillant d'un bungalow propret, sobrement mais confortablement meublé, que le commandant de la base d'Armilla réservait d'ordinaire à ses hôtes les plus distingués. Ayant fait le tour du propriétaire, pour éviter de heurter les sensibilités de Tarrés Boone avait demandé à ce qu'on enlevât le poste de télévision qui trônait dans la pièce commune faisant office de séjour et de salle à manger, ainsi que l'appareil téléphonique relié au central de la base. On avait bien envisagé de placer des caméras en circuit fermé pour filmer leurs entretiens, mais le temps avait cruellement manqué pour installer des caméras cachées, et Boone avait catégoriquement refusé l'option des caméras visibles. On avait par contre truffé l'endroit de micros très discrets afin que chaque mot qui serait prononcé soit dûment enregistré et consigné. Ce qui n'arrangeait guère Boone. Il s'en consola néanmoins en se disant qu'il avait évité l'ambiance glaciale de la salle d'interrogatoire, quand rompre la glace avec Tarrés aurait été une gageure, de même que la glace sans tain qui s'y trouvait et dont Tarrés n'avait certainement pas été dupe.

– Pourquoi serais-je surpris ? lui disait à présent ce dernier tout en se massant les poignets, son escorte l'ayant démenotté.

C'est un bon début, se dit Boone en se frottant de son côté mentalement les mains alors que les deux militaires sortaient en refermant derrière eux la porte à clef. Quatre mots ce n'était pas grand-chose certes, se disait-il, mais c'est tout de même quatre de plus que le tribunal de l'Inquisition n'avait réussi à lui arracher. Je n'aurai qu'à le secouer gentiment, se disait-il aussi, et le moment viendra où il déballera tout d'un coup. Comme une bouteille de Ketchup dès lors que le bouchon qui en obstruait le goulot aurait sauté.

– Si je ne me trompe pas, lui disait maintenant Tarrés, devenant carrément volubile, on serait surpris dès lors qu'on serait confronté à quelque événement auquel on ne s'attendait pas. Mais comme je ne m'attends jamais à rien, je suis rarement surpris.

Le regardant, Boone ne put s'empêcher de penser qu'il semblait à bout de forces et comme prêt à rendre son dernier souffle. Lorsqu'il s'était rendu chez lui avec Maria quelques jours auparavant il lui avait déjà fait l'impression d'un Christ sur le chemin du Golgotha. Mais aujourd'hui il faisait carrément figure de Christ sur la croix. Pourtant, hormis la privation de sommeil statutaire qui allait de soi, on ne l'avait pas torturé, Madrid ayant, au grand dam de Washington, refusé d'en entendre parler. Et pour cause, contrairement à nombre de leurs alliés qui, prenant leur démocratie pour acquise, la prenaient aussi à la légère, échaudés par l'expérience d'une longue dictature militaire les Espagnols savaient que l'État de droit ne s'écroulait pas d'un coup mais par pans, un expédient en entraînant un autre et une compromission une autre.

– Souhaitez-vous vous rafraîchir un peu, dit-il. Il y a une salle de bains juste là, et je vous ai fait apporter des vêtements propres.

– Je suis très bien comme ça, lui répondit Tarrés, repoussant la branche d'olivier qu'il lui tendait.

– Asseyez-vous alors, dit Boone en lui indiquant le fauteuil en face de lui, et Tarrés, ne se faisant pas prier, s'y laissa choir. Je vous sers un café ? lui demanda Boone après avoir porté sa tasse à ses lèvres. Il y a une machine à expresso dans la cuisine. Il y a même du lait au frigo au cas où vous préféreriez votre express *cortado*.

– Non merci, lui répondit Tarrés d'un ton las, refusant pour la deuxième fois son offre de paix.

– À votre guise. Ainsi, vous seriez un homme difficile à surprendre, Andrés. Je suis tenté de vous croire car je me souviens que vous n'étiez pas plus surpris de me voir me pointer à votre porte il y a quelques jours de cela sans m'être fait annoncer.

– Ma porte est toujours ouverte à tous.

– Ce qui est loin d'être le cas des portes ici, vous voulez dire.

– Frank Zappa disait que l'esprit humain est semblable à un parachute. Il ne peut fonctionner correctement que dès lors qu'il est ouvert. À mon sens, ce qui s'applique à l'esprit humain s'applique aussi aux portes.

– Ça ne m'étonne pas d'apprendre que vous êtes fan de ce petit génie iconoclaste de la musique.

– Vous dites sans doute cela parce que vous avez fouillé dans mon passé et appris que j'avais été à Berkeley, une université bien plus… bien plus contestataire, disons, que d'autres universités américaines.

– Berkeley pour une maîtrise en histoire de l'art, oui, après une licence ici, à l'université de Lleida. Tout cela je le sais, Andrés. Je n'associe néanmoins pas Frank Zappa à Berkeley. Zappa, si je ne me trompe pas, tirait plutôt son inspiration du sud de la Californie.

– Vous êtes un drôle d'espion, Harry, si Harry est bien votre nom. D'un côté vous mentez aux amis qui vous ouvrent la porte de leur maison en prétendant être ce que vous n'êtes pas, de l'autre vous écoutez Frank Zappa et vous vous intéressez même à sa personne.

– Harry est bien mon nom, Andrés, et si je suis un drôle d'espion, vous, vous êtes un drôle de terroriste. Ou devrais-je dire un drôle de criminel ?

Et comme Tarrés ne lui répondait pas, il reprit :

– Pour en revenir à ce que vous disiez, c'est la deuxième fois que vous reconnaissez implicitement votre culpabilité dans ce dont on vous accuse. La première fois, rappelez-vous, c'était le jour de votre arrestation. Vous clamiez alors haut et fort l'innocence de vos amis. « Ils n'ont rien à voir avec cette affaire », répétiez-vous. Et ce que je ne comprends pas, c'est qu'en dépit de ces aveux implicites et des preuves matérielles irréfutables que nous avons accumulées contre vous, vous continuiez à vous murer dans le silence.

Tarrés prit son temps avant de lui répondre. Et lorsqu'il le fit, ce fut pour le surprendre.

– Je veux la télévision, se contenta-t-il en effet de dire le plus tranquillement du monde.

– Ai-je bien entendu ?

Boone s'attendait à tout sauf à cela de sa part.

– C'est *vous* Andrés qui me demandez cela ? Et par télévision, vous entendez un poste de télévision, ou la télévision comme qui dirait les journalistes et les médias ?

– Un simple poste de télévision à réception satellitaire fera l'affaire.

D'aucuns, s'ils avaient été à la place de Boone, auraient interprété cette requête incongrue comme un désaveu cinglant de leur jugement et s'en seraient aussi voulu. N'avait-il pas lui-même insisté peu auparavant pour qu'on enlevât le poste de télévision qui avait été dans le bungalow ? Mais quoiqu'il ait été catholique, une religion quelque peu encline à entretenir chez ses adeptes un sentiment de culpabilité, Boone n'était pas fait de ce bois-là dont certains font leur croix. Loin de s'en vouloir il se félicitait en vérité d'avoir fait enlever ce poste de télévision, même si cela avait été pour de mauvaises raisons. Sans le savoir, se disait-il, il avait été bien inspiré. Car cela avait poussé Andrés Tarrés à lui faire une requête et l'avait placé, lui, dans l'agréable situation de pouvoir y accéder. Comme quoi, se disait-il, touché qu'il lui semblait être sur l'instant par la Grâce efficace et se sentant bien plus proche des jansénistes que des jésuites, on ne faisait jamais les choses aussi bien que lorsqu'on ne le faisait pas exprès. Il suffisait de se laisser guider.

– Un simple poste de télévision, dites-vous…

Il devait vite se décider. Interrompre l'entretien pour aller en référer en haut lieu serait, il en était conscient, une erreur. Le plaçant en situation de simple subordonné incapable de trancher, cela l'aurait rapproché aux yeux de Tarrés de sa propre hiérarchie, et éloigné d'autant de lui. Ce qu'il voulait à tout prix éviter. Très vite donc il se décida.

– Je vais faire le nécessaire afin qu'un poste de télé soit installé de suite, dit-il en se levant pour aller frapper à la porte et donner ses instructions aux militaires de faction devant le bungalow.

Le monde carcéral avait de fait cela de particulier, que c'étaient ceux qui se trouvaient à l'intérieur qui frappaient aux portes afin qu'on leur ouvrît.

17

Ayant pour ainsi dire mis Tarrés au lit après leur journée passée devant la télé Boone quitta la base d'Armilla en voiture et rentra chez lui. Leur ami Alex Serrat étant absent depuis quelque temps déjà, Maria avait ce soir-là suggéré à Elena de venir dîner chez eux et Boone, intéressé de savoir si quelque chose avait transpiré sur l'arrestation de Tarrés, n'avait pas voulu rater cette occasion de voir si leur voisine et amie, qui avait des antennes partout en ville, aurait par hasard entendu quelque chose à ce propos. Mais rien de ce qui se dit ce soir-là ne le laissa supposer que la bonne société grenadine aurait déjà été au courant de « l'affaire Andrés Tarrés ». Merci le confinement, s'était-il dit, et merci la campagne aussi. Tarrés aurait résidé en ville, que cela aurait été différent.

Après le dîner, et une fois Elena rentrée chez elle, s'excusant auprès de Maria Boone sortit dans la rue et fit le chemin jusqu'à l'Alhambra à pied. Là, sous les arcades illuminées du patio de l'hôtel Parador de San Francisco, un ancien couvent situé dans l'enceinte du complexe palatial et converti en hôtel de luxe, les trois augustes membres de la Trinité l'attendaient pour un débriefing des événements de la journée.

Confinement oblige, ils avaient les lieux rien que pour eux. À voir en outre la façon dont le Neveu se comportait, aboyant ses ordres au personnel et passant la commande impérieusement et sans demander l'avis de personne, on aurait pu croire que c'était à lui et à lui seul que l'Alhambra appartenait. Un vrai Ferdinand d'Aragon après la prise de Grenade par les chrétiens, se disait Boone, et seule son Isabelle semblait manquer à l'appel.

– On me dit que vous n'avez rien pu tirer de lui de particulièrement intéressant aujourd'hui, monsieur… monsieur… dit-il d'entrée en s'adressant à Boone.

– Mon nom est Boone, monsieur, ce dernier lui rappela-t-il, sans s'énerver pour autant et tout en se disant qu'habitué à glaner ses renseignements de deuxième main et à s'en contenter cet Américain avait vite dû se désintéresser de l'interrogatoire de Tarrés. Pour faire dire à quelqu'un ce que l'on voudrait l'entendre dire, monsieur, poursuivit-il, encore faut-il lui apprendre auparavant à parler. C'est, je crois, ce que j'ai réussi à faire aujourd'hui. Je m'en félicite d'ailleurs car les jours précédents on aurait pu croire, n'est-ce pas, que Tarrés était aussi sourd que muet.

L'autre n'eut pas l'air d'apprécier la réplique. Archie Briggs non plus. Mais sur le moment la relation spéciale transatlantique si chère aux yeux du gouvernement britannique ne pesait pas bien lourd dans la balance de Boone. Tout en donnant au Neveu du monsieur par-ci et du monsieur par-là, il avait décidé qu'il ne l'aimait pas.

– Si j'ai bien compris, lui disait à présent ce dernier, cet enfant de salaud voulait quelque chose de vous aujourd'hui.

– C'est exact. Il a demandé un poste de télévision.

– C'est ce qu'on m'a raconté. On m'a aussi dit que vous aviez accédé à sa demande. Pourquoi diable ne pas avoir exigé quelque chose de lui en retour ? Pourquoi lui avoir accordé ce qu'il demandait si vite ? Et pour rien, en sus !

– J'ai jugé préférable de ne rien lui demander pour l'instant, répondit Boone, qui reconnaissait bien là la politique transactionnelle devenue la marque de fabrique de cette présidence américaine : donnant-donnant.

– Mais ça nous fait perdre un temps précieux ! protesta le Neveu.

– Dans la chaîne de l'Atlas, en Afrique du Nord, il est d'usage de laisser un temps plus ou moins long s'écouler avant d'offrir quelque chose à quelqu'un qui vous aurait fait un cadeau. Tout empressement à rendre la réciproque y est perçu comme un manquement à l'étiquette, puisqu'en rendant trop vite on signifierait à l'autre qu'on ne souhaitait pas demeurer son obligé.

– C'est une coutume intéressante, ça, dit le Neveu, pensif. Vous voulez que je vous dise, poursuivit-il après s'être assuré qu'il avait l'attention de son auditoire. Vous voulez que je vous dise ? J'aurais aimé que mes banquiers soient nord-africains. Malheureusement ils ne le sont pas.

Et il s'esclaffa à sa propre sortie tandis que les autres souriaient poliment.

– Je vois néanmoins mal, reprit-il ensuite sur un ton plus sérieux, ce que cette anecdote a à voir avec notre affaire.

– Je n'ai pas souhaité brusquer Tarrés en demandant un retour immédiat d'ascenseur, Boone lui expliqua-t-il. J'étais prêt à attendre, sachant qu'entre le moment où je lui aurais fait cette faveur et le moment où il m'en ferait éventuellement une en retour, un lien, même ténu, s'établirait entre nous, qui n'avait pas été là auparavant. Un lien dont nous ne pourrions que profiter. Il y a un temps pour tout, monsieur.

– Le livre de l'Ecclésiaste ! s'exclama fièrement le Neveu en faisant le tour des présents du regard.

À chacun ses classiques, se disait quant à lui Boone.

– Parlez-nous donc un peu de ce qui s'est passé aujourd'hui entre vous deux.

C'était la Doña qui venait de dire cela. Tout comme Briggs, se disait Boone, elle avait dû suivre, de la salle de commandement et de contrôle de la base où ils s'étaient trouvés, une bonne partie des événements de la journée. Mais elle n'en était pas moins restée sur sa faim, et elle avait eu besoin, pour un vrai ressenti, d'entendre l'un des acteurs évoquer cela devant elle de vive voix. Encore un peu, se disait-il, et elle donnerait raison à Andrés Tarrés et à sa philosophie présentielle de vie.

– Eh bien, finit-il par lui répondre, on a regardé la télé ensemble. Enfin, façon de parler parce que, si nous regardions bien ensemble, il était le seul à voir. Pour ma part, ne sachant pas ce qu'il cherchait je regardais sans voir, me contenant de passer docilement d'une chaîne à une autre lorsqu'il me le demandait. Aujourd'hui j'ai en quelque sorte fait figure auprès de lui de porte-télécommande : il me commandait, et moi je télécommandais le poste de télé.

– Vous dites que vous ignorez ce qu'il cherchait en regardant la télé, intervint le Neveu. Ne croyez-vous pas qu'il y a du signal dans l'air ?

– Du signal ?

– Il se pourrait bien que ce Tarrés et ses complices aient convenu d'avance des instructions que ces derniers lui enverraient par la télévision à des dates et des heures précises et sous une forme tout à fait anodine – une chanson ou un morceau de musique, peut-être, ou alors une annonce publicitaire.

– Si c'est le cas, lui répondit Boone, ces hypothétiques instructions ont dû être insérées par ces complices dans un bulletin d'information. Car toute la sainte journée je n'ai fait que regarder des journaux télévisés. Le sport, les documentaires, les films, les séries, les arts et les variétés ne l'intéressaient aucunement. Constamment il me demandait de zapper d'une chaîne d'information à une autre.

– À supposer que message il y ait, intervint la Doña, vu le nombre astronomique de chaînes d'information régionales, nationales et internationales, il nous sera impossible de l'isoler dans la masse des informations et d'espérer remonter jusqu'à l'envoyeur.

– Vous avez sans doute raison, dit Briggs. Mais s'il attend vraiment des instructions, c'est qu'il y a là dehors quelqu'un qui donne des instructions, et quelqu'un aussi qui peut les envoyer. Cela voudrait dire qu'on n'aurait pas affaire à un homme aussi coupé du monde que le monde ne l'est désormais de l'Internet. Si c'est le cas je trouverais pour ma part cela assez rassurant. C'est comme qui dirait qu'il y aurait tout de même de la méthode derrière toute cette folie, conclut-il en citant *Hamlet*.

– Sur quelles chaînes êtes-vous passés en premier ? demanda le Neveu en s'adressant à Boone. Et quelle séquence avez-vous suivie après cela en zappant ?

– Eh bien, on a commencé par les grandes chaînes américaines d'information.

– Les chaînes américaines en premier, c'est ça ? dit le Neveu.

– Les américaines en premier, lui confirma Boone.

Il se disait qu'une fois n'est pas coutume ce fier Américain ne semblait pas particulièrement fier de voir son pays cité en premier, y voyant au contraire un mauvais présage, une menace.

– Nous sommes ensuite passés aux grandes chaînes européennes, poursuivit-il. Accessoirement les chaînes russes et chinoises en langue anglaise. Mais uniquement accessoirement. Avant de recommencer, et de recommencer, et de recommencer…

– Ça ne nous avance guère, maugréa le Neveu.

– Parlez-nous plutôt des temps de pose, Harry.

C'était Archie Briggs qui venait de dire cela.

– Les temps de pose ? s'enquit le Neveu. Comment ça, les temps de pose ?

– Eh bien, lui dit Briggs, il me semble que si on me demandait de faire votre profil psychologique et que vous visitiez l'Italie, disons, je m'intéresserais sans doute moins à votre itinéraire précis – Rome, Naples et

Venise, Florence, Sienne et Pise – qu'aux endroits où vous vous seriez attardé et où vous seriez éventuellement revenu – tel hôtel, tel musée et telle œuvre ou tel artiste dans ce musée, telle rue et pour quoi faire, telle église et pour y admirer quoi, tel restaurant et pour y manger quoi. En attendant donc que l'équipe qui exploite les enregistrements ait fini son travail, il serait peut-être bon que Harry nous en dise un peu plus sur les news qui semblaient intéresser le plus Tarrés et sur lesquels il s'attardait ou revenait.

– C'est très malin, ça, s'exclama le Neveu. Vous avez tout à fait raison, bien sûr.

Puis, se tournant vers Boone et faisant dans sa foulée sienne la suggestion de Briggs, sur un ton familier, un ton cavalier, même, il lui dit :

– Harry, on ne veut plus entendre parler de la dextérité de votre pouce, de la souplesse de votre poignet et de votre art consommé de la télécommande. Plus un mot sur votre zappage, mon vieux. Parlez-nous plutôt de vos pauses prolongées.

Boone aurait préféré garder ses impressions pour lui. Car pour l'instant ce n'était rien de plus que des impressions. Il aurait surtout préféré que le Neveu continuât à mener seul les débats à sa façon brouillonne. Mais l'intervention de Briggs, le recentrant, ne lui en offrait plus le choix.

– Eh bien, dit-il, Tarrés a écouté très attentivement tout ce que les responsables gouvernementaux, les fournisseurs de services Internet et les experts avaient eu à dire sur ce qui se passe, ou plutôt sur ce qui ne se passe plus sur l'Internet, mais aussi tout ce qu'en pensaient les gens ordinaires qu'on interviewait et comment ils vivaient cela. Il s'est de même intéressé aux informations et aux débats télévisés autour du coronavirus : son origine, s'il est naturel ou fabriqué par l'homme, ses mutations, sa durée possible de vie. Aussi, aux réponses apportées à l'épidémie par les responsables de la santé : les différents traitements et leur efficacité, le vaccin et quand il pourrait être mis sur le marché, les progrès faits par la recherche scientifique, la coopération internationale dans ce domaine en particulier, la capacité des hôpitaux, dans différents pays, à gérer l'afflux des malades. Il s'est en outre intéressé à la manière dont les gens perçoivent l'épidémie, et à ce qu'elle signifie pour eux. Et puis il s'est beaucoup intéressé au confinement : les mesures prises par les différents gouvernements, les différences d'opinion entre responsables au sein d'un même pays – entre le président des États-Unis et les gouverneurs de certains États américains, par exemple –, la réaction des gens au confinement, comment ils le vivent, ce qu'ils en pensent, est-ce que ça va durer, et comment ils réagissent à toutes les informations contradictoires dont on les abreuve. Voilà, en gros, les sujets qui semblaient l'intéresser, et ça, c'est surtout valable pour l'Amérique du Nord, l'Europe, une partie de l'Asie – Japon, Corée, notamment –, ainsi que l'Océanie – Australie et Nouvelle-Zélande. Les autres pays et régions semblaient moins l'intéresser.

– Ça ne nous avance guère plus.

Le Neveu avait l'air de dire qu'en rétrospective il ne trouvait pas l'idée d'Archie Briggs si géniale que cela.

– Cela nous apprend au moins, dit Briggs, que dans l'esprit de Tarrés cette attaque massive contre l'Internet est bien liée au confinement.

– Je suis de votre avis, dit la Doña.

– Vous croyez, dit le Neveu, que s'il n'y avait pas eu cette épidémie et ce confinement cette attaque n'aurait pas eu lieu ?

– Je n'ai pas dit ça, Briggs tint-il à préciser. Mais les effets de cette attaque se trouvent démultipliés par le confinement. Et le confinement nous contraint à décider vite et sous pression.

– Vous ne croyez pas si bien dire ! lança le Neveu. Le président ne cesse de m'appeler pour savoir si on a avancé. Et bien évidemment on est au point mort sur tous les fronts : les petits génies de Silicon Valley dont on nous rebat les oreilles à longueur de journée n'ont encore pas réussi à trouver la parade à ce virus ; et la CISA, qui coûte plus de deux milliards par an au contribuable, n'arrive toujours pas à remonter la piste des hackers ; les rafles effectuées dans le milieu des sectes et dans les rangs des prophètes et des illuminés de tous genres n'ont rien donné non plus ; et ici même, avec ce vaurien de Tarrés, on fait du surplace depuis plus d'une semaine. Et tout ce temps l'économie est au ralenti et la colère gronde chez les gens qui n'en peuvent plus. Sans parler de ces fichus démocrates qui poussent des cris d'orfraie à chaque fois que le président s'élève contre le confinement et exige qu'il soit levé sans tarder pour sauver l'économie.

Tout cela en préambule, pour ensuite se tourner vers la Doña et lui dire :

– On avait accepté d'interroger ce Tarrés ici à Grenade parce que le temps pressait et qu'on devait faire vite. Mais je vois que, malgré cela, on n'a pas avancé d'un pas. Ça ne peut pas continuer comme ça. Le président fait face à une pression insupportable. Alors, je vous préviens, si d'ici demain soir ces petites conversations de salon avec ce terroriste n'ont rien donné j'appellerai le président qui appellera à son tour votre Premier ministre pour lui dire ce qu'il en pense, et ce Tarrés sera mis sur le premier vol militaire en partance de Morón. Une fois en Amérique, je vous assure qu'on saura le faire parler.

– Je ne suis pas sûr que cela marcherait, dit Boone.

– Et pourquoi cela, dites-moi ? On en a brisé de bien plus coriaces, croyez-moi.

– Je n'en doute pas. Mais Andrés Tarrés est moins coriace qu'imperméable.

– Imperméable ? Imperméable à quoi ?

– Imperméable aux événements qu'il traverse, je dirais. Imperméable à son arrestation et à sa détention, par exemple. Les gens comme lui vivent surtout dans leur tête. Sa force, Tarrés la tire de ses idées, non de la réalité. Et il a des idées arrêtées.

– Un fanatique ! dit le Neveu.

– Pour Churchill, dit Briggs, un fanatique est quelqu'un qui refuse de changer d'avis tout comme de sujet. Toi qui le connais mieux que nous, Harry, dirais-tu que nous avons affaire à un fanatique ?

– Un fanatique, non. Un intellectuel et un idéaliste, oui. Mais contrairement à la majorité des intellectuels Tarrés est assez conséquent avec lui-même. Il vit ses idées. Chez lui c'est loin d'être un cas de « Faites comme je dis et non comme je fais », comme on en voit si souvent aujourd'hui. Ce qui réduit d'autant les failles dans son armure. Il faudra creuser très profond pour trouver ses faiblesses et ses vulnérabilités.

– Nous le briserons quand même, promit le Neveu.

– Il vous faudra d'abord le faire douter de ses idées. Or avec ce qui se passe ses idées – qui n'avaient jusque-là été que de pures idées, un rêve même –, prennent de la consistance. Elles engendrent une nouvelle réalité. Tout ce qu'il voit aujourd'hui autour de lui doit le lui confirmer.

– Tout ce qu'il voit à la télé, vous voulez dire ! lui lança le Neveu. C'est cette satanée télé qui lui donne de la force, nom de Dieu !

– Sa force, il l'a puisée, bien avant cela, lors des tout premiers jours, lorsqu'il a vu le bordel indescriptible que ses amis et lui ont causé au sein d'une population confinée. Mais il est aussi vrai, comme vous dites, que ce qu'il a pu voir à la télé depuis a pu ranimer cette force en lui. Si tant est qu'elle s'étiolait. Ce dont, le connaissant, je doute.

– J'ai toujours pensé que lui accorder le droit de regarder la télé était une idée foireuse. Qu'est-ce qui vous a pris, nom d'un chien ? Plus de télévision, à partir de maintenant ! Ôtez-lui immédiatement ce privilège insensé !

– Peut-être le ferai-je demain, dit Boone, ou peut-être pas. J'en déciderai en fonction du déroulement de notre entretien. Nous naviguons à vue.

– Nous devrions remettre l'équipe qui l'avait interrogé jusque-là sur le coup, dit le Neveu en s'adressant à

Briggs et à la Doña. Je ne trouve pas cet interlude « soft » très convaincant. Le bungalow, la télé… Et quoi encore ? Ce ne sont pas des vacances que nous lui payons !

– À votre guise, dit Boone. Je doute fort néanmoins que vous réussissiez à le faire parler. Vos gens continueront à lui poser les mêmes mauvaises questions.

– Comment cela, les mauvaises questions ? s'étonna le Neveu.

– Le Qui, le Quoi, le Quand, le Où, le Comment et le Pourquoi.

– Qui quoi quand, caqueta le Neveu. C'est quoi ce charabia ?

– Ce sont là, théoriquement, les six questions auxquelles il faut essayer d'apporter une réponse dans le cadre d'une mission de renseignement, lui expliqua Briggs.

– Qui quoi quand, insista le Neveu. Est-ce un jeu télévisé que nous organisons ?

– Toujours est-il, reprit Briggs, que sur ces six questions, trois avaient déjà reçu une réponse avant même l'arrestation de Tarrés. Le Quoi : un hacking massif visant les Big Tech. Le Quand : maintenant. Et le Où : essentiellement chez nous, dans les démocraties occidentales. Restent le Qui, le Comment, et le Pourquoi.

– Or comme vous le disiez tantôt, dit Boone en s'adressant au Neveu, pour ce qui est du Qui la CISA a jusqu'ici fait chou blanc. Quant à la question du Comment, comme vous le disiez aussi les crânes d'œuf des Big Tech n'ont toujours pas compris comment les hackers avaient procédé. Dans ces circonstances, quoi de plus naturel, n'est-ce pas, que de chercher à soutirer à Tarrés les réponses que les experts de la CISA et des Big Tech peinent tant à trouver. Questions légitimes au vu de l'énorme pression qui pèse sur nous et à l'impératif auquel nous sommes tenus d'assurer un retour très rapide à la normale. Mais à mon humble avis cet entêtement ne nous mènera à rien.

– À supposer que vous ayez raison, lui dit la Doña, comment procéderiez-vous ?

– Je ferais la bonne entame, lui dit Boone. Dans un interrogatoire comme celui-ci, tout comme dans tout débriefing d'une source de renseignement, lorsque l'entame est bonne, le reste suit. Mais quand l'entame est mauvaise tout se bloque et se grippe. Comme je le disais à l'instant les questions qu'on a tendance à poser en premier sont celles dont les réponses nous tiennent le plus à cœur. Or celles-ci sont en général fonction de notre subjectivité. Rarement sont-elles pensées en fonction de la personne interrogée. Rarement se demande-t-on à quelle question en particulier la personne interrogée serait en mesure de répondre, ou accepterait de répondre. Et comme on a pu le voir ces derniers jours, dès lors que l'on oublie cela et qu'on fait la mauvaise entame, un dialogue de sourds s'établit entre les deux parties.

– À supposer encore une fois que vous ayez raison, lui dit la Doña, quelle question poseriez-vous à Tarrés en premier, qui serait pensée en fonction de sa personne et non en fonction de nos propres préoccupations ?

– J'oublierais le Qui et le Comment pour l'instant parce que ce sont là des questions binaires exigeant des réponses claires qui, comme on l'a vu, pourraient être accueillies par une fin de non-recevoir qui mettrait un point final à toute conversation digne de ce nom avec lui. Mon entame serait plutôt le Pourquoi. Tarrés est un homme d'idées. Je l'engagerais donc sur le plan des idées. Je ne connais pas d'intellectuel qui ne soit prêt à discuter de ses idées. Je le ferais donc parler des siennes, et notamment de celle qui les a poussés, lui et ses complices, à imaginer cette attaque massive qui a paralysé l'Internet et dont il ne doit pas être peu fier. Il cherchera sans doute à me convaincre du bien-fondé de ses actes. Car même s'il n'est dans cette affaire que le simple jouet d'une bande de malfaiteurs – ce qu'on ne peut toujours pas exclure –, Tarrés n'en demeure pas moins un homme de principes. Et les gens comme lui ont besoin de trouver une justification morale à chacune de leurs actions. Que ce soit pour un attentat meurtrier, ou que ce soit pour le choix qu'il fait dans une grande surface d'un papier toilette à base de papier recyclé. Et en général ils se sortent assez bien de cet exercice. Ils ont en revanche plus de mal à justifier les effets induits de leurs actions. Ce que nous autres nous appelons les dommages collatéraux. La victime innocente d'un attentat, par exemple, ou le fait qu'acheter du papier toilette, même recyclé, dans une grande surface, contribue à ruiner le petit commerçant de quartier qui n'a pas accès, lui, à ce genre de produit à un prix compétitif. C'est sur ce point-là que je l'attaquerais éventuellement, le poussant dans ses retranchements dans le cadre d'un échange qui ne sera plus égal, cette fois-ci, puisqu'il ne s'agira plus de peser l'une de ses idées contre l'une des miennes, mais d'opposer à son idée un fait tangible et avéré : la mort d'un passant innocent, par exemple, ou la faillite d'un pauvre épicier. À ce moment-là je pourrais sans doute prendre l'ascendant sur lui. Un ascendant moral, s'entend. J'en profiterais alors pour passer du Pourquoi aux questions qui nous intéressent plus particulièrement.

– Je n'ai absolument rien compris à votre plan, dit le Neveu une fois qu'il eut fini de parler. Quant à votre Pourquoi, il me fait l'effet de ce qu'un parent hors de lui pourrait hurler à la face d'un gosse qui aurait fait une grosse bêtise. Pourquoi as-tu fait ça, petit garnement ? Êtes-vous toujours aussi byzantins, ici en Europe ?

– À moins bien sûr, Boone reprit-il, ignorant l'Américain et s'adressant à la Doña, à moins que vous ne préfériez que quelqu'un d'autre se charge d'interroger Tarrés. Auquel cas…

– Je pense, finit par dire Briggs, qu'on devrait donner à Harry un peu plus de temps. Qu'en dites-vous ?

– Quarante-huit heures et pas une minute de plus, dit le Neveu en se levant, donnant ainsi son accord à la proposition de Briggs sans vraiment se l'avouer, et signifiant par la même occasion que la réunion était terminée.

18

Au bungalow, la journée du lendemain débuta comme celle de la veille s'était terminée, avec Boone et Tarrés côte à côte, face au journal télévisé.

À Washington, le président tweetait furieusement contre les gouverneurs qui imposaient un strict confinement dans leurs États alors même que son principal conseiller médical se prononçait en faveur du confinement. En Californie, confronté à un vaste mouvement de protestation contre le confinement le gouverneur de l'État faisait marche arrière en annonçant un assouplissement des règles. Zap ! *Toujours aux États-Unis, la police de Mountain View en Californie annonçait que l'incendie qui s'était déclaré deux jours auparavant au siège de Google était d'origine criminelle et n'excluait pas qu'un lien puisse exister entre cet incendie volontaire et le déni de service qui affectait les usagers de Google.* Zap ! *À Boston des jeunes gens étaient montés à l'abordage d'un luxueux yacht mouillant dans la marina et appartenant au fondateur d'Amazon, et ils avaient jeté par-dessus bord tous les smartphones et les laptops qui s'y trouvaient. À Tokyo on avait piétiné les portraits des patrons des Big Tech avant d'y mettre le feu.* Zap ! *À Mexico un porte-parole du ministère de la Santé annonçait que les hôpitaux de la capitale manquaient cruellement d'appareils respiratoires pour soigner les victimes du virus.* Zap ! *Au Brésil le président niait catégoriquement les chiffres astronomiques qui circulaient quant au nombre de personnes infectées.* Zap ! *À Londres trois policiers avaient été blessés et plusieurs personnes arrêtées lors d'une manifestation qui avait vu des anarchistes et des libertaires de droite marcher côte à côte pour dénoncer « la conspiration de la pandémie » et s'élever contre le confinement.* Zap ! *À Manchester dans le nord-ouest de l'Angleterre des étudiants avaient arraché les barrières placées par la police sur le campus dans le cadre de la lutte contre la propagation de l'épidémie. Toujours au Royaume-Uni les résultats d'un sondage suggéraient que le confinement divisait les Britanniques bien plus que le Brexit ne l'avait fait.* Zap ! *En Australie les actes de vandalisme visant les prestataires de services Internet et les magasins proposant du matériel informatique se multipliaient. En Australie aussi, le gouvernement entendait amender la loi de défense de 1903 afin d'envoyer l'armée épauler la police et les services sanitaires qui peinaient à faire respecter le confinement.* Zap ! *Aux Pays-Bas une cour de justice mettait en garde le gouvernement contre le couvre-feu décrété pour ralentir la progression du virus. Selon cette cour ce couvre-feu, le premier dans le pays depuis la dernière guerre, constituerait une entrave à la liberté garantie de mouvement. En même temps des émeutes éclataient à Eindhoven dans le sud du pays ainsi qu'à Enschede dans l'est, alors qu'à Amsterdam une grande manifestation anticonfinement était organisée.* Zap ! *À Bruxelles, et dans un rapport rédigé à l'attention du Forum économique mondial de*

Davos, évoquant le confinement forcé de près de la moitié de l'humanité, qualifié de « plus grande expérimentation psychologique jamais conduite », une psychologue clinicienne estimait que ces restrictions aux libertés individuelles, les plus sévères depuis 1945, auraient à terme un effet particulièrement néfaste sur la santé mentale des populations. Zap ! *À Berlin la police avait dû employer la force pour refouler des centaines de manifestants anticonfinement qui tentaient de prendre d'assaut le Parlement.* Zap ! *À Paris, et selon le ministre de la Santé, un vaccin contre le virus ne serait pas disponible avant au moins plusieurs mois.* Zap ! *À Turin comme à Milan la police italienne avait fait usage de gaz lacrymogènes pour disperser des manifestants anticonfinement. Et à Boves dans le nord de la France une bande de jeunes avait pillé un entrepôt d'Amazon. À cette occasion, un jeune homme était mort suite à une altercation avec un vigile.* Zap ! *À Madrid le Premier ministre lançait un appel au calme après les émeutes et les scènes de pillage que la capitale avait connues la veille.* Zap ! *Dans une maison de retraite barcelonaise une vieille dame serait morte le cœur brisé. Depuis le début du confinement elle s'était rabattue sur les réseaux sociaux pour garder le contact avec les siens, mais le déni de service touchant les messageries l'aurait, dit-on, achevée.* Zap ! *Dans une banlieue de Porto un homme enfermé depuis des semaines dans un deux-pièces avec sa compagne avait battu cette dernière à mort.* Zap ! *À Athènes, défiant les autorités, des milliers de personnes s'étaient rassemblées place Kypséli pour toute une nuit de musique hard, d'orgie psychédélique et de beuverie. La police n'était pas intervenue.* Zap ! *À Vienne des internautes avaient symboliquement jeté au feu une centaine d'ordinateurs et autant de smartphones.* Zap ! *Breaking News !!! Le siège de Facebook à Menlo Park en Californie aurait essuyé un tir de roquettes.*

C'est le moment que Boone choisit pour éteindre la télé.

Voyant quoi, d'un ton las, Tarrés lui dit :

– Êtes-vous déjà fatigué du beau spectacle que nos semblables donnent d'eux-mêmes ? Avez-vous vu l'autodafé viennois des téléphones et des ordinateurs ? L'autodafé est censé être un acte de foi, mais dans ce cas-ci c'est un acte de perte de totale foi, n'est-ce pas ? Et vous les avez vus aussi, à Tokyo, brûler les grands patrons de l'économie numérique en effigie ? On aurait dit des amoureux éconduits ou des époux cocufiés.

Comment, se demandait Boone, expliquer le mépris dans lequel les élites intellectuelles, même les mieux intentionnées d'entre elles, tenaient ceux qui ne partageaient pas leurs idées et leurs valeurs ?

– Non que j'en veuille à ces malheureux, lui disait à présent Tarrés, et c'était à croire qu'il aurait lu dans ses pensées, les pauvres ont été formatés. Il paraît qu'on les appelle des *netizens* maintenant ?

– J'ai déjà entendu ce mot.

– *Netizens* ! N'est-ce pas pathétique, *netizens* ?? Des *netizens*, sans doute parce qu'ils ne sont déjà plus des *citizens*. Parce qu'ils ne sont plus des citoyens. Mais, vous ne m'avez toujours pas dit pourquoi vous avez éteint la télé.

– Vous en avez assez vu comme ça, Andrés, et moi, je pense avoir compris. Le moment est peut-être venu pour vous de parler.

– Vais-je avoir droit au traitement de choc ? Le bâton alternant à nouveau avec la carotte ?

– Il n'y aura plus de bâton, Andrés. Votre mutisme a écœuré les amateurs du bâton. Il faut dire qu'aux suspects qui ne nient pas mais ne disent mot, ils préfèrent ceux qui nient effrontément mais n'en déblatèrent pas moins.

– Ainsi vous ne me feriez pas là le coup éculé du gentil flic et du méchant flic se relayant pour cuisiner le prisonnier.

– Ai-je besoin d'user d'un tel subterfuge avec vous, alors que vous êtes ici pour parler ?

– Le fait que je sois ici ne dépend pas de moi. En revanche la décision de parler ou non m'appartient.

– De grâce épargnez-moi cet ersatz de philosophie stoïcienne ! Vous et moi, nous savons très bien que ce n'est pas parce que vous êtes détenu ici que vous parlerez mais que vous êtes justement ici pour parler.

– Si je vous ai tantôt servi un ersatz de stoïcisme, c'est un ersatz de sophisme que vous me servez à présent en retour.

– Il n'y a pas de sophisme qui tienne. Ce qui m'a mis la puce à l'oreille, voyez-vous, ce sont ces traces de péridotite trouvées sous le garde-boue arrière et le carter de votre belle moto. De la péridotite typique de la Sierra Bermeja, qui surplombe justement Estepona. Une sierra à laquelle la péridotite a même donné son nom : la sierra rougeâtre. Que vous soyez allé à Estepona à moto y perpétrer votre méfait après avoir embarqué un ou deux bidons d'essence ne fait pour moi aucun doute. En ce sens, je pense que vous ne mentiez pas en affirmant que vos jeunes amis de l'Ipse n'ont rien à voir dans cette affaire. Sinon, si vous aviez été plusieurs à vous y rendre, on aurait trouvé des traces similaires de péridotite sur le pick-up ou sur quelque autre de vos véhicules. Ce qui n'est pas le cas.

– Je suis heureux d'apprendre que mes amis ne seront pas inquiétés.

– Je me fiche éperdument de vos amis, Andrés. Innocents ou pas. Ils resteront en tout cas maintenus au secret jusqu'à ce que cette affaire soit dûment élucidée et réglée.

– Parce qu'il ne faudrait pas que la nouvelle de mon arrestation s'ébruite, n'est-ce pas ? Cela mettrait bien à mal la version officielle de « l'accident » : de la panne monstre sur l'Internet.

– Toujours est-il qu'en apprenant qu'on avait trouvé toute cette boue sur votre moto, sachant tout le soin que vous prenez de vos joujoux et tout l'amour que vous leur portez, il m'avait semblé étrange que vous ayez laissé passer cela. Ça ne vous ressemblait guère. Je me suis donc posé la question de savoir si vous n'auriez pas fait exprès de laisser ces éclats de boue là où nous les avons découverts. Et une fois arrivé là, j'ai commencé à regarder les autres preuves à charge que nous avons accumulées contre vous – vos empreintes à Estepona, les traces de peinture sur la tenaille dans votre établi – sous un autre angle. Et loin d'y voir, comme ma hiérarchie, l'illustration d'une maladresse de votre part, j'y ai vu autant de jalons que vous auriez sciemment laissés derrière vous pour nous aider à remonter jusqu'à vous. Autant de jalons dont le tout premier était bien sûr le choix que vous et vos amis vous aviez fait d'Estepona pour votre attentat alors que rien, absolument rien, ne le justifiait. Pourquoi cet attentat alors qu'Estepona n'est qu'un parmi de nombreux autres relais – et certainement pas le plus important – le long des lignes de télécommunications sous-marines nous reliant à l'Asie en passant par le hub d'Alexandrie ? Pourquoi s'attaquer à Estepona, un affluent somme toute très négligeable du hub d'Alexandrie, quand ce dernier était déjà prévu au programme et que vos complices n'y sont pas allés de main morte pour le mettre hors d'usage ? Pourquoi avoir fait cela, sinon pour nous amener à nous intéresser à cette partie de l'Andalousie où vous résidez, et nous mettre ainsi sur votre piste ?

Comme l'autre ne protestait pas, il poursuivit :

– Et que dire de ce nom d'Ipse que vous avez donné – que vous avez tout récemment donné – à votre petite communauté ? Pourquoi Ipse, Andrés ? Pourquoi le latin ? Et pourquoi maintenant ? Pourquoi pas l'an passé ou l'année d'avant ? Car cet écriteau qui orne aujourd'hui votre portail ne s'y trouve pas depuis très longtemps. Pourquoi l'y avoir placé bien en évidence justement maintenant, sinon afin que, le remarquant, quelqu'un qui se croirait très malin – quelqu'un comme moi peut-être, qui aurait fait du grec et du latin et qui l'aurait fait savoir en ville, histoire d'étoffer sa couverture d'attaché culturel – puisse s'écrier fièrement eurêka après avoir fait le rapprochement entre le latin de votre *ipse* et ce « Méfiez-vous des ides de mars » romain, dont vous et vos acolytes avez choisi de signer l'opération de hacking la plus audacieuse que le monde ait connue jusque-là ? En la signant ainsi vous vous assuriez évidemment que nous ferions le rapport entre l'époustouflante cyberattaque aujourd'hui en cours, et les attentats perpétrés le 15 mars dernier – aux ides de mars, si vous préférez –, contre les terminaux de câbles sous-marins.

Là, il s'interrompit de nouveau, mais Tarrés, les yeux fermés, ne disait toujours rien.

– Et je n'évoque même pas, reprit-il donc, ce *panem et circenses* que vous m'aviez servi la dernière fois qu'on s'était vu. Au cas, sans doute, où j'aurais perdu de vue votre fameux écriteau, et oublié *ipse*. Et moi qui croyais naïvement que vous faisiez le paon, étalant votre culture devant Maria et moi. Alors que, tout ce temps, vous, vous cherchiez à me maintenir sur la bonne voie. Sur la voie romaine, si j'ose dire. Afin que je ne m'égare pas. Afin que tout finisse par me mener jusqu'à vous. Afin que je finisse par trahir votre confiance en toute bonne conscience, et vous fasse arrêter.

Il mitraillait Tarrés de ses arguments, les lui assenant avec la fougue de celui qui, ayant enfin compris qu'il a été manipulé alors même qu'il croyait manipuler, voudrait prendre sa revanche sur celui qui l'a floué en démontant devant lui tous les mécanismes de sa manipulation.

– Et la question que je me suis posée, Andrés, est : Pourquoi ? Pourquoi se faire prendre, si ce n'est pour prendre langue avec nous ? Je sais que c'est là un jeu de mots, dit-il ensuite en voyant l'autre esquisser un sourire, mais n'ai-je pas raison de croire que si vous êtes ici aujourd'hui c'est parce que vous l'avez choisi ? Votre arrestation, vous l'avez voulue. Et vous l'avez voulue dans le seul but de nous parler. En ce sens, on pourrait dire que vous êtes ici moins en qualité de prisonnier, qu'en qualité de négociateur.

Et comme Tarrés, qui avait rouvert les yeux, le regardait toujours sans rien dire, il poursuivit :

– Sinon, Andrés, cette arrestation et cette détention que vous avez si parfaitement orchestrées ne rimeraient à rien, n'est-ce pas ? Que vous vous trouvez ici pour parler, de cela, je suis persuadé. Comme je suis persuadé qu'après ne nous avoir rien dit depuis qu'on vous a arrêté, vous estimez que le moment est maintenant venu pour vous de parler.

– Qu'est-ce qui vous fait croire que je serais disposé à parler ? lui demanda Tarrés d'une voix traînante et à peine audible.

– Ça, lui répondit Boone en lui indiquant le poste de télé. Voyez-vous, pour moi, et jusqu'à il y a peu de temps, cet appareil n'était qu'un simple téléviseur. Et pour ceux qui, dissimulés quelque part non loin d'ici, ne perdent pas un mot de tout ce qu'on se dit, il pourrait être un récepteur : un récepteur par le truchement duquel vous recevriez éventuellement vos instructions.

– Comme dans l'Europe sous l'occupation nazie, vous voulez dire ? lui demanda Tarrés, que cette histoire d'émetteur-récepteur semblait avoir réveillé. Des résistants recevant leurs instructions de Londres sous forme de messages codés sur les ondes de la BBC ?

– C'est ça, lui répondit Boone, et il se félicita de le voir lui sourire. Encore un pas qui m'éloigne de ma hiérarchie et me rapproche autant de lui, se disait-il. Mais pour vous, Andrés, ce poste de télé n'est rien de tout cela, n'est-ce pas ?

– Et ce serait quoi, pour moi ? Tarrés, amusé, lui demanda-t-il.

– À vos yeux ce téléviseur est en vérité un thermomètre.

– Un thermomètre, dites-vous.

– Un thermomètre, Andrés. Un thermomètre avec lequel, depuis hier, vous prenez la température de ce monde bien étrange où nous vivons désormais, mesurant la fièvre qui y monte inexorablement sous l'effet conjugué du krach de l'Internet et du confinement. Et pourquoi cela ? Pour choisir évidemment le moment le plus propice – à l'approche du point d'ébullition, j'imagine – afin d'entamer avec nous la discussion et nous faire sans doute aussi part de vos conditions. Alors, êtes-vous enfin prêt à parler, Andrés ?

– Je suis fatigué, lui dit Tarrés. J'aimerais me reposer.

– Qu'attendez-vous pour poser vos conditions, Andrés ? Que tout un quartier de Madrid, de Londres ou de New York, soit mis à sac et entièrement brûlé ? Qu'à Los Angeles des justiciers autoproclamés lynchent de malheureux Chinois ? Qu'au Brésil, le président transforme les favelas en ghettos, croyant ainsi enrayer l'épidémie ? Qu'à Varsovie, on accuse les Juifs d'être responsables de ce virus ?

– Peut-être bien, lui répondit Tarrés d'une petite voix.

– La température n'est-elle pas montée assez haut à votre goût ? Nul besoin, vous savez, d'attendre que le pire arrive pour prendre une décision. Un gouvernement qui se respecte ne fait pas que réagir aux événements. Il lui arrive aussi de prendre des décisions en prévision d'événements qui pourraient advenir. Pour que quelqu'un se rende à l'évidence, il n'a pas à avoir nécessairement le couteau à la gorge. Il suffit parfois que telle l'épée de Damoclès ce couteau soit tout simplement suspendu au-dessus de sa tête. Nous sommes des gens raisonnables, Andrés.

– Vous-même vous êtes peut-être raisonnable, Harry, mais ce n'est pas vous qui décidez.

Touché, se disait Boone, et il pensait à Anarchasis le Scythe, l'un des Sept Sages de l'Antiquité, qui, après un séjour à Athènes, s'était étonné qu'en Grèce, les gens sensés parlaient alors que les imbéciles décidaient.

– Et ceux qui, chez vous, décident, poursuivait Tarrés, ont tendance à différer les décisions difficiles jusqu'à ce qu'ils aient senti le froid de la lame sur leur gorge. Voyez leurs tergiversations face à la question du réchauffement climatique. Et cela, depuis des années et des années. Qu'attendent-ils pour agir, à votre avis ? Je vais vous le dire. Ils attendent que la décision s'impose d'elle-même. Mais remettons cette conversation à demain, si vous voulez bien. Je suis las.

Pressé de le faire parler Boone était sur le point de lui refuser cela. Mais lorsqu'il vit son extrême pâleur, son beau visage ayant même pris un teint cireux, résistant à la tentation de faire de la fatigue de Tarrés son alliée, il n'insista pas. Il alla même jusqu'à lui proposer d'appeler un médecin, mais Tarrés refusa. Ce n'est rien qu'un peu de fatigue, lui dit-il.

19

– N'est-ce pas le comble, dit Tarrés lorsqu'ils se retrouvèrent le lendemain, que l'Internet lâche les gens en plein confinement alors même qu'ils en ont le plus besoin ?

– Nous savons parfaitement à qui nous devons cela. Pourquoi avoir provoqué ce chaos, Andrés ? Que voulez-vous au juste ? Je suppose que ce n'est pas une rançon. Vous connaissant je ne peux pas croire que vous faites cela pour de l'argent. Si c'était le cas vous ne seriez pas ici à me parler. Si c'était le cas vous seriez allé frapper à la porte des grands patrons des Big Tech. Après tout, ce sont eux les principaux intéressés dans cette affaire.

– Êtes-vous sûr qu'ils soient les principaux intéressés ?

– Et qui d'autre ?

– Vos dirigeants, je dirais. Ils sont bien contents de les avoir.

– Je ne sais pas dans quel monde vous vivez, Andrés, mais sachez que les gouvernements sont à couteaux tirés avec les géants de l'économie numérique.

– Pour une question de gros sous, surtout.

– Effectivement. Ils ramassent l'argent à la pelle mais nulle part ils ne paient d'impôt.

– Pourquoi en paieraient-ils ? Vu l'immense service qu'ils rendent aux dirigeants j'aurais cru que ce serait plutôt à ces derniers de les rétribuer.

– Voilà une idée bien intéressante. Quoique je doute qu'elle emporte l'adhésion. Quel service rendu avez-vous précisément à l'esprit ?

– Celui d'assurer leur tranquillité, bien sûr.

Lorsqu'on évoquait la tranquillité Harry Boone ne restait jamais indifférent.

– Pourriez-vous élaborer ? demanda-t-il.

– Supposons un instant qu'un pays soit une voiture familiale. Et supposons aussi que le chef du gouvernement soit l'un des deux parents, qui serait au volant. Après tout, un volant c'est un gouvernail, n'est-ce pas ? Un volant, ça sert à gouverner. Et supposons en outre que le peuple soit la marmaille embarquée à l'arrière de cette voiture pour un départ en vacances. Le trajet s'éternise, et les enfants ne tiennent plus en place. Ça pleure, ça hurle, ça se chamaille, ça veut s'arrêter pour faire pipi, ça pose des questions idiotes, ça se plaint, ça touche des choses qu'il ne faudrait pas toucher, ça veut enlever sa ceinture, ça a faim, ça a soif, ça n'aime pas ci, ça n'aime pas ça. Tout cela distrait et agace le conducteur qui doit garder les yeux sur la route et maintenir le cap s'il veut arriver à bon port. Il s'énerve donc à son tour, il brandit des menaces, et les enfants à l'arrière se calment un peu. Mais ils broient du noir et finissent par lui en vouloir, souhaitant qu'il ne soit pas là, rêvant même d'un autre papa ou d'une autre maman, de parents plus sympas, en tout cas, et surtout plus accommodants, voire d'une vie sans parents. Et puis, miracle, ne voilà-t-il pas que l'économie numérique invente le MP3, le smartphone, la tablette, la console de jeux, et ces écrans de télé encastrés dans le dossier des sièges avant dans les voitures. Du coup, à l'arrière, ça ne s'ennuie plus, ça ne s'énerve plus, ça ne crie plus, ça ne se dispute plus, ça ne fait plus de bêtises. Les enfants ont tous revêtu leurs casques ou mis leurs écouteurs, et le conducteur peut poursuivre sa route tranquillement. Mais sa tranquillité a un prix. Pour se l'assurer il a dû couper toute communication avec ses enfants. Il s'est certes débarrassé ainsi de ce qui en eux l'avait irrité sur le moment, mais il s'est par la même occasion aussi coupé de tout ce qui était bon en eux et il s'est surtout empêché de pouvoir agir pour leur bien. En cherchant à distraire à tout prix ses enfants afin qu'ils ne l'embêtent plus il a mis fin à toute possibilité de dialogue avec eux. Et il a laissé les divertissements proposés par l'économie numérique occuper auprès d'eux la place qui lui revenait. Celle de modèle, d'influenceur et d'éducateur. Car l'éducation se fait à la maison. L'école, c'est pour l'instruction. Imaginez maintenant que, pour une raison ou pour une autre, ces enfants confinés dans une voiture lancée sur l'autoroute – je dis bien confinés – se retrouvent soudain privés, qui de son MP3 qui de son smartphone, qui de sa console et qui de son écran. Que se passerait-il à votre avis ?

– Un bordel indescriptible, j'imagine, lui répondit Boone qui s'inquiétait à présent d'avoir vu juste en soupçonnant qu'il y avait plus, dans le choix que Tarrés et ses amis avaient fait des ides de mars, qu'une simple référence à l'assassinat de Jules César.

– Un bordel indescriptible, comme vous dites. Un bordel qui, ayant commencé à l'arrière, finira, l'autorité parentale étant remise en cause, par semer le désordre dans toute la voiture. Et sans doute aussi, par ricochet, dans les voitures roulant à proximité. Comme dans une partie de billard.

– Si je vous comprends bien, Andrés, pour ce qui est du désordre, ce qui va pour cette voiture familiale va pour le pays.

– Tout comme ces pauvres enfants confinés dans une voiture, les milliards de malheureux qui se sont livrés corps et âme à l'Internet et à la réalité virtuelle et qui en sont aujourd'hui privés doivent se sentir terriblement à l'étroit dans la portion congrue du monde physique et réel qui leur est désormais assignée par les autorités aux termes des règles du confinement et des mesures de restriction à la liberté de mouvement. Et lorsque vous leur ôtez cela, qu'est qu'il se passe ? Il se passe qu'ils commencent à étouffer. Littéralement, à étouffer. Car ils en sont arrivés à considérer les produits de l'économie numérique au même titre que l'air qu'ils respirent, sans même y penser, comme si l'Internet faisait partie intégrante de leur système nerveux parasympathique.

– Sevrés, ils deviennent alors aussi imprévisibles que difficiles à contrôler.

– Êtes-vous toujours d'avis, Harry, que les principaux intéressés dans cette affaire soient les grands patrons des Big Tech ? Ou alors voyez-vous enfin qu'en vérité les principaux intéressés, ceux qui ont bien plus que de l'argent à perdre au vu de ce qui se passe, ce sont vos dirigeants ?

– Parce qu'ils risquent la paix civile, c'est ça ? demanda Boone, abondant dans son sens.

– Avez-vous lu Gramsci ?

– Gramsci ? Le théoricien marxiste ? Celui que Mussolini avait jeté en prison ? Non, je n'ai rien lu de lui. Mais, pourquoi cette question ?

Boone se demandait si, après tout, guidé par sa seule parano, son ami Álvaro Ortiz n'avait pas eu raison de soupçonner quelque complot communiste.

– Serait-ce, Andrés, que vous et vos amis auriez puisé votre inspiration et votre motivation dans les écrits de Gramsci ?

– Je vous demandais cela parce que vous évoquiez la paix civile. Gramsci, voyez-vous, avait développé une notion très intéressante, celle d'hégémonie culturelle. Il y expliquait que tant que l'élite dirigeante d'un pays était en mesure de disséminer ses valeurs dans la société et de l'amener à faire siens ses objectifs, elle pouvait continuer à la dominer sans recourir à la violence, en exerçant uniquement sur elle une hégémonie culturelle. Mais qu'inversement, dès lors que cette même élite n'était plus en mesure de ce faire, son hégémonie culturelle battant sérieusement de l'aile, elle se verrait contrainte d'user de la force pour se maintenir au pouvoir. Or c'est précisément ce qui vous arrive. Les élites dominantes ayant, depuis belle lurette, fondé l'essentiel de leur hégémonie culturelle sur l'économie numérique et la société de spectacle, ne voilà-t-il pas que, celles-ci lui faisant soudain défaut, elles se voient aujourd'hui contraintes de promulguer des lois liberticides et de recourir à la répression dans l'espoir de perpétuer leur domination.

– Une dérive autoritaire au nom du tout sanitaire, en quelque sorte. Ce serait donc pour cela que vous ne vous êtes pas attaqués simultanément aux pendants chinois des Big Tech américains ?

– Le pouvoir chinois s'appuyant bien plus sur les instruments de répression qui sont à sa disposition que sur une quelconque hégémonie culturelle, s'attaquer aux géants chinois du numérique aurait été un coup d'épée dans l'eau.

S'il dit vrai, se disait Boone, voilà la piste chinoise qui s'envole par la fenêtre. Et tant pis pour les plans ourdis par l'hôte de la Maison-Blanche pour une guerre électronique sans merci contre la Chine. Le bruit blanc, substitut aux bruits de bottes, devra attendre.

– Le mot confinement annonce lui-même la couleur, lui disait à présent Tarrés. C'est un choix de mot bien malheureux, d'ailleurs. Vos dirigeants auraient pu trouver mieux que cela, eux qui appliquent d'ordinaire si diligemment les principes du marketing à la politique. Mais peut-être ignoraient-ils que confinement était un terme carcéral. C'est pourtant le cas. Lorsqu'une émeute éclate dans une prison, les matons ont ordre de confiner les prisonniers dans leurs cellules pour reprendre les choses en main. Mais là, que voit-on ?

– Je vois où vous voulez venir, dit Boone, continuant de le caresser dans le sens du poil. Au lieu que le confinement n'aide à rétablir l'ordre, c'est le confinement qui devient cause de désordre.

– Une inversion intéressante, ne trouvez-vous pas ? La résistance que rencontre le confinement suggère d'ailleurs que les valeurs et les priorités des élites dirigeantes occidentales sont loin d'être partagées par tous.

– Je ne suis pas tout à fait d'accord avec vous. La majorité des gens accepte le confinement comme un mal nécessaire.

– Mais jusqu'à quand ? Là est la question. Et dans quelles conditions ? Là est l'autre question. Voyez-vous, sans ce virus informatique qui prive aujourd'hui les gens de l'essentiel des occupations et distractions auxquelles ils s'adonnaient en surfant pour passer le temps sous le confinement, les pouvoirs établis auraient pu espérer un scénario de type *Le Meilleur des mondes*. Un monde où l'Internet aurait continué à jouer son rôle de soma – cette drogue qui, dans cet ouvrage de Huxley, est distribuée à tous gratuitement afin qu'ils continuent de vivre dans un état de béatitude sinon d'hébétude et en tout cas en esclaves consentants. Mais ce scénario n'est plus vraiment possible, aujourd'hui, n'est-ce pas ? Aujourd'hui l'Internet, soma numérique, fait défaut. Et tant que ce soma vous manquera, ce n'est pas un scénario à la Huxley qui vous attend mais un autre à la Orwell : un scénario à la *1984*, avec Big Brother dans le rôle principal.

– La pression est forte, Andrés, je vous l'accorde, mais il suffira de découpler le confinement physique auquel les gens sont aujourd'hui soumis, de cet autre confinement – éthérique, je dirais, celui-ci – que vous et vos amis vous leur imposez, pour que la pression cesse de monter. Pour qu'elle se mette même à baisser. Après quoi la situation redeviendrait gérable.

– C'est ce que vous croyez vraiment ? Vous avez pourtant regardé les mêmes images que moi tout à l'heure. Examinons un peu les faits, si vous voulez bien. Pour mettre fin au confinement et aux restrictions, encore faut-il que l'épidémie puisse être contrôlée. Or tout ce que l'on a pu voir à la télévision suggère que c'est plutôt le contraire qui serait vrai : le virus ne fait que se propager, le nombre de personnes infectées augmente exponentiellement, la capacité d'accueil des hôpitaux approche du point de saturation, les avis sur les origines du virus divergent, et ses mutations possibles demeurent une grande inconnue. Certains dirigeants, je le sais, sont tentés, pour requinquer l'économie, de substituer à la stratégie du confinement celle de l'immunité collective. Mais ça ne marchera pas vraiment. L'immunité collective au virus ne leur sera d'aucun secours dès lors qu'un nouveau variant du virus apparaîtra. Ce qui ne manquera pas à mon avis d'arriver. En sus les traitements existants semblent être aussi inefficaces les uns que les autres, et ils divisent la profession médicale. À court comme à moyen terme on ne voit en outre pas l'ombre d'un vaccin, et à supposer qu'on en trouvât un, le mettre sur le marché en quantités suffisantes pour une campagne systématique de vaccination à l'échelle mondiale prendrait des mois, sinon des années. Et encore, on ne sait pas si cet hypothétique vaccin de demain sera efficace contre les mutations virales d'après-demain.

– Vous êtes bien sûr de vous, Andrés.

– Je le suis. Ne serait-ce que pour avoir vu toutes ces sommités médicales bafouiller devant les caméras et tous ces politiciens courir dans tous les sens comme des poulets qu'on viendrait d'étêter. Or tant que cette situation prévaudra il ne sera pas question pour vous de lever les restrictions sanitaires pour de bon. Et tant qu'elles feront partie du quotidien des gens, et que ceux-là resteront privés de leur Internet adoré, la menace qui pèse sur vous d'une explosion sociale ne s'éloignera pas.

– Et tout ce désordre, c'est à l'inspiration que vous avez trouvée dans les écrits de Gramsci, que nous le devons ?

– Il n'y a pas que Gramsci. Il y a aussi Wells.

– Wells ?

– Vous connaissez certainement Wells, Harry !

– Vous voulez parler de H. G. Wells ? L'écrivain de science-fiction ? L'auteur de *La Machine à remonter le temps* ?

– Celui-là même.

– J'ai peine à comprendre comment H. G. Wells a pu vous mettre une telle idée en tête.

– C'est que vous ne voyez en lui qu'un romancier. Tout comme vous ne voyez en Gramsci qu'un idéologue marxiste et un militant communiste. Leur dimension de penseurs visionnaires vous échappe. Elle est pourtant là. La notion d'hégémonie culturelle de Gramsci nous avait montré la faille : le maillon faible qu'il nous fallait cibler. Le maillon faible d'une chaîne étant aussi – question de point de vue, Harry – le maillon le plus fort, puisque c'est lui qui peut briser la chaîne tout entière. Quant à Wells, il nous a suggéré le timing de l'opération.

– Comment cela, le timing ?

– Selon Wells la science conditionnerait l'époque, alors que l'esthétique – au sens de la philosophie, de l'art, et bien sûr de la politique – serait conditionnée par l'époque. Or que voyons-nous aujourd'hui, sinon que la science – la science médicale, en l'occurrence –, impuissante face au virus et incapable d'enrayer l'épidémie, se retrouve, pour la première fois sans doute depuis plus d'un siècle, dans l'impossibilité de conditionner l'époque ? Il s'ensuit évidemment le plus grand désordre dans l'esthétique. Lâchées par la science, la philosophie, l'art et la politique ont perdu leurs repères. Les restrictions apportées aujourd'hui aux libertés le prouvent. Ce qui vaut pour la médecine vaut d'ailleurs pour les mathématiques, la cryptographie et l'informatique. Voilà une bonne semaine déjà que notre virus sème la pagaille sur l'Internet et dans l'économie numérique, et vos spécialistes ne semblent pas plus avancés qu'au premier jour. Je doute d'ailleurs qu'ils réussissent à résoudre votre problème de sitôt – en tout cas, à temps pour vous épargner de très sérieux désagréments. Et à défaut de cela, vos mathématiques, votre cryptographie et votre informatique seront, tout autant que votre médecine, dans l'incapacité de conditionner l'époque.

– Si je comprends bien, c'est ce que H. G. Wells disait au sujet de la science conditionnant l'époque qui vous a soufflé l'idée de faire coïncider votre attaque contre l'Internet avec le confinement.

– Vous avez tout compris.

– Votre plan prédatait donc l'épidémie.

– Une opération comme celle-ci s'improvise-t-elle ? Nous étions prêts à passer à l'action, lorsque l'épidémie est arrivée à point nommé pour en multiplier les effets. Et ce n'est à mon avis qu'un début.

– Comment cela, qu'un début ? s'inquiéta Boone.

– Vous ne voyez donc pas ? Votre médecine continuant à se heurter à ce virus venu de Chine et votre cybernétique continuant de son côté à se casser les dents sur nos ides de mars, de nouvelles lignes de faille et de nouveaux clivages apparaissent déjà dans la société, auxquels vous n'êtes nullement préparés.

– De quelles failles et clivages parlez-vous ?

– Vous avez bien vu comme moi à la télévision ces gauchistes et ces libertaires de droite marcher main dans la main à Londres en scandant les mêmes slogans. Êtes-vous préparés à faire face à ces alliances contre nature qui bousculent les lignes convenues ? J'en doute. Êtes-vous même équipés pour comprendre tous les clivages inédits qui apparaissent jour après jour ? Entre partisans et détracteurs du confinement ; entre ceux qui prônent la fermeture des frontières et ceux qui s'accrochent à leur liberté de mouvement ; entre partisans et détracteurs du masque sanitaire ; entre partisans et détracteurs de la distanciation sociale ; entre ceux qui croient que le virus est un accident de la nature et ceux qui sont persuadés qu'il s'est échappé d'un laboratoire de Wuhan ; entre ceux qui sont convaincus de la réalité de l'épidémie et ceux qui croient dur comme fer que ce n'est qu'une mauvaise grippe et voient cette affaire comme étant montée de toutes pièces ; entre les partisans de tel traitement médical et ceux de tel autre ; entre ceux qui estiment que l'État fait ce qu'il peut et ceux qui pensent qu'il les a abandonnés ; entre ceux qui hurlent pour qu'on fasse redémarrer l'économie et ceux qui, tournant le dos à la croissance et à la consommation, quittent déjà leur travail et désertent les villes pour aller se mettre au vert ; entre ceux qui pensent que le krach de l'Internet est dû à un accident technique et ceux qui y voient la main des Russes ou celle des Chinois ; entre ceux qui se sont promis de vivre sans le numérique et ceux qui jurent leurs grands dieux que vous avez vous-même provoqué cette panne informatique ? Toutes ces questions, vous le verrez, sépareront les amis et diviseront même les familles. Pensez-vous pouvoir contrôler tout cela sans ce soma qu'est aujourd'hui l'Internet ? Or tant qu'ides de mars sera là, Harry, pas de soma.

Les ides de mars ! *Idus martiae* ! C'était bien ce que Boone avait redouté. Tout ce que Tarrés lui disait là confirmait ce qu'une certaine étymologie d'*idus* renvoyant ce mot latin au verbe étrusque *iduare* qui signifie diviser lui avait déjà soufflé. Les ides de mars de Tarrés et de ses complices rempliraient en ce sens le rôle de diviseurs et de cliveurs de la société.

– Savez-vous au moins d'où viennent tous ces gens qui protestent et manifestent aujourd'hui ? lui demandait à présent ce dernier. Avez-vous idée d'où ils tirent leurs opinions et leurs prises de position si tranchées ? Savez-vous s'ils s'organisent, et si oui comment ? Vous êtes-vous même demandés pourquoi et comment, en l'absence des réseaux sociaux, ils arrivent tout de même à se retrouver et à se reconnaître entre eux ? J'en doute. Vos banques de données sont pleines à craquer des mêmes catégories éculées dans lesquelles vous aviez un jour vu une menace : extrême gauche, extrême droite, salafistes, islamistes, terroristes, fascistes, altermondialistes, anarchistes, nationalistes, souverainistes, passéistes, et j'en passe. Vos cerveaux en sont saturés. Vos schèmes mentaux s'en sont figés. Il n'y a plus de place là-dedans pour les nouveaux clivages qui apparaissent, ajouta-t-il en se tapotant la tempe de l'index, et il y en aura encore moins pour ceux de demain.

– Ceux de demain ?

– Ceux de demain. Dès lors que vous décréterez l'état d'urgence sanitaire vous diviserez la société entre, d'un côté ceux soucieux de leur survie, et de l'autre ceux soucieux de leur liberté et de leur vie privée. Dès lors que vous proposerez un traitement ou un vaccin, vous diviserez la société entre, d'un côté ceux qui y verront une façon d'en finir une fois pour toutes avec le virus et reprendre une vie normale, et de l'autre ceux qui, n'y croyant pas, verront en vous les laquais des grands groupes pharmaceutiques, sinon les serviteurs du diable lui-même, cherchant à leur voler leur âme. Et dès lors qu'en désespoir de cause vous finirez par rendre la vaccination, ou le traitement, obligatoire, vous provoquerez une scission dans la société entre, d'un côté ceux qui privilégieront leur qualité d'êtres vivants, de l'autre ceux qui privilégieront leur qualité d'hommes libres. Au risque de consacrer cette guerre civile larvée vous vous appuierez alors sur les premiers, espérant ainsi neutraliser le pouvoir de nuisance des seconds. Mais si, à Dieu ne plaise, votre vaccin obligatoire ou votre traitement obligatoire devaient s'avérer inefficaces contre ce virus venu de Chine – sait-on jamais ? –, c'est le temple tout entier qui s'écroulera sur vos têtes. Les tâtonnements de votre science et les errements de votre médecine finiront, vous le verrez, par fragiliser au plus haut point l'hégémonie culturelle que vous exercez sur la société. Bientôt, très bientôt, il y aura, sur tout – sur absolument tout –, autant d'opinions qu'il n'y a de gens en droit de voter. Et je veux bien être pendu, Harry, si ça, ça n'annonce pas la fin d'une certaine hégémonie culturelle.

Boone en était à se demander si engager Andrés Tarrés sur le terrain des idées avait été un bon plan. Ça m'apprendra, se disait-il, à vouloir me frotter à un maître à penser. Les hommes comme Tarrés manient le verbe comme d'autres le sabre, se disait-il.

– Ce n'est pas, dit-il, parce qu'à l'occasion de cette épidémie quelques milliers de personnes ont remis en cause leur mode de vie et tourné le dos à la société de consommation que vous allez changer les choses, Andrés. Depuis la nuit des temps l'homme s'est contenté de faire ce que ses moyens lui permettaient de faire. Rarement il a fait ce qu'il fallait faire. Ce qu'on appelle « le progrès » en atteste. Le progrès, comme on l'entend, est technologique, jamais il n'est moral, ou psychologique. Le contraire serait même vrai. Plus on progresse technologiquement, plus on semble régresser moralement et psychologiquement. Ce qui me fait dire que le jour où on trouvera une parade à votre virus – et on la trouvera tôt ou tard, c'est dans l'ordre des choses –, tout redeviendra comme avant. Le troupeau, à nouveau, suivra, et vous aurez fait tout cela pour rien.

– Pas pour rien puisque nous avons démontré que l'économie numérique a des pieds d'argile et rappelé aussi aux élites ce que cela coûtait de bâtir toute une hégémonie sur du *panem* numérique et des *circenses* virtuels. Vous ne m'en voudrez pas, je l'espère, ajouta-t-il juste après, de remettre ici une nouvelle couche de *panem et circenses* ?

Désespérant de le battre à son jeu Boone décida d'en appeler à ses meilleurs sentiments. À supposer qu'il en ait eu, bien sûr. Difficile à dire avec les gens mus par leurs seules idées. Car mêmes les sentiments passaient chez eux par le filtre de l'idée qu'ils s'en faisaient.

– Mais à quel prix tout cela, Andrés ? lui dit-il donc. Vous avez entendu comme moi la nouvelle à propos de cette dame morte le cœur brisé dans une maison de retraite à Barcelone pour avoir été coupée des siens faute de réseaux sociaux. Et cette autre nouvelle à propos d'une jeune femme battue à mort par son compagnon, à Porto. Et cette troisième, au sujet d'un jeune homme mort dans un entrepôt français d'Amazon. Sans compter les milliers de blessés parmi les civils comme dans les rangs des policiers lors des manifestations qui ont lieu un peu partout. Et je ne parle même pas des problèmes psychologiques énormes que provoque chez les gens ce sevrage éthérique auquel vous les soumettez. Vous disiez en outre que ça ne faisait que commencer. Que ça ne pouvait qu'empirer. Est-ce le chaos, que vous voulez ?

– Quel chaos ? Vos experts savent parfaitement bien que les données destinées à l'un ou l'autre des géants du numérique et détournées par nos soins sont acheminées par notre virus vers un autre de ces géants, limitant ainsi considérablement les dégâts dont l'Internet aurait sinon souffert. Dans cette affaire, Harry, nous avons fait preuve de retenue et de mesure. Nous avons épargné vos réseaux électriques, vos réseaux d'eau potable, vos transports, vos hôpitaux, vos installations militaires, et même – et c'est dire ! – votre système financier et bancaire. Nous n'avons ciblé que le superflu.

– Le superflu, dites-vous, Andrés ? Vous vous contredisez.

Boone se disait qu'il avait peut-être l'occasion de marquer là un point important.

– Je me serais contredit ?

Tarrés semblait surpris.

– Pour la première fois depuis que nous avons entamé cette discussion votre raisonnement ne tient pas debout.

– Comment cela ? demanda Tarrés, apparemment partagé entre inquiétude et curiosité.

– Eh bien, si ce superflu auquel vous vous en êtes pris n'était que du superflu, comment expliquer que les gens y aient réagi comme si on leur avait arraché le cœur ? Si vous n'étiez pas convaincus que, loin d'être superflu, ce superflu était en vérité essentiel, auriez-vous vraiment envisagé de mettre sur pied cette redoutable opération ? Assurément pas. Car dans ce cas, pour grandiose qu'elle soit votre attaque n'en aurait pas moins fait l'effet d'un pétard mouillé. Ce qui n'est pas le cas, n'est-ce pas ? Vous vous en seriez pris aux réseaux informatiques convoyant des informations financières et bancaires, ou même à ceux transmettant des informations d'ordre militaire, que vous n'auriez pas pu donner plus de résonance à votre action. Alors, ne venez pas me dire que vous n'avez touché qu'au superflu. Il n'y a pas de superflu qui tienne, ici. Nous vivons, disait Oscar Wilde, à une époque où les choses superflues sont nos seules nécessités.

– Je serais à nouveau tenté de dire ici que votre raisonnement a de forts relents de sophisme, lui dit Tarrés, qui continuait de lui résister.

– Il arrive souvent, dit Boone, pressant son avantage, qu'en dérobant aux gens leurs mythes et en leur ôtant leur joie de vivre, on leur assène un coup plus mortel encore que si on les avait poignardés dans le dos ou étouffés en leur plongeant la tête sous l'eau. Ne disiez-vous pas tantôt que tous ces *netizens* en étaient arrivés à accorder autant d'importance à l'Internet qu'à l'air qu'ils respiraient ? Passe encore que vous soumettiez les accros à la dopamine que nous sommes tous devenus à une cure drastique de désintoxication, mais ce sevrage brutal est tout bonnement létal.

Tarrés faiblissait, mais sa vanité l'empêchait toujours de s'incliner devant Boone. S'effaçant, ce dernier lui offrit la possibilité de le faire devant quelqu'un qui aurait pu à ses yeux jouer dans la même cour que lui.

– N'est-ce pas Blaise Pascal qui disait que le divertissement est la plus grande de nos misères, et cependant la seule chose qui nous console de nos misères ?

Tarrés prit son temps avant de lui répondre.

– À bien y réfléchir, finit-il par dire, il me semble que, pour sophiste qu'il soit, votre raisonnement ne tient pas moins. Il y avait sans doute une contradiction dans ce que j'avançais tout à l'heure.

– Vous et vos amis, s'empressa de dire Boone, vous avez brillamment démontré que l'économie numérique n'est qu'un miroir aux alouettes, et vous avez en outre damé le pion aux cyberguerriers des Big Tech comme à ceux des gouvernements. Qu'avez-vous d'autre à prouver ? Rien ! Absolument rien ! Il faut que ça s'arrête, maintenant. D'autant que chaque jour qui passe augmente nos chances de trouver une parade à votre attaque. Pourquoi ne pas clore cette affaire au plus vite et sortir en beauté ? Qu'en dites-vous, Andrés ?

– Cette opération, finit par lui dire Tarrés après un long silence, n'était en tout cas pas censée s'éterniser.

Soulagé, Boone ne jubilait pas pour autant. Aucun triomphalisme chez lui à cet instant, encore moins de l'orgueil mal placé. C'est qu'il savait que, loin d'avoir brisé Tarrés, il n'avait en vérité fait que hâter le moment où il parlerait.

– Vous voulez bien me faire part à présent de vos revendications, Andrés ? Qu'exigez-vous en échange de la clef qui désactiverait ce virus et ramènerait un peu de joie et de tranquillité dans les foyers ?

– Parlez-vous pour les Américains ?

– Je crois qu'aujourd'hui je parle pour le monde entier. Je parle pour les milliards d'accros à la dopamine sevrés d'Internet et pour les milliards d'autres malheureux devenus la cible de leur irascibilité et de leur agressivité.

– Dans ce cas, Harry, et ces cinq géants de la haute technologie étant des compagnies américaines, nous exigeons que le président des États-Unis annonce publiquement l'ouverture d'un grand chantier législatif visant à refondre entièrement les lois américaines de l'antitrust.

Voilà la piste russe et mafieuse qui s'envole à son tour par la fenêtre, se disait Boone.

– Vous entendez dicter son agenda législatif au Congrès américain, Andrés ? finit-il par demander.

– Nous allons peut-être nous gêner ! Les mastodontes de l'économie numérique ne lui dictent-ils pas depuis des années son incurie dans ce même domaine ? Et ne profitent-ils pas à fond des failles dans une législation antitrust atrophiée et largement dépassée pour s'ériger en un monopole qui aurait fait pâlir d'envie John D. Rockefeller lui-même ? Lui, pourtant un maître en la matière ? Il faut à tout prix démanteler ce pouvoir néfaste qui, non content de s'exercer sur les Américains, asservit aujourd'hui deux bons tiers de l'humanité. Et ça, il n'y a que les législateurs américains pour le faire. Nous exigeons donc que la Maison-Blanche annonce tout un train de nouvelles lois refondant entièrement la législation antitrust existante.

– Les Big Tech ne se laisseront pas faire. Ça fait des années que tous les gouvernements de la planète, celui des États-Unis en tête, se cassent les dents sur elles. Il n'y a pas longtemps le gouvernement australien avait dû retirer un projet de loi qui leur était financièrement désavantageux après que Google et Facebook eurent menacé leurs utilisateurs australiens d'un déni de service. Je crains que cette revendication de votre part ne débouche sur rien d'autre qu'un effet d'annonce sans lendemain.

– Ça, c'est votre affaire. Nous ne nous suffirons en tout cas pas d'une simple déclaration. Nous voulons du concret. À défaut de quoi ides de mars, qui est somme toute un virus assez sélectif, pourrait bien s'effacer derrière un autre virus encore plus redoutable.

– C’est une guerre à l’issue bien incertaine que vous nous demandez d’assumer à votre place, Andrés.

– À vous l’honneur de la guerre et à nous le butin de guerre.

– Le butin, dites-vous ?

– Cinq milliards de dollars. C’est la somme que nous exigeons pour rappeler notre virus à la maison.

C’est peu dire que Boone était estomaqué. Ce n’était pas tant le montant de la rançon qui le laissait coi et pantois que le fait que Tarrés en exigeât une. Il ne s’attendait pas à cela de sa part. Et voilà que la piste mafieuse qu’il avait tantôt exclue venait se rappeler à son bon souvenir.

– Ce magnifique gâteau que mes amis et moi nous avons confectionné vaut bien une cerise à cinq milliards, ne trouvez-vous pas ? lui disait à présent Tarrés.

– Et pourquoi pas cinquante milliards, tant que vous y êtes ? s’agaça Boone.

– Cinq milliards suffiront amplement merci, lui répondit Tarrés sur le même ton égal. Et puis, rassurez-vous, cette somme-là, ce ne sont pas vos gouvernements et le contribuable qui nous la verseront, mais les Mammons de l’économie numérique.

– Ce qui est pris aux fripouilles est un don fait aux honnêtes gens, ironisa Boone.

– C’est bien trouvé, ça. C’est de qui ?

– Un esclave affranchi devenu citoyen romain et homme de théâtre. À la force de la langue, si l’on peut dire.

– Ce mauvais tour que nous leur jouons ne vous laisse pas indifférent, à ce que je vois.

– Dans ce cas en particulier il faudrait sans doute réécrire cet aphorisme et dire : Ce qui est pris à des fripouilles est un don fait à des fripouilles d'un autre genre.

Déçu de voir Tarrés s'éloigner de l'image qu'il s'en faisait, Boone en devenait agressif avec lui.

– Je vous avoue, Andrés, que je ne m'attendais pas à cela. Des revendications politiques, oui, mais de l'argent…

– Il y a plusieurs demeures dans la maison de mon père.

– Pardon ?

– Je vous citais l'évangile attribué à saint Jean. Manière de dire que nous ne sommes pas tous semblables, et que tout le monde ne recherche pas la même chose.

À l'en croire, même si les membres de leur groupe étaient tous unis dans leur entreprise, leurs motivations ne seraient pas les mêmes. Certains seraient mus par leurs bons sentiments, d'autres par leur désir d'enrichissement. Boone se demandait néanmoins si Tarrés était sincère. La revendication éminemment politique qu'il avait tantôt exprimée avait, il le savait, vite été relayée à qui de droit par ceux qui les écoutaient. Et les machines étatiques, il le savait aussi, s'étaient déjà mises en branle pour cribler, encore une fois, les milieux gauchistes, néo-luddites, anarchistes et altermondialistes. Mais ne voilà-t-il pas qu'en exigeant maintenant une rançon – et quelle rançon ! –, Tarrés rouvrait le jeu en élargissant l'éventail des suspects pour y inclure les hackers mafieux et les États voyous, brouillant ainsi à nouveau les pistes. Mafieux politisés ou activistes politiques devenus mafieux, cette chasse aux hackers, se disait-il, commençait à ressembler à la chasse vaine au coronavirus. Et il y avait là amplement de quoi en perdre son latin.

– J'imagine, finit-il par dire, que cette rançon, c'est en cryptomonnaie que vous la voudriez.

– Je vous pensais plus romantique que cela, Harry. Ne me dites pas que vous êtes l'un de ces espions *newlook* qui passent leur temps derrière un moniteur et ne jurent que par les algorithmes. Pas de cryptomonnaie, s'il vous plaît. La part d'anonymat et de non-traçabilité qu'on lui prête est surfaite.

– Ce qui exclut aussi toute possibilité de virement sur un compte bancaire de votre choix.

– Ce serait du suicide de notre part, reconnaissez-le.

– Des billets de banque, alors ?

– Vous plaisantez ? Qui paie encore en espèces ? Vous sortez un gros billet dans un magasin et c'est à peine si on n'appelle pas la police. Il n'y a plus que les dealers pour accepter des espèces aujourd'hui.

– Mais à quoi songez-vous alors ? À de l'or ?

Boone pensait au hold-up de Turin dont il était question dans *L'or se barre*. On nageait déjà en pleine fiction, se disait-il, alors, pourquoi pas de l'or, tant qu'ils y sont ?

– Cinq milliards de dollars en or, ça ferait… Attendez… Cinq milliards de dollars ça pèserait près de cent tonnes aujourd'hui. Ce ne serait pas très pratique, avouez-le.

– Mais alors, s'agaça Boone, comment comptez-vous être payés ?

– Vous avez de quoi noter ? Mais, ce n'est pas la peine de noter puisqu'on nous écoute. Alors, si tout le monde est prêt, commençons. J'aurais besoin de 3.32.

– Besoin de quoi ? l'interrompit Boone, interloqué.

– Du 3.32. C'est une solution liquide de métaux lourds à base d'iodure de méthylène et de benzoate de benzyle. En trouver n'est pas sorcier.

– Vous voulez être payé en métaux lourds à hauteur de cinq milliards de dollars, c'est ça ? plaisanta Boone, qui comprenait de moins en moins. Seriez-vous alchimiste, par hasard, Andrés, et en quête de la pierre philosophale ?

– C'est le contraire qui m'intéresserait plutôt, Tarrés lui répondit-il énigmatiquement.

– Quels autres métaux lourds vous faudrait-il à part cela ? Bonne lui demanda-t-il sur le même ton sarcastique.

– Ce sera tout pour les métaux lourds. Mais j'aurais aussi besoin d'une lampe torche, d'une autre à U.V., d'une petite balance, d'une loupe puissance treize...

– Attendez, attendez... Une lampe de poche, une à U.V., une balance et une loupe, dites-vous ?

Boone était de plus en plus perplexe.

– C'est ça. Vous y ajouterez un dichroscope...

– Un quoi ?

– Un dichroscope. De même qu'un polariscope, un réfractomètre, des brucelles et, pour terminer, de puissants halogènes pour bien éclairer cette pièce. Ai-je été assez clair ?

– On ne peut plus clair, ironisa Bonne. Ce sera tout ?

– Ce sera tout. En sus de la rançon, bien sûr. Pour cette dernière, cinq à six mille carats devraient faire l'affaire.

– Cinq à six mille carats ?

– Cinq à six mille carats.

– Cinq à six mille carats de quoi ?

– De pierres précieuses, évidemment. Le 3.32, le dichroscope et le reste, c'est pour m'assurer de leur vraie valeur.

– Et c'est là, j'imagine, une autre raison de votre présence parmi nous aujourd'hui.

– Pourquoi distendre les lignes logistiques lorsqu'on peut les resserrer ? Vous imaginez le temps perdu à transporter ces gemmes d'un endroit à un autre, pour peut-être vous en renvoyer certaines avec la mention « recalées » ? Sans parler du risque que mes amis et moi nous aurions encouru, et de cet autre risque qu'aurait pu constituer une bévue de votre part, chose toujours possible.

– C'est à croire que vous seriez un véritable polymathe, Andrés ! Stratège, organisateur, négociateur, rhétoricien, herboriste, historien de l'art, et expert en gemmologie en sus !

– Votre persiflage me dit que vous l'ignoriez, Harry. Vos services de renseignement ne seraient-il donc pas omniscients ? Je trouve cela rassurant.

– La perquisition effectuée chez vous n'avait rien donné en ce sens.

– C'est qu'ils sont arrivés trop tard. Ils seraient venus fouiner chez moi il y a six mois de cela, qu'ils y auraient peut-être trouvé quelque chose se rapportant à la gemmologie. Mais ça, c'était il y a six mois.

Ainsi, se disait Boone, cela faisait des mois qu'ils fignolaient les moindres détails de leur plan, couvrant leurs traces par-ci et nous aiguillonnant vers telle ou telle piste par-là.

– Toujours est-il, lui disait à présent Tarrés, qu'en Californie j'avais pour un temps suivi des cours de gemmologie. Mais je vois que vous vous êtes contentés de noter que j'avais passé ma maîtrise à Berkeley sans chercher à savoir sur quoi j'avais travaillé. Vous ignoriez peut-être que le sujet de mon mémoire portait sur les bijoux et les ornements dans l'Hispania romaine sous les empereurs Trajan et Hadrien. Et l'ignorant, mon passage par le campus du GIA près de San Diego vous a échappé et je suis passé à travers les mailles de vos filets. Non que cela vous aurait avancé de savoir que j'avais suivi ce cours au GIA. Mais ça ne fait pas sérieux, vous ne trouvez pas ? Il faudra penser à les resserrer, vos mailles de filet.

– Le GIA, dites-vous ?

Boone, métier oblige, associait ce nom-là au Groupe islamique armé qui sévissait jadis en Algérie.

– L'Institut de gemmologie d'Amérique. C'est *la* référence dans la certification des pierres précieuses, et notamment des diamants. Comme vous voyez, les pierres, ça me connaît. Vous avez intérêt à ne pas chercher à me fourguer n'importe quoi. Ça ne ferait que retarder le moment de votre délivrance : le moment tant attendu du découplage, comme vous l'appeliez, du confinement physique, qui ne dépend pas de vous, du confinement éthérique, qui dépend désormais entièrement de vous.

– Et ces cinq à six mille carats de pierres précieuses pourraient vraiment valoir autant ?

– Aisément, si vous suivez mes recommandations à la lettre. D'abord, pour ce qui est de ces pierres, je veux des diamants, des rubis, des saphirs et rien d'autre. Ni jade ni émeraude, ni perle ni opale, ni rien dans le genre. Et pour les diamants, des *fancy* uniquement. Pas de diamants blancs.

– Des *fancy*, dites-vous ?

– Des diamants de couleur. Bien plus rares que les blancs et particulièrement prisés, lui répondit Tarrés, amusé. On les appelle *fancy*, mais rien qu'à leur prix vous saurez qu'ils n'ont rien de fantaisiste. Pour les diamants donc, disais-je, uniquement des bleus et des roses. Vous pouvez oublier les jaunes, les orangés, les verts, et même les rouges. Et ne prenez pas la peine de m'apporter des diamants en dessous de quinze carats. Je les refuserai d'emblée. Je ne veux que de grosses pierres. Quant aux saphirs, rien que ceux originaires du Cachemire, pas du Sri Lanka ou d'ailleurs. Et pour ce qui est des rubis, seulement ceux de Birmanie et du Siam.

– Ce sera tout ? dit Boone, agacé.

– Pas tout à fait. Il me faudra aussi des petites pochettes en feutrine pour y placer les pierres, ainsi qu'un porte-bébé.

– Un quoi ?

– Un porte-bébé… Vous savez… Ça ressemble à un sac à dos, mais c'est un sac au ventre. Certains parents y transportent leur nouveau-né. Comme les kangourous.

– J'aurais vraiment tout entendu aujourd'hui !

– Une dernière chose. Je veux le certificat de chacune des pierres que vous m'apporterez. Certificats du GIA américain pour les diamants, et pour les saphirs et les rubis une double certification : de la maison Gübelin, et du SSEF – l'Institut suisse de gemmologie. Mais je vous préviens. Il ne sera pas aisé de réunir toutes ces gemmes. Des pierres de cette valeur et de cette qualité ne courent pas les rues. Ceux qui ont la chance de les posséder – des monarques, des aristocrates, des magnats, des conglomérats, des compagnies minières, de gros négociants, des joailliers, des musées – y tiennent comme à la prunelle de leurs yeux. Ils ne sont nullement pressés de s'en séparer. Des gens comme ça n'ont pas de besoins d'argent.

– Vous compliquez trop les choses. Pourquoi ne pas demander beaucoup plus de pierres mais d'une moindre qualité et qui seraient plus faciles à trouver ?

– Ne vous plaignez pas. J'aurais pu vous compliquer encore plus la tâche.

– Peut-on faire plus compliqué que cela ?

– On le pourrait. En exigeant des diamants rouges, par exemple. Ils sont d'une extrême rareté. Il n'y en a pas plus d'une trentaine dans le monde entier. Mais autant j'aimerais en avoir, autant je m'en voudrais de retarder inutilement le moment de votre délivrance. Je vous en fais donc grâce. Pour ce qui est du reste j'insiste pour avoir uniquement des pierres remarquables.

– Mais ces pierres sont de votre propre aveu difficiles à localiser et plus encore à obtenir. Comment diable voulez-vous que ceux que vous mettez à rançon puissent honorer leur part du marché dans des délais raisonnables ?

– Pourquoi me trouvé-je ici, à votre avis, Harry ? La rançon aurait été quantitative plutôt que qualitative

– de la cryptomonnaie, disons, ou de l'or, ou même des diamants en vrac –, que nous nous serions sans doute adressés directement à ceux-là à qui il revient de la payer. Mais réunir toutes ces pierres remarquables demandera beaucoup plus que de l'argent. Or malgré tout leur orgueil et toute leur mégalomanie, ces grands richards de l'économie numérique n'ont absolument rien à offrir aux heureux propriétaires de telles pierres d'exception. Hormis de l'argent, bien sûr, et de l'argent ces derniers en ont à ne plus savoir qu'en faire. Pour quelle raison le roi d'Arabie Saoudite – ce n'est qu'un exemple – céderait-il des pierres de sa précieuse collection au patron de Google, disons ? Qu'a ce dernier à lui offrir en échange, si ce n'est ce dont il n'a nul besoin ? Le gouvernement américain pourrait en revanche, en faisant jouer sa diplomatie, promettre à ce même roi d'Arabie Saoudite, en sus des espèces sonnantes et trébuchantes du patron de Google, de fortes contreparties politiques, et le persuader ainsi de se séparer de ses joyaux chéris. Étant entendu que l'Amérique lui en serait, ainsi qu'à sa dynastie, éternellement reconnaissante. C'est ainsi que je vois les choses, Harry.

– Et voilà le gouvernement américain réduit à un rôle de courtier.

– Je verrais bien, Harry, le patron d'Apple faisant une donation d'un milliard de dollars au Smithsonian en échange de leur Hope Diamond, un gros diamant bleu de quarante-cinq carats. Un milliard, c'est cher payer une pierre qui en vaut environ deux cent cinquante aujourd'hui, mais le marché, voyez-vous, sera un marché de vendeur, non d'acheteur, et ces gens-là devront payer nos carats deux, trois, voire quatre fois le prix du marché. Ce sera pour eux une première. Ce sera la première fois qu'ils surpaieront quoi que ce soit. Ils méritent d'ailleurs amplement qu'on leur fasse payer si cher leur cupidité. Saviez-vous qu'ils rémunéraient deux malheureux dollars l'heure leurs employés fantômes qui suppléent les logiciels et les algorithmes, et qu'ils appellent des M-Turk ? M-Turk, ou Turc mécanique, du nom d'un robot du XVIIIe siècle joueur d'échecs. Robot à l'intérieur duquel se cachait en réalité un grand maître des échecs en chair et en os.

– Pour quelqu'un qui n'a même pas l'Internet et qui prêche partout le présentiel, vous semblez être très au fait du jargon de l'économie numérique.

– Je n'ai semble-t-il pas cessé de vous surprendre.

– Pour ça oui. Mais voyons à présent si ceux-là à qui vous jouez un si mauvais tour ne nous surprendront pas de leur côté en refusant de payer la rançon.

– Refuser de payer ? Eux ? Vous plaisantez ! Ils doivent prier tous les soirs et supplier qu'on leur donne l'occasion de payer une rançon pour sortir enfin de cet horrible cauchemar qu'est pour eux le déni continu de service à leurs clients. Ne voyez-vous donc pas que le virus venu de Chine est pour eux du pain béni ? Leurs ventes explosent depuis, et leurs bénéfices suivent. Ils doivent allumer des cierges pour que le confinement ne soit jamais levé. Pour qu'il dure éternellement. Et avec lui la fermeture des frontières et l'interdiction des voyages et des déplacements.

Boone croyait avoir tout compris lorsqu'il avait conclu que Tarrés attendait, avant d'abattre ses cartes, que la fièvre soit assez montée dans la société. Mais il voyait bien à présent qu'il n'avait compris qu'à moitié. Outre la montée de fièvre, ce que ce dernier attendait aussi c'était le moment où, boosté par le confinement, le chiffre d'affaires des Big Tech monterait lui aussi en flèche.

– Bien sûr qu'ils paieront, poursuivait Tarrés. Ils paieront parce que chaque jour qui passe sans qu'ils puissent fourguer leurs biens et leurs services à une population confinée représente pour eux un manque à gagner se chiffrant en centaines de millions de dollars. Et s'il y a quelque chose que ces gens-là détestent encore plus que de voir la valeur de leur titre baisser en bourse, c'est bien le manque à gagner. L'idée que le confinement éthérique que nous leur imposons les empêche d'exploiter pleinement le confinement physique dont ils devraient pouvoir profiter à fond doit leur être insupportable. D'autant que, comme vous et moi, ils savent très bien que le confinement et les restrictions apportées à la liberté de mouvement ne seront pas levés de sitôt. Au vu de quoi le manque à gagner pour eux sur, disons, les neuf prochains mois, devrait se chiffrer en dizaines voire en centaines de milliards de dollars. Ne vous en faites donc pas pour eux, ils paieront.

– C'est sans doute l'occasion pour moi de dire qu'ils paieront rubis sur l'ongle.

– J'ai déjà eu l'occasion de remarquer que vous aimiez plaisanter sur tout.

– Disons que l'humour m'aide à prendre de la distance avec les événements.

– Mais qui dit distance dit observation, plutôt qu'action. Qui dit distance dit, au mieux, réaction.

– Vous m'avez percé à jour, Andrés. C'est moi tout craché, ça. Et maintenant, *réagissant* à tout ce que vous m'avez dit aujourd'hui après vous avoir bien *observé*, peut-être devrais-je vous quitter et aller conférer avec qui de droit pour voir comment on pourrait réunir cette rançon faramineuse que vous exigez.

– J'espère que vos amis qui nous écoutent s'y sont déjà mis. Car le temps nous est compté.

– Pourquoi le temps nous serait-il soudain compté ? Vos amis prépareraient-ils quelque escalade pour nous mettre encore plus la pression ?

– Rien de tout cela. Le mieux est l'ennemi du bien, comme vous le savez, et il serait inutile – contre-productif, même – d'essayer de faire mieux que nos ides de mars. Pour l'instant du moins.

– De quoi s'agit-il alors ?

– Il s'agit de moi.

– De vous, Andrés ?

– Je souffre d'un mal incurable.

Il ne mentirait tout de même pas sur cela, se disait Boone.

– Une maladie terminale, comme on dit, poursuivait Tarrés. Un cancer du pancréas, pour être plus précis.

D'où son plan, songeait Boone, qui s'expliquait à présent l'étonnante maigreur de Tarrés, et son extrême pâleur des derniers jours.

– Apparemment vous ne le saviez pas. Et ça, permettez-moi de vous le dire, c'est un manquement bien plus grave que de ne pas avoir su au sujet de mes cours de gemmologie. Car ce cancer a une incidence directe sur notre affaire. Quelqu'un dans vos services a été en dessous de tout, Harry, et si j'étais à votre place j'irais de ce pas lui taper sur les doigts.

Décidément, se disait Boone, même à l'agonie, Tarrés n'arrêtait pas de le surprendre. De l'épater, même.

– Cancer inopérable, ce dernier lui disait-il. Diagnostiqué bien trop tard, malheureusement. Comme c'est souvent le cas avec le pancréas.

D'où, tout au long, son calme olympien, pensait Boone.

– Je n'en ai plus pour très longtemps, lui disait à présent Tarrés.

– Vous m'en voyez désolé, Boone dit-il.

Et il était sincère. Depuis leur première rencontre il était passé avec Tarrés par toute la gamme des émotions ou presque : antipathie, jalousie, agacement, suspicion, amusement, sympathie, remords, culpabilité, étonnement, respect, admiration, et enfin empathie.

– Ne soyez pas désolé pour moi, Harry. Je m'y suis fait. Et depuis, je trouve l'acharnement dont font montre les hommes à prolonger indéfiniment leur vie franchement désolant. Savez-vous ce qu'est une immortelle, Harry ?

– Une immortelle, dites-vous ?

– Immortelle est le nom que l'on donne à une petite méduse de rien du tout qui traverse le temps et l'éternité en passant successivement du stade de la méduse à celui de la larve et inversement. Si l'état de larve est la condition *sine qua non* de l'immortalité, merci, ce sera sans moi.

L'écoutant, le regardant aussi, Boone se disait qu'il comprenait à présent que nombreux parmi ceux dont le chemin avait croisé celui de cet homme-là étaient tombés sous son charme. Derrière sa fragilité apparente et sa mortalité évidente c'était l'éternité qu'ils avaient entr'aperçue. Goethe ne disait-il pas que, dans la mort, le temps et l'éternité s'entremêlaient ? Et lorsqu'il s'était agi pour lui de mieux cerner Tarrés, ne l'avait-il pas spontanément comparé d'abord au Che et ensuite au Christ, deux figures dont la vie ne prenait son sens que dans la mort ?

– Ce qui compte selon Lincoln, dit-il, ce ne sont pas les années dans notre vie mais la vie qui est dans nos années.

– J'y souscris, opina Tarrés, et Boone regretta alors amèrement ce qu'il venait de dire. Certes, il souscrivait lui aussi à cet aphorisme. Mais son adhésion était somme toute purement théorique. Alors que Tarrés, il s'en rendait compte un peu tard, y adhérait avec sa chair même. Il se sentait donc bien honteux d'avoir dit cela.

– Quand l'avez-vous appris, Andrés ? finit-il par lui demander, une idée soudaine lui ayant traversé l'esprit.

– Mon médecin me l'a dit il y a de cela…

– Non, ne me le dites pas, l'interrompit Boone. Vous l'avez appris il y a de cela six à sept mois, c'est ça ?

– C'est exact.

C'était au tour de Tarrés d'être surpris.

– Mais… Comment le savez-vous ? Ne me disiez-vous pas que vous ignoriez que j'étais malade ?

– Je ne le savais pas, Andrés. Je n'ai fait que le deviner.

– Vous êtes un intuitif, Harry. Votre intuition vous a mené jusqu'à moi le jour où vous êtes venu relever subrepticement mes empreintes sur un verre de citronnade.

– Une intuition guidée par qui on sait.

– Qu'importe qu'elle ait été ou non guidée. On ne nous apprend jamais rien que nous ne soupçonnions déjà.

– Qu'auriez-vous fait si je n'étais pas venu ce jour-là ?

– On vous aurait attendu une petite semaine. Le temps que la fièvre monte un peu. Après quoi un coup de fil anonyme vous aurait alerté, et vous auriez bien évidemment averti nos *custodes*, lesquels auraient vite débarqué chez moi.

– Nos *custodes*, comme vous les appelez, Andrés, auraient pu ne rien en faire. Ils auraient pu laisser à mes collègues au bâton le soin de continuer à vous cuisiner. Qu'auriez-vous fait dans ce cas ?

– Je vous aurais fait mander. Comme je tenais toutes les cartes, ils pouvaient difficilement me refuser cela.

– Vous teniez semble-t-il absolument à ce que je sois dans la boucle, Andrés. Pourquoi cela ?

Tarrés ne daignant pas répondre à sa question, Boone se demandait ce qu'il avait bien pu faire dans une vie antérieure pour mériter un tel karma à tracas. Bien qu'il eût très tôt fait sienne la devise de Florian, lequel disait que pour vivre heureux, mieux valait vivre caché, où qu'il avait été, à Londres, au Caire, à Beyrouth comme ailleurs, il s'était toujours trouvé quelqu'un pour vouloir l'embarquer dans ses plans à son insu. Tarrés et ses complices, se disait-il, avaient dû très tôt le repérer, et presque aussitôt décidé de faire de lui un rouage de leur machination. Décidemment, se disait-il, je semble attirer les tuiles comme le miel les mouches.

20

Il était vingt-deux heures passées lorsque Boone retrouva la Trinité, toujours réunie au grand complet dans la salle des opérations enfouie dans les soubassements de la base d'Armilla et qui fleurait plus la caserne de pompiers que l'installation militaire. Et personne, hormis lui, ne semblait trouver drôle qu'une Trinité, pourtant censée trôner au firmament, puisse se réunir dans un sous-sol.

Il rentrait de l'hôpital Virgen de las Nieves de Grenade, où le colonel Ortiz et lui avaient accompagné Andrés Tarrés sous escorte pour lui faire passer les examens médicaux susceptibles de confirmer ses dires. Plus tôt dans la journée, lorsqu'il avait rejoint cette même Trinité dans ce même sous-sol pour décider quoi faire à la lumière de ce que Tarrés venait de leur apprendre sur son état de santé, le Neveu avait suggéré de transporter ce dernier à l'hôpital militaire de Cadix. Plus discret, avait-il argué. Mais la Doña s'était méfiée. Elle n'avait pas oublié qu'il avait déjà tenté de faire transférer Andrés Tarrés jusqu'à la base aérienne de Morón où les militaires américains faisaient la loi, et la proximité de l'hôpital militaire de Cadix de la base navale de Rota, qui abritait tout un escadron de destroyers américains et un autre d'hélicoptères de combat, ne lui disait rien qui vaille. À l'impératif de discrétion avancé par le Neveu elle avait donc opposé celui de la célérité. « Cadix est loin de trois cents kilomètres alors qu'il y a un excellent hôpital à moins de dix kilomètres d'ici », lui avait-elle objecté, et servie de nouveau par le temps qui pressait elle avait comme la première fois obtenu gain de cause.

– Il ne nous a pas menti, dit Boone en tapotant sur le rapport médical qu'il avait rapporté de l'hôpital. Le scan a révélé une masse abdominale tumorale située au niveau du pancréas, couplée d'un grossissement anormal de la vésicule et d'importantes métastases hépatiques. Tarrés souffre bien d'un carcinome pancréatique. Et à un stade avancé, sans rémission possible. L'oncologue à qui le colonel Ortiz et moi-même nous avons parlé lui donne tout au plus quelques semaines à vivre.

– Si je comprends bien il peut nous claquer entre les doigts d'un moment à l'autre, dit la Doña. Belle perspective en vue.

– Tarrés est-il de retour dans sa cellule ? demanda Briggs.

– Il l'est, lui confirma Boone.

– Il serait peut-être plus sage de l'installer dans le bungalow, vous ne pensez pas ? Son moral en bénéficierait, et avec son moral sans doute son état physique.

– C'est une bonne idée, dit la Doña. On demandera à un médecin de garder un œil sur lui.

Cet échange entre Briggs et la Doña ne manqua pas d'amuser Harry Boone qui ne put s'empêcher de faire un parallèle entre ce qu'il venait d'entendre et un épisode de la vie d'Eumène. Cet ancien chancelier grec d'Alexandre le Grand avait hérité à la mort du grand conquérant macédonien d'un royaume en Cappadoce, et il s'était vite retrouvé confronté à l'hostilité de certains généraux macédoniens à son égard. Futé qu'il était il emprunta alors d'importantes sommes d'argent aux plus puissants d'entre eux, s'assurant ainsi qu'au lieu de chercher à l'assassiner, de crainte de perdre leur argent ses ennemis feraient tout afin qu'il demeurât en vie. Il en était de même, Boone se disait-il, d'Andrés Tarrés : du prisonnier sous haute surveillance qu'il avait été, voilà qu'il devenait un VIP sous surveillance médicale.

– Derrière ses grands airs et ses beaux discours, ce Tarrés n'est qu'un vulgaire criminel !

C'était le Neveu qui venait de dire cela, et c'était à croire qu'il en voulait à Tarrés d'avoir chopé un cancer du pancréas. D'y voir même un fait exprès de sa part, rien que pour le plaisir d'ajouter une couche supplémentaire d'incertitude à une situation qui n'en manquait déjà pas. Son courroux se comprenait. La date de l'élection présidentielle américaine se rapprochait à grands pas et la cote de popularité de son oncle, candidat à sa propre succession, se trouvait bien malmenée par la concomitance de l'épidémie, du confinement, et du krach de l'Internet.

– Criminel, Tarrés l'est peut-être, lui rétorqua Boone, mais je doute que le qualificatif de vulgaire puisse s'appliquer à lui.

– Vulgaire ou pas, criminel ou pas, intervint Briggs, toujours est-il qu'il nous tient. Tel que je le vois nous sommes dans une cocotte-minute remplie à ras bord et cuisant à feu fort. Et c'est Tarrés qui, la main sur la soupape, est aux commandes. Acceptons ses conditions et, laissant filer de la vapeur, il fera baisser la pression ; refusons-les, et la pression continuera de grimper.

– Jusqu'à ce que la cocotte-minute se transforme en un missile culinaire, renchérit Boone.

– Il n'est pas question d'accepter l'odieux chantage de cette crapule, dit le Neveu en balançant son téléphone sur la table, gant lancé métaphoriquement au visage de Tarrés.

– Ce n'est pas comme si on avait le choix, dit la Doña. Si j'ai bien compris nous n'avons toujours pas progressé d'un pouce dans la neutralisation de cet horrible virus informatique.

– C'est hélas vrai, dit Briggs. Et la seule autre et fâcheuse certitude que nous ayons c'est que la médecine n'est pas plus près d'éradiquer le coronavirus. Si, pour reprendre les mots de Tarrés, H. G. Wells avait eu raison de croire que c'est la science qui conditionne l'époque, alors, il nous faut bien reconnaître qu'aujourd'hui ce n'est pas notre science qui conditionne notre époque mais la leur. Tarrés et ses complices semblent avoir une avance appréciable sur nos informaticiens.

– Je suis bien placé pour connaître le président, dit le Neveu, et je peux vous assurer qu'il ne se laissera pas faire. Il ne se laissera pas dicter ses décisions par un gang de criminels.

– Ce n'est vraiment pas par hasard, vous savez, s'ils ont choisi de baptiser ides de mars leur malware, lui dit Boone. C'est un nom lourd de sens.

– Je sais ça, dit le Neveu. C'est le jour de l'assassinat de Jules César.

– Bien plus grave pour Rome, poursuivit Boone, fut ce qui suivit l'assassinat de César. Les ides de mars inaugurèrent une longue période de troubles et provoquèrent pas moins de trois guerres civiles qui sonnèrent finalement le glas de la République. Et avec elle celui de tous les hommes politiques qui avaient été en vue à Rome la veille de l'assassinat de César. Ni Antoine ni Cicéron, ni Caton ni Scipion, ni Brutus ni Cassius, ne profitèrent du chaos qui suivit la mort de César. Ils en payèrent même le prix fort et l'homme qui tira les marrons du feu de ces guerres fratricides et en profita pour asseoir un pouvoir impérial, Octave, était une quantité négligeable le jour de l'assassinat de César. Les crises graves, voyez-vous, profitent rarement à ceux qui sont en vue quand la spirale des événements se déclenche, et ce sont presque toujours des hommes neufs qui en profitent. Ça donne à réfléchir, n'est-ce pas ?

Et de fait, le Neveu réfléchissait. Il réfléchissait même avec un tropisme fortement washingtonien, un glissement subreptice du qualitatif vers le quantitatif s'opérant dans son esprit, qui valait chez lui acceptation du principe de la négociation. Lorsqu'il reprit la parole, ce ne fut en effet plus pour fustiger encore une fois le chantage exercé par Tarrés et ses complices, mais pour s'indigner plutôt du montant astronomique de la rançon.

– Mais ces canailles exigent l'équivalent en pierres précieuses de cinq milliards de dollars ! Avez-vous idée de ce que ça représente, cinq milliards de dollars ?

Évidemment qu'avec leurs maigres émoluments de fonctionnaires, ni Boone ni Briggs ni la Doña n'avaient idée de ce qu'une telle somme pouvait représenter. Cinq millions, cinq milliards ou cinq trillions, c'était kifkif pour eux. Mais le Neveu, lui, baignait depuis son enfance dans l'argent, et il semblait en être parfaitement conscient.

– Ce n'est pas comme si c'était le contribuable qui allait payer, tint à lui préciser la Doña.

– Je le sais bien, marmonna le Neveu. N'empêche…

Même s'il ne lui revenait pas de payer cette énorme rançon de sa poche, elle ne lui en restait pas moins, semblait-il, en travers de la gorge. L'idée de soutirer de l'argent aux riches – même à des riches qu'il ne connaissait pas personnellement et qu'il lui arrivait de détester cordialement – l'indisposait au plus haut point. C'était comme s'il y voyait quelque crime de lèse-majesté. Un peu comme Elizabeth Ire d'Angleterre qui, de crainte que l'exécution d'une reine ne créât un précédent dont elle pourrait elle-même pâtir par la suite, avait longtemps hésité avant de se résoudre finalement à verser le sang royal de Marie Stuart sa rivale.

– Un peu plus tôt dans la journée, dit Briggs en tapotant sur un dossier posé devant lui, et aussitôt que Tarrés eut précisé les termes de la rançon, j'ai demandé à Londres de m'envoyer les principaux chiffres sur les rentrées des Big Tech, ainsi que leurs projections sur l'année en cours au cas où le confinement devait se prolonger. L'économie numérique, comme vous le savez sans doute, compte pour une part substantielle du PIB du Royaume-Uni. Deux fois plus, en fait, que dans les autres pays du G20. Amazon à lui seul emploie plus de cinquante mille personnes chez nous. Nous sommes donc très concernés par ce qui se passe aujourd'hui. En tout état de cause, les chiffres que j'ai reçus sont éloquents. Il semblerait, poursuivit-il ensuite en parcourant le dossier, qu'après une fin du mois de mars assez compliquée du fait que les gens ne savaient pas encore comment prendre ce confinement tout à fait inédit, dès le mois d'avril, les gens ayant fini par trouver leurs repères dans leurs appartements comme dans leurs chaumières, les rentrées des Big Tech ont recommencé à monter en flèche, affichant une progression de quinze pour cent par rapport à la même période de l'an passé. Ce qui se comprend, les dépenses sur les produits et les services en ligne étant alors venues se substituer aux dépenses ordinaires désormais impossibles à faire : voyages lointains, virées de week-ends, soirées en ville, activités sportives, shopping dans les grands magasins et les boutiques de luxe, etc. On estime en tout cas que tout au long du mois d'avril, et jusqu'à la veille de l'activation par Tarrés et ses amis de ce malware qui déconnecta brutalement les Big Tech de leurs clients, Google, Apple, Facebook, Amazon et Microsoft ont fait des rentrées combinées d'un million sept cent cinquante mille dollars par minute. Je dis bien par minute ! Soit des rentrées de deux milliards et demi de dollars par jour, pour des bénéfices journaliers d'environ sept cents millions de dollars avant taxes et impôts. On estime en outre que si le confinement et les restrictions touchant les voyages et les déplacements étaient reconduits – ce qui est fort probable –, rien qu'au Royaume-Uni, d'ici la fin de l'année les ventes d'Amazon auront progressé de plus de cinquante pour cent par rapport à l'an dernier, atteignant le seuil très respectable des trente milliards de dollars. Quant aux ventes combinées des cinq Big Tech de par le monde et sur la même période, elles seraient de deux millions et demi de dollars par minute, soit trois milliards six cents millions de dollars par jour ou plus d'un trillion trois cents milliards de dollars sur l'année. C'est dire si ces géants de l'économie numérique peuvent se permettre de payer sans broncher une rançon de cinq milliards de dollars. Une telle ponction leur ferait tout au plus l'effet d'une piqûre de moustique sur le dos d'un éléphant. Surtout au vu de l'énorme manque à gagner dont ils souffriraient si, le confinement restant en place, par la grâce de Tarrés et de ses acolytes leurs connexions avec leurs clients demeuraient interrompues. Au vu de quoi, conclut-il, et comme le temps presse, je suggère de procéder sans plus tarder à réunir la rançon demandée.

Le Neveu hésitait. Tournant et retournant dans sa tête les chiffres mirobolants qu'il venait d'entendre, il réfléchissait. Et plus il réfléchissait, plus il enviait ces grands patrons des Big Tech et plus il regrettait de ne pas avoir suivi la même voie qu'eux. Et plus il regrettait de ne pas l'avoir fait, et plus il s'identifiait à ces formidables capitaines d'industrie et moins il était enclin à faire pression sur eux pour les faire raquer.

– Ce n'est pas, intervint Boone, comme si nous n'avions aucun espoir de récupérer la rançon, et d'empêcher par la même occasion ces lascars de profiter du fruit de leur méfait. Des pierres de cette qualité, valeur, et notoriété, ne seront pas aisées à écouler. Même auprès de collectionneurs peu scrupuleux. À supposer qu'on les perde de vue lors de la livraison, tôt ou tard, on finira par les retrouver.

Il avait été bien inspiré de dire cela car le regard jusque-là éteint du Neveu s'illumina à la perspective de pouvoir un jour prochain rendre aux grands patrons des Big Tech leur bien de la main à la main.

– J'en parlerai aujourd'hui même au président, dit-il, et il regrettait déjà de ne pas compter de grand patron des Big Tech parmi ses intimes. Il devra intervenir personnellement auprès de ces gens-là pour les persuader de mettre la main à la poche.

Entendant quoi Boone poussa un soupir de soulagement. Peu lui importait, en vérité, que les patrons des Big Tech déboursent quelques milliards de dollars si le paiement de cette rançon pouvait mettre un terme à cette déplorable affaire et ramener un peu de sérénité dans sa vie.

– Il faudrait néanmoins, disait à présent Briggs, plus Vieille Angleterre que jamais, que le paiement se fasse sur des bases équitables. Car même si on s'attend à ce que les Big Tech gagnent tous énormément d'argent sous le confinement, la situation ne profitera pas à tous dans les mêmes proportions. Amazon, par exemple, y trouvera bien plus son compte que Microsoft du simple fait que le commerce en ligne va littéralement exploser.

– Un prince saoudien de mes amis m'avait un jour montré sa magnifique collection de saphirs du Cachemire héritée de feu le roi son père, dit le Neveu qui était déjà passé à autre chose. Je me fais fort de le persuader d'en céder quelques-uns pour le bien commun.

Après avoir été rétif au sujet du paiement de la rançon, puis sceptique, voilà qu'il devenait franchement coopératif. C'est dire à quel point les événements récents avaient ébranlé la foi qu'il avait pu avoir en la cybersécurité comme en la recherche médicale.

– Pensez, lui dit Boone, à rappeler aux patrons des Big Tech que le premier à faire le pas paiera ses pierres le moins cher alors que le dernier devra les payer un prix exorbitant. Ça les incitera à se magner.

– Il est vrai, confirma pour sa part Briggs, que, dès lors que le rush pour acquérir ces pierres d'exception aura commencé, les enchères ne feront que grimper.

– Ce que je ne comprends pas, vu les sommes engagées et l'énorme manque à gagner des Big Tech si ce virus devait continuer à sévir impunément, c'est pourquoi ces bandits n'ont demandé que cinq milliards de dollars. Ils auraient aisément pu en exiger cinq, voire dix fois plus. Pourquoi se limiter à cinq milliards ?

C'était typiquement le Neveu qui venait de dire cela, et c'était comme si la modération dont Andrés et ses complices avaient fait montre en fixant la rançon lui semblait coupable. Une aubaine ratée, en quelque sorte.

– C'est qu'ils sont pressés par le temps, lui dit Boone.

– Comment ça, pressés par le temps ?

– Du moment où ils eurent décidé que la rançon leur serait versée en pierres précieuses plutôt qu'en liquide, ils durent inclure dans leurs calculs le facteur temps. Exiger une rançon cinq ou dix fois plus importante aurait contraint Tarrés à passer cinq ou dix fois plus de temps à examiner les pierres qu'on lui proposerait. Or le temps, c'est justement ce que Tarrés n'a pas, vu le mal incurable dont il souffre. Que se passerait-il si son état de santé devait brutalement se dégrader ? Que se passerait-il s'il devait être hospitalisé ou s'il devait décéder avant d'avoir accompli la mission qui lui a été impartie ? Si cela devait arriver ses amis se verraient contraints de revoir toute leur stratégie : reprendre contact avec nous, nous envoyer un nouveau négociateur, trouver un autre gemmologue de confiance pour examiner les pierres, distendre inutilement leurs lignes logistiques et de communications... Avec tous les risques que cela comporterait pour eux. Il n'est jamais recommandé de changer de cheval au milieu du gué.

– Harry a raison, dit Briggs. Le montant de la rançon est certainement lié à l'état de santé de Tarrés et au facteur temps. Mais la vraie question pour moi est : pourquoi, ayant opté pour une rançon de pierres précieuses, Tarrés et ses amis n'ont voulu que des diamants bleus ou roses, des rubis, et des saphirs ? Pourquoi pas des émeraudes, par exemple ? Ou alors des diamants rouges, blancs, jaunes, verts, orangés... Il en est de remarquables qui devraient tout autant faire leur affaire. Et pourtant Tarrés a insisté sur les diamants bleus et roses, les rubis et les saphirs à l'exclusion de toutes les autres pierres. Pourquoi cela ?

– On ne le saura sans doute jamais, dit la Doña.

– On le saura lorsqu'on leur mettra la main dessus, dit le Neveu qui, à défaut d'avoir les bonnes questions avait toujours une réponse prête. Reste à régler cette autre question de la loi antitrust, reprit-il. C'est une véritable déclaration de guerre aux Big Tech que ces truands exigent de nous. Et cette perspective ne m'enchante guère. Les Big Tech sont bigrement coriaces. Tous ceux qui s'y sont frottés jusque-là y ont laissé des plumes, sinon leur peau, et je n'ai aucune envie de voir le président s'embarquer dans un bras de fer perdant avec eux. Surtout à quelques mois de l'élection.

– Le rapport de force n'est pourtant plus le même, lui dit Boone. Si l'on n'osait pas jusque-là affronter les Big Tech c'était par peur des représailles. Le déni de service, par exemple, ou la délocalisation de leurs activités. Je les vois néanmoins mal user de telles représailles aujourd'hui. Comment le pourraient-ils ? Ce virus informatique s'étant mis de la partie, ils ne peuvent plus prendre les utilisateurs en otage pour faire pression sur les gouvernements.

– Mais ce qui s'applique aujourd'hui ne s'appliquera plus demain, lui rétorqua le Neveu.

– Vous voulez sans doute dire que s'il est vrai que ce virus niche aujourd'hui dans leur sein il ne devrait plus y être demain.

– Vous avez tout compris, mon ami. Aux termes du marché que nous négocions avec ces malfaiteurs les services Internet aux utilisateurs devront vite être rétablis. À nouveau en possession de leurs moyens les Big Tech reprendront vite du poil de la bête et se battront comme des enragés pour faire avorter tout projet de loi leur portant atteinte de près comme de loin.

– Vous croyez cela ? Ne seraient-ils pas assez échaudés comme ça ? Voilà pourtant plus d'une semaine que leurs experts – tout comme les nôtres – tentent en vain de neutraliser ce malware. Ils doivent bien s'être rendu compte que ces hackers ont sur eux – sur tout le monde en fait – une avance technologique qui se mesure non en heures, pas même en jours ou en semaines, mais sans doute en mois. Ce virus qu'ils ont baptisé ides de mars, c'est du jamais vu, n'est-ce pas ? Depuis plus d'une semaine, le mot zero-day est sur toutes les lèvres. Pourquoi cela, sinon pour expliquer notre effroi et notre désarroi face à cette attaque inédite ? Je serais les Big Tech, que je m'inquiéterais de l'impuissance de l'establishment cybernétique face à ce malware. Et je me dirais que si je ne me tenais pas à carreau, si je faisais des pieds et des mains pour faire échouer un projet de loi antitrust, ce qui vient de m'arriver pourrait fort bien se répéter. En pire, peut-être, avec un malware encore plus redoutable cette fois. Tarrés a été très clair à ce sujet.

– Non seulement cela, poursuivit-il en voyant que personne ne disait rien, mais la cote de popularité des Big Tech est aujourd'hui au plus bas dans l'opinion. On les soupçonne même de refuser de payer cette rançon qui libérerait enfin les internautes pris en otages.

– On m'a effectivement rapporté, finit par dire le Neveu, que le siège de Google et celui de Facebook ont été visés par des attentats. Attentats sans gravité, il est vrai, mais attentats quand même. Et aussi, que je ne sais plus trop où, des manifestants ont piétiné, ou peut-être brûlé, des portraits des patrons des Big Tech.

– Ils les ont et piétinés et brûlés, lui précisa Briggs qui était un homme de détails. Et ça s'est passé à Tokyo.

– Il y a aussi eu Boston, dit Boone.

– Quoi, à Boston ? aboya le Neveu.

– Trompant la vigilance du service de sécurité de la marina, une poignée d'internautes mécontents auraient réussi à monter à bord d'un yacht appartenant au patron d'Amazon qui s'y trouvait au mouillage. Et ils auraient balancé par-dessus bord tout le matériel informatique qui s'y était trouvé.

– Bezos était à bord ? demanda le Neveu, soudain très intéressé.

– Si cela avait été le cas, ça se serait su. Les smartphones et les laptops jetés par-dessus bord appartenaient sans doute aux membres de l'équipage. Mais, dites-moi, le côté symbolique de cet incident ne vous interpelle-t-il pas ? Pas vraiment ? Le port de Boston… Des biens balancés par-dessus bord… Je ne sais pas, moi, c'est vous l'Américain, pas moi…

– La Tea Party ! s'exclama avec un temps de retard le Neveu qui venait de se rappeler qu'adolescent, on l'avait emmené visiter le musée flottant commémorant ce fameux événement. Des caisses et des caisses emplies de thé arrivées dans le port de Boston à bord de trois navires marchands anglais, jetées sans cérémonie à l'eau par les patriotes ! Ce fut dit-on le point de départ de la guerre d'Indépendance.

– Précisément, lui dit Boone. Du thé de l'Honorable Compagnie des Indes orientales qui exerçait à l'époque un monopole sur – entre autres – le commerce du thé. Un monopole qui n'est pas, n'est-ce pas, sans rappeler celui que les Big Tech exercent aujourd'hui, sinon *de jure*, du moins *de facto*. Croyez-moi, ces Big Tech n'ont plus le vent en poupe, et vous pouvez à mon sens leur déclarer la guerre l'esprit tranquille.

Boone avait continué de parler, mais cela faisait un bon moment qu'il prêchait un converti. Car déjà le Neveu se voyait en John Adams ; déjà, derrière Jeff Bezos il voyait le roi George d'Angleterre ; déjà, derrière le monopole exercé par les Big Tech, il voyait celui de la Compagnie des Indes orientales ; et il pensait déjà à faire de cette croisade antitrust exigée par les hackers le pivot de la campagne électorale populiste de son oncle et le cheval de bataille qui assurerait ce dernier d'un second mandat.

21

Son plan de bataille établi, le Neveu ne s'attarda pas une minute de plus en Espagne. Ayant vite rallié la base aérienne de Morón en hélicoptère, il y embarqua à bord d'un Gulfstream V de la 89e escadre de transport aérien et, favorisé par l'absence de vents contraires et tirant profit du décalage horaire, dans la matinée il conférait déjà avec son oncle dans le Bureau ovale.

Après quoi, et comme il en était toujours avec cette présidence américaine qui s'embarrassait rarement de consultations élargies, les choses allèrent très vite. En fin d'après-midi, s'adressant aux journalistes accrédités auprès de la Maison-Blanche et qui avaient été précipitamment conviés à s'assembler dans la roseraie en prévision d'une annonce présidentielle impromptue, flanqué de son secrétaire au Commerce et d'une jeune inconnue le chef de l'exécutif américain surprenait une nouvelle fois son monde en lançant une attaque en règle contre les Big Tech. Le déni total de service aux utilisateurs qui dure depuis maintenant une dizaine de jours est tout à fait inexcusable, dit-il. En priorisant le profit financier au détriment de la sécurité informatique les Big Tech ont laissé tomber les Américains en ces temps si difficiles de confinement. (En associant « laisser tomber » à « confinement », *letdown* à *lockdown*, il avait évidemment voulu jouer sur les mots, sachant que la rime en décuplerait l'effet.) Non seulement cela, ajouta-t-il, mais ils ont aussi failli à l'économie américaine, déjà bien malmenée par l'épidémie et qui aurait eu grandement besoin de l'appui du numérique pour se relever. Dans la société où nous vivons désormais, avait-il poursuivi, le service aux consommateurs que les mastodontes de la haute technologie assurent est aussi essentiel aux Américains que ne le sont l'eau courante et l'électricité. Et il somma ces méga compagnies, comme il les appela, de rétablir au plus vite ce service vital. Soucieuse du bien-être des Américains et consciente de ses responsabilités à l'égard de l'économie américaine, dit-il aussi, son administration ne restera pas plus longtemps les bras croisés alors que, profitant des nombreuses failles et lacunes dans la législation antitrust existante, ces monstres de la haute technologie (c'était son neveu qui avait insisté pour inclure ce mot de monstre – ou *behemoth* – dans le discours afin de donner le ton à ce qui allait suivre) s'étaient érigés en véritable monopole, jouissant de tous les avantages et privilèges que cette position leur conférait tout en refusant d'en assumer les devoirs et les responsabilités. En conséquence de quoi, dit-il ensuite en se tournant vers la jeune inconnue qui se tenait derrière lui et en l'invitant d'un geste paternel du bras à s'approcher, en conséquence de quoi j'ai décidé de nommer cette brillante personne, jusque-là conseillère auprès de la sous-commission pour l'Antitrust de la commission juridique à la Chambre des représentants, comme la prochaine présidente de la Commission fédérale du commerce, avec pour mission de redonner à cet organisme moribond une nouvelle vitalité et, plus encore, les moyens de faire respecter comme il se doit les lois antitrust de notre pays. Et je m'empresse d'ajouter, mesdames et messieurs, conclut-il, que cette admirable jeune femme – cette remarquable juriste qui, en dépit de son jeune âge, est l'auteure d'un traité sur les abus des géants du numérique qui fera date dans les annales – n'appartient pas à mon propre parti et ne partage pas plus mes idées. Mais elle a, tout comme moi, à cœur le bien-être de nos concitoyens et la grandeur de notre nation.

Les grands patrons des Big Tech n'avaient pas eu le temps de digérer cette surprenante déclaration présidentielle et d'en constater l'impact désastreux sur le cours de leurs titres en bourse (encore moins d'apprécier toute la portée des sous-entendus qu'elle contenait), que, dans la foulée, un allié du président au Sénat faisait à son tour une déclaration dans laquelle il annonçait qu'il déposait un projet de loi refondant toute la législation américaine antitrust jugée par lui piètrement adaptée aux nouvelles réalités de la société numérique, et se disait confiant de voir son projet non-partisan obtenir l'appui de tous les patriotes siégeant au Congrès, qu'ils soient républicains ou démocrates.

Le Neveu avait parfaitement manœuvré en conseillant à son oncle de laisser les Big Tech dans le noir quant à ses intentions. Car dès lors que, pris de court par cette déclaration de guerre présidentielle et tout à fait remontés contre ce nouveau projet de loi antitrust, ils montèrent à l'assaut de Washington par avocats, lobbyistes, affidés et obligés interposés, il put aisément détourner leur tir nourri loin de son oncle en convoquant séparément les représentants des Big Tech et en les informant que cette législation antitrust était l'une des deux conditions posées par les hackers élusifs qui faisaient tourner leurs patrons en bourrique depuis près de deux semaines (depuis bien plus longtemps que cela en vérité, si l'on devait remonter jusqu'aux ides de mars), et que si ces derniers souhaitaient être débarrassés de ce malware qui leur empoisonnait la vie, entachait leur réputation et faisait dégringoler la valeur boursière de leurs entreprises, ils seraient bien inspirés de ne point contrecarrer les projets législatifs de son oncle.

L'une de *deux* conditions posées par les hackers, ditesvous, les représentants des Big Tech s'enquirent-ils, chacun séparément mais avec, chez tous, le même regard inquiet et la même voix étranglée. Il y en aurait donc une *autre* ? Il y en a bien une, leur confirma le Neveu. Il y a une rançon à payer, et c'en est une, je le crains, à la taille de vos patrons. Il n'élabora cependant pas, se gardant bien de mentionner les pierres précieuses afin de pouvoir revenir vers eux une solution clefs en main, histoire de s'assurer d'un rôle de choix dans cette affaire.

Il commença par poser très discrètement quelques questions très indiscrètes à des amis de ses amis et à des amis d'amis de ses amis, tant au GIA à New York qu'à la Maison Gübelin à Lucerne, et tant chez Christie's que chez Sotheby's. Puis, ayant obtenu les réponses désirées, disant franchement ce qu'il en était (ce qui n'était pas dans ses habitudes) et présentant la chose comme une requête personnelle du président des États-Unis d'Amérique, pas moins, il téléphona à un ancien champion du monde de boxe qui, répondant sans hésiter à cet appel fait à son patriotisme, s'engagea à céder son diamant bleu vivide extrêmement rare et approchant les trente carats. Ce qui modifia considérablement la perception qu'il avait jusque-là eue des Noirs américains. Sollicité après cela, son ami princier saoudien accepta quant à lui de se séparer de dix grosses pierres de sa collection remarquable de saphirs du Cachemire. Fort de cet engagement saoudien il contacta dans la foulée l'un des frères de l'émir du Qatar qui, apprenant de lui qu'il s'était déjà assuré d'une contribution substantielle de la part des Saoudiens et soucieux que son pays ne soit pas être en reste avec Washington dont il recherchait assidûment l'appui face à ces encombrants voisins, surenchérit en lui promettant trois magnifiques diamants roses de plus de vingt carats chacun. Après quoi, le Smithsonian de Washington ayant, président des États-Unis ou pas, chaos éthérique ou pas, refusé catégoriquement de se séparer de son Hope Diamond bleu de quarante-cinq carats, il se rabattit sur le célèbre joaillier new-yorkais qui en avait fait don à ce musée et obtint de lui la promesse de deux beaux diamants bleus de sa collection. Jouant une nouvelle fois sur l'émulation, il réussit ensuite à convaincre un grand joaillier londonien d'engager en vue du paiement de la rançon un superbe diamant rose et un rubis birman remarquable. Voyant que l'émulation lui réussissait il répéta le coup avec deux richissimes hommes d'affaires hongkongais et dota ainsi sa cagnotte virtuelle de deux nouveaux diamants exceptionnels, l'un rose, l'autre d'un bleu intense. Un financier grec ayant pour sa part bien voulu contribuer d'un gros saphir du Cachemire d'une rare pureté pour, comme il tint à le dire, « empêcher l'anarchie d'envahir le monde », il tenta bien de trouver quelque financier turc qui accepterait de relever le gant, mais sans succès. La stratégie de l'émulation ayant atteint ses limites il fit alors appel à son oncle, et ce dernier mit la main à l'ouvrage en sollicitant personnellement les premiers ministres des deux pays anglo-saxons avec lesquels, en vue de contrer la Chine, il envisageait de former une nouvelle alliance militaire qui ne serait pas sans rappeler la symmachie de Délos qu'Athènes avait jadis mis sur pied pour asseoir son hégémonie. Le Premier ministre britannique fut donc prié de faire pression sur De Beers afin qu'ils acceptassent de libérer une certaine quantité de diamants d'exception parmi ceux qu'ils gardaient sous le coude dans la réserve substantielle qui leur servait à contrôler le marché, et les deux premiers ministres britannique et australien conjointement d'en faire de même avec Rio Tinto, dont la mine Argyle située dans l'Ouest australien produisait des diamants rouges et roses d'une extrême beauté. Enfin, un coup de fil présidentiel au Premier ministre de l'Inde, autre pierre angulaire de la nouvelle stratégie antichinoise que Washington souhaitait mettre en place, permit d'alerter les gros négociants en pierres précieuses du sous-continent indien, lesquels, quoique éminemment discrets, auraient été en mesure, s'ils l'avaient souhaité, de casser les prix en inondant le marché. Tant ces derniers que De Beers et Rio Tinto acceptèrent d'ailleurs volontiers de jouer le jeu, à condition toutefois que le prix qu'ils en tireraient soit suffisamment élevé pour, assurèrent-ils, empêcher la baisse brutale des prix que l'arrivée soudaine sur le marché d'une telle quantité de pierres rares ne manquerait certainement pas de provoquer. Manière pour eux de dire qu'ils entendaient faire une plus-value extraordinaire sur les pierres extraordinaires qu'ils réussiraient à convaincre leurs meilleurs clients de leur revendre, comme sur ces autres pierres tout aussi extraordinaires qu'ils sortiraient à leur corps défendant des profondeurs insondables de leurs coffres.

Cette option sur quelques milliers de carats remarquables ainsi prise, restait à annoncer aux Big Tech que les hackers exigeaient que la rançon leur soit versée en diamants, rubis et saphirs, et à les persuader de payer toutes ces pierres d'exception largement au-dessus du prix du marché, leurs heureux propriétaires y étant très attachés et n'étant nullement pressés de s'en séparer. Or, on sait que la valeur sentimentale n'a pas de prix.

Les gens riches rechignant d'ordinaire à mettre la main à la poche, et plus encore, comme n'importe quel inspecteur des impôts vous le dira, lorsqu'ils y étaient contraints et forcés, on aurait pensé que ces grands patrons du numérique ne se laisseraient pas faire facilement. Les persuader de payer s'avéra pourtant chose aisée. C'est que, pour grippe-sou qu'ils aient tous été, ces grands capitaines d'industrie étaient loin d'être sots. Ils avaient bien vu que la valeur de leurs titres continuait de baisser et que la capitalisation boursière de leurs entreprises fondait de jour en jour. Tout comme ils avaient compris qu'en dépit de ce qu'affirmaient les pouvoirs publics la pandémie était là pour rester, et avec elle, sous une forme ou une autre, ces restrictions sanitaires qui désespéraient tant les restaurateurs, les hôteliers, les voyagistes, les gens du spectacle et les petits commerçants, mais qui étaient pour eux un vrai don du ciel. Un œil plein de reproche sur leurs cybernéticiens surévalués et surpayés qui calaient toujours devant ce malware diabolique, un autre, empli d'avidité, sur l'énorme manque à gagner dont ils souffriraient s'ils ne rétablissaient par leurs services alors que l'aubaine du confinement se prolongeait, et tous ces grands patrons qui chicanaient dès lors qu'il s'agissait pour eux de payer dix cents de plus l'heure leurs employés avaient, sans traîner les pieds, accepté de payer au prix fort toutes ces pierres qu'on leur demandait pourtant, le temps pressant, d'acheter les yeux fermés.

Quant au Neveu, s'étant ainsi assuré d'un rôle incontournable dans cette énorme transaction, étrangement oublieux du fait que son oncle venait tout juste de promettre aux Américains une nouvelle législation antitrust revigorée, il laissa à ces grands patrons le soin de convenir entre eux de la part qu'il reviendrait à chacune de leurs cinq entreprises de payer en vue de la rançon, en fonction des bénéfices escomptés de chacune. Et pas un instant l'idée ne lui effleura l'esprit que, ce faisant, il encourageait la tendance naturelle que ces derniers avaient eue à se comporter en cartel.

Toujours est-il que la stratégie du Neveu ayant porté ses fruits, assez vite une pluie fine de pierres précieuses aéroportées se mit à tomber sur la base aérienne pittoresque d'Armilla, désormais plus farouchement gardée que Fort Knox, et le petit bungalow où un Andrés Tarrés objet de toutes les attentions les attendait, ses instruments de gemmologue à portée de main, prit vite des allures de salle du trésor de quelque palais des Mille et Une Nuits.

22

Les choses allaient donc bon train, mais tout de même pas assez vite au goût des pouvoirs publics comme des Big Tech, qui auraient voulu que cette pluie fine de pierres précieuses tombant sur Armilla tournât rapidement à l'averse. C'est que, si entre eux deux et les hackers avec qui ils venaient de conclure un marché tout allait bien désormais, ailleurs, de drôles de choses se passaient.

L'étau du confinement éthérique qu'Andrés Tarrés et ses complices imposaient aux populations depuis déjà près de deux semaines ne se desserrant toujours pas, soucieuses d'enrayer les violentes poussées de fièvre qui, plus encore que l'épidémie, menaçaient d'emporter tout devant elles, les autorités dans nombre de grandes villes avaient décidé d'alléger considérablement les règles du confinement auquel leurs administrés étaient astreints. Du coup, ces derniers ayant pu recouvrer un peu de leur liberté chérie et avec elle une partie au moins de leurs occupations et distractions d'avant l'épidémie, partout où le dispositif sanitaire avait été allégé on notait une certaine amélioration de la situation. Tant et si bien qu'à Washington comme à Londres et à Madrid, on en était venu à regretter d'avoir trop vite cédé aux hackers.

L'embellie fut néanmoins de courte durée, car peu de temps après, et partout où l'on avait déconfiné, sous l'effet d'un sentiment de frustration assez difficile à expliquer la fièvre à nouveau montait, et avec elle la tension et l'agressivité. Et pourtant les gens sortaient à présent de chez eux comme auparavant, ils se retrouvaient comme jadis entre parents, amis et amants, et ils s'amusaient, se distrayaient et changeaient d'air pour ainsi dire à leur guise. Quelque chose semblait cependant leur manquer. C'était comme si leurs parents, qu'ils n'avaient plus vus sous le confinement, leur étaient soudain devenus étrangers, comme si les amis, qui leur avaient tant manqué, les ennuyaient maintenant au plus haut point, comme si les corps qu'ils avaient tant désirés et dont ils avaient tant rêvé sous le confinement les laissaient à présent sur leur faim, comme si les paysages devant lesquels hier encore ils s'émerveillaient les laissaient désormais froids, et comme si tous les loisirs dont ils avaient jusque-là raffolé ne leur disaient soudain plus rien.

Ils ne s'en rendaient pas compte mais le fait est que, plus encore que l'affection de leurs parents et la sympathie de leurs amis, ce qui leur manquait cruellement c'était l'approbation de leurs contacts sur LinkedIn et l'assentiment de leurs abonnés sur Twitter ; que plus encore qu'une conquête amoureuse faite dans une boîte de nuit, ce qui les excitait et les emballait vraiment c'était la chasse aux *likes* sur les réseaux sociaux. Que m'importe, chacun d'entre eux aurait-il pu se dire si seulement il avait su exprimer son sentiment, que m'importe de faire du parapente ou d'escalader une paroi rocheuse à deux mille mètres d'altitude si je ne puis par la suite publier les photos de mon exploit sur Instagram ? Que m'importe d'élaborer des théories sur le réchauffement climatique ou sur l'épidémie si je ne puis les diffuser sur mon blog ? Que m'importe de forcer la main à mon footballeur préféré croisé par hasard, pour qu'il consente à faire un selfie avec moi, si je ne puis après cela m'en enorgueillir sur ma page Facebook ? Pire encore, non contents de leur voler leur vie en les empêchant par cet inique déni de service de faire résonner leurs actes au loin et de trouver ainsi un écho à leur ego, voilà que, en les coupant de leurs données prisonnières du cloud, les Big Tech les amputaient aussi de leur mémoire comme de leur histoire. Cruel.

Certains font sans que personne n'en sache jamais rien. D'autres font et laissent à l'aède ou à l'historien le soin de relater leurs hauts faits. Mais il en est, et ils sont de plus en plus nombreux, qui ne font rien si ce n'est pour en parler. C'est à cette dernière catégorie de gens que les *netizens* appartiennent. Ils vivent les événements que leur relatent leurs contacts et leurs abonnés comme s'ils étaient les leurs et ne vivent pleinement ceux de leur propre existence que dès lors qu'ils les ont diffusés dans l'éther. L'action n'est pour eux que le carburant qui permet à leur être éthérique d'exister, et la vie réelle qu'une simple répétition générale pour la grande première quotidienne de leur entrée en scène virtuelle. En ce sens, ils ne sont pas sans rappeler ce jeune naufragé qui s'était retrouvé échoué sur une île déserte en compagnie d'une vedette féminine du grand écran. Seuls sur cette petite île ils avaient par la force des choses fini par tomber dans les bras l'un de l'autre. Elle, sensible, voyait cependant qu'il n'était pas tout à fait heureux, et un jour, n'y tenant plus, elle s'enquit de ce qui le chiffonnait tant. « Maurice, me manque », lui dit-il. « Qui est Maurice ? » lui demanda-t-elle. « Maurice, c'est mon meilleur ami, lui répondit-il, tout triste, lui et moi on se dit toujours tout. » Accommodante, elle lui proposa, s'il le souhaitait, de faire comme si elle avait été Maurice et de lui parler comme à un ami. Et lui, tout heureux, s'écria : « Devine un peu avec qui je couche depuis un mois ! »

Si on a souvent vu des hommes se désespérer de la perte du monde qui leur était familier (demandez à Stefan Zweig !), jamais auparavant on n'en avait vu qui se désespéraient de la perte de leur virtualité, synonyme pour eux d'ubiquité et de célébrité. C'est à croire qu'ils auraient tous un jour écouté le facétieux baron polonais Stanisław de Tusch-Letz, lequel conseillait aux gens de créer leurs propres mythes, car c'est ainsi que les dieux eux-mêmes étaient devenus des dieux.

Il n'y avait pas que les *netizens*, d'ailleurs, qu'un profond malaise frappait. Sous l'effet d'une interprétation alarmiste des conclusions d'une étude élaborée cinquante ans plus tôt par des chercheurs du prestigieux Massachusetts Institute of Technology et évoquant la possibilité que notre modèle sociétal puisse atteindre ses limites aux alentours de 2040, une série de fâcheux événements tout à fait indépendants les uns des autres ne s'en retrouvèrent pas moins amalgamés dans l'esprit d'une opinion déboussolée en un tout qui n'annonçait rien qui vaille.

En temps normal on aurait certes été bien en peine d'établir quelque lien logique que ce soit entre l'épidémie du coronavirus, l'attaque cybernétique visant les Big Tech, des informations inquiétantes sur une activité surprenante dans la caldera du supervolcan de Yellowstone aux États-Unis, l'annonce que le plus grand glacier de l'Arctique s'était brisé sous l'effet de la hausse des températures liée au réchauffement climatique, un incendie ayant fait une centaine de morts dans une tour résidentielle de la banlieue ouest de Londres, des inondations particulièrement meurtrières survenues dans le sud de l'Allemagne comme dans le nord de l'Italie, la mort d'une trentaine de mineurs suite à l'effondrement d'une galerie dans une mine de charbon à Shaanxi en Chine et celle de dizaines d'autres mineurs brésiliens suite à la rupture d'un barrage dans une mine d'or à Brumadinho, des feux de forêt ayant ravagé une centaine de milliers d'hectares dans le delta de la Paraná en Argentine et d'autres feux ayant durement frappé la région de San Francisco en Californie, et un incident survenu sur une centrale nucléaire française. Mais les gens ressentaient tant le besoin de donner un sens – même un sens qui serait désastreux – au chaos insensé qu'était devenu leur quotidien que, spontanément, ils reliaient les uns aux autres des événements épars et distincts, en faisant un grand ensemble cohérent qui expliquerait et justifierait à leurs yeux leurs propres problèmes et chagrins en les imputant à quelque grand dessein maléfique qui viserait l'humanité tout entière. Même l'attaque cybernétique massive contre les Big Tech, pourtant assez grave en soi, était perçue par l'opinion comme le signe avant-coureur d'un prochain effondrement de l'Internet ô combien plus grand, à l'occasion, peut-être, de cette méga-tempête solaire dont on parlait tant à présent. Vue sous cet angle l'attaque cybernétique contre les Big Tech avait pour les gens valeur de simple avertissement.

Leurs états d'âme se reflétaient d'ailleurs parfaitement dans le vocabulaire. Alors qu'on n'était qu'au deuxième trimestre de l'année, avec une augmentation de quelque six mille pour cent de leur récurrence par rapport à l'année précédente le mot *lockdown* – pour « confinement » – et celui de *shutdown* – pour « déconnexion » – faisaient déjà figure de grands favoris pour remporter la palme du mot de l'année décernée par le très sérieux *Collins English Dictionary*. À titre comparatif, en 2017 c'est avec seulement trois cent soixante-cinq pour cent d'augmentation dans son utilisation que *fake news* avait été déclaré vainqueur. On ne s'étonnera pas, après cela, si, trottant dans toutes les têtes et se retrouvant sur toutes les lèvres, des expressions telles le Grand Confinement et la Grande Déconnexion aient été monnaie courante en ce printemps-là.

À quoi, et comme pour parfaire quelque étrange symbolique trinitaire, était venue s'ajouter la Grande Démission. Grande Démission, car ils étaient de plus en plus nombreux à remettre désormais leur emploi et leur carrière en question. Refusant de continuer de se plier au train-train du métro-boulot-dodo, ils présentaient leur démission et, désertant les grandes villes, ils allaient refaire leur vie ailleurs. Il faut dire que si dans les toutes premières semaines de l'épidémie le coronavirus avait instillé la peur dans les esprits, rendant ainsi les populations plus dociles, et plus réceptives, aussi, aux oukases, tout ce qui avait suivi depuis – ce confinement qui n'en finissait plus, les restrictions sanitaires qui s'empilaient les unes au-dessus des autres, la déconnexion informatique qui s'éternisait, l'intuition que les gens avaient de l'inconstance de toutes les constantes et du caractère incertain de toutes les certitudes, et, plus généralement, la sensation qu'on avait qu'à défaut d'assister à la fin du monde on n'assistait pas moins à la fin d'un monde –, avait encouragé nombre de gens à remettre en cause les valeurs et les priorités qu'on leur avait inculquées. Ayant lâché prise, ceux-là n'étaient plus inhibés. Encore moins étaient-ils terrorisés. Et c'est bien ce qui, la peur ayant changé de camp, faisait peur aux élites dirigeantes qui voyaient tous ces bons citoyens si bien formatés se déformater sous leurs yeux. Or les êtres déformatés, on le sait, sont particulièrement difficiles à gouverner. Déjà que, rien que pour maintenir l'ordre et préserver la paix intérieure, il fallait aux gouvernements gérer au quotidien l'impatience, la colère et l'agressivité de tous ces milliards d'individus qu'ils avaient enfermés. Enfermés à l'extérieur de l'intérieur à l'instar des fous à l'âge classique, aurait sans doute tenu à préciser ici le penseur français Michel Foucault. Et ne voilà-t-il qu'en sus de cela il fallait aussi aux gouvernants gérer le désistement (pour ne pas dire la désertion) d'une tout autre catégorie d'individus qui, tournant carrément le dos à la Cité, allaient s'enfermer de leur plein gré hors-les-murs, à l'intérieur de l'extérieur aurait dit le même Michel Foucault, à la manière des lépreux à l'âge classique.

C'est dire à quel point, soucieux d'éviter coûte que coûte que le Grand Déformatage n'advienne, les dirigeants du monde occidental avaient eu à cœur en cette fin de printemps de mettre au plus vite fin à la Grande Déconnexion. C'est que le Grand Déformatage annonçait la fin de la peur dans les cœurs et les esprits. Et comme Lao Tseu le disait si bien en s'adressant aux princes de son temps : « Si les gens n'ont plus peur de vous, c'est sûrement qu'un pouvoir plus grand se profile à l'horizon. » Or, bien qu'aucun des dirigeants concernés par cette affaire n'ait lu Lao Tseu ou même su qui il était, intuitivement chacun d'entre eux savait le risque qu'il courait, et ce qui l'attendait si le Grand Déformatage devait se réaliser.

Entre-temps, tout à fait indifférent aux sueurs froides qu'il donnait à tout ce monde-là, flanqué de Boone qui ne le quittait plus des yeux, suivi de près par le médecin qui venait le materner deux fois par jour, gardé par la moitié des forces armées espagnoles et écouté par Dieu sait combien d'oreilles indiscrètes, Andrés Tarrés poursuivait quant à lui son examen minutieux des pierres et des certificats qu'on lui apportait.

Au grand dam de son médecin il y travaillait d'ailleurs sans relâche, se levant à l'aube et s'affairant avec ses drôles instruments jusqu'à tard dans la nuit comme si le temps lui était compté. Ce qui était le cas. Sur les quelque deux cents pierres précieuses qu'on lui apporta il en rejeta assez vite une vingtaine sans même les examiner de près. « Trop petite » disait-il de l'une en la poussant de côté, « Trop terne » d'une autre, ou « Pas assez pure », d'une troisième. C'étaient pourtant toutes de superbes pierres pour lesquelles un autre que lui aurait volontiers donné un bras ou un œil.

Lorsque, exténué, il rentrait finalement dormir en laissant négligemment sur sa table de travail une véritable fortune en diamants, rubis et saphirs, il prenait toutes les pierres qui avaient eu l'heur de lui plaire avec lui dans sa chambre. Une fois que son dévolu était tombé sur une pierre il ne s'en séparait en effet plus. La glissant dans une petite pochette en feutrine il l'ajoutait à sa sélection dans le porte-bébé qui ne le quittait jamais. Ce n'était pas tant les pierres précieuses en elles-mêmes qu'il entendait ainsi protéger mais le temps et l'effort qu'il y avait consacrés. Car ce n'était évidemment pas un vol, qu'il craignait, mais une subtile subtilisation qui aurait vu toutes ces gemmes qu'il aurait soigneusement examinées remplacées par de simples copies.

Puis vint le jour où un Tarrés épuisé annonça à Boone que le compte y était. Informés sur-le-champ de ce fait par ceux-là qui ne perdaient pas un mot de tout ce qui se disait dans le bungalow, les membres de la Trinité, qui rongeaient toujours leur frein dans la salle d'opération, purent alors souffler, et le Neveu en particulier se mettre aussitôt à penser à quelque stratagème qui lui permettrait de vite reprendre à Tarrés d'une main ce qu'il venait de lui donner de l'autre. Se refait-on jamais ?

– Et maintenant, Andrés ? Boone s'enquit-il alors.

– Maintenant, Harry, maintenant, vous et moi, nous partons pour la Grèce.

Tiens, tiens, s'étonna Boone. Après qu'Archie Briggs ait eu l'intuition que le prologue de cette pièce s'était joué ici même en Andalousie il avait bien cru que les différents actes qui suivraient s'y joueraient aussi, et qu'à défaut d'une unité de temps et d'action il y aurait bien une unité de lieu. Mais ne voilà-t-il pas que la Grèce s'invitait inopinément dans la pièce à sa conclusion. Du moins espérait-il qu'ainsi transplantée dans la patrie d'Eschyle, de Sophocle et d'Euripide, elle ne se termine pas en tragédie. Un dernier acte à l'Aristophane lui conviendrait, se disait-il, bien mieux.

23

C'est dans un Falcon 900, pas moins, l'un des cinq que l'armée de l'air espagnole mettait à la disposition de la famille royale et du gouvernement, que flanqué de Boone – seule personne qu'il ait autorisé à l'accompagner à la condition expresse qu'il se séparât de son téléphone –, Andrés Tarrés embarqua à l'aube du lendemain avec la rançon. Destination ? La Grèce, sans plus de précision. Ce n'est qu'après le décollage qu'il daigna informer le pilote d'aller se poser sur l'aéroport de Kalamáta dans le Péloponnèse. Ce dernier put alors communiquer son plan de vol à la tour de contrôle d'Armilla, et le Neveu, qui s'y trouvait en compagnie de Briggs et de la Doña, informer le chef de poste de la CIA à Athènes du lieu où leur gibier se poserait et lui intimer l'ordre de faire diligence pour se rendre à Kalamáta avant l'arrivée de l'oiseau, et de ne plus le lâcher.

Moins de trois heures plus tard, après un vol sans histoire, le Falcon se posait sur l'unique piste de l'aéroport, à mi-chemin entre le terminal et la base militaire aérienne qui se la partageaient. Quatre clones vêtus des mêmes costumes sombres et arborant les mêmes lunettes noires l'y attendaient adossés par paires à deux voitures tout aussi noires. Contrairement à ce que l'on aurait pu croire il ne s'agissait pas des Américains, demeurés sagement à l'arrière-plan, mais de leurs sous-traitants locaux de l'EYP, le service de renseignement que les Grecs s'étaient offert à l'orée de la guerre froide en prenant bien soin de le façonner sur le modèle du grand frère américain, personne n'ayant pris la peine de leur rappeler ce que Victor Hugo disait à propos des dangers de l'imitation, à savoir qu'un lion qui en copie un autre devient du coup un singe.

Toujours est-il que ce jour-là, et bien qu'il ait été sur son terrain, l'officier grec du renseignement venu accueillir Andrés Tarrés et Harry Boone se sentait largué. Personne n'avait jugé bon l'informer de quoi il retournait. Ses supérieurs s'étaient contentés de lui dire qu'il devrait, sans poser de questions, se mettre entièrement à la disposition des deux hôtes de marque qui débarqueraient de l'avion. Il fut donc d'autant plus surpris, lorsque ces fameux hôtes de marque débarquèrent, de voir que l'un d'entre eux avait l'air d'un écolo qui aurait fumé un joint de trop et qu'en sus il portait, serré contre sa poitrine, ce qui ressemblait bizarrement à un porte-bébé. Un écolo en congé paternité, se dit-il. Quant à son compagnon, quoique bien plus présentable dans ses chaussures en daim, son col roulé, sa veste sport et son pantalon de flanelle gris clair, il n'en avait pas moins plus l'air d'un boulevardier que d'un haut fonctionnaire. L'ordre qu'il avait reçu de se mettre au service de ces deux individus étant cependant venu de très haut, il ne montra rien de son étonnement, se contentant de passer un index perplexe sur son nez grec.

Une fois à terre, l'ignorant totalement, Tarrés alla droit vers les voitures, une grosse BMW flambant neuve et une petite Fiat déglinguée, et il en fit le tour. L'ayant pour sa part salué, Boone alla rejoindre sa charge qui examinait de près l'intérieur des deux véhicules. Contrairement à la Fiat à qui tout semblait manquer, la BMW était bardée d'électronique de navigation et de communication. Cela suffit pour la disqualifier aux yeux de Tarrés qui, s'étant délesté de son porte-bébé, ouvrit grand la portière avant droite de la Fiat, s'installa dans le siège passager et posa tranquillement son butin à ses pieds. Voyant quoi Boone s'en fut remercier l'officier grec pour le prêt de la voiture et en profita pour lui demander d'user de son autorité afin qu'au poste de sécurité qui contrôlait les entrées et sorties dans l'aéroport on les laissât passer. D'autant qu'il était armé, ajouta-t-il en déboutonnant sa veste, dévoilant ainsi la crosse d'un pistolet. Soulagé que le choix de ces mystérieux visiteurs au bras long ne soit pas tombé sur sa belle BMW de service ce dernier s'exécuta volontiers. Ayant alors pris congé de lui, Boone s'en fut rejoindre Tarrés, et tous deux sortirent de la vie du Grec comme ils y étaient entrés. En coup de vent. Quant au Falcon, Tarrés avait édicté qu'il les attendrait sur la piste le temps qu'il faudrait.

– Prenez la route de Kalamáta, dit Tarrés une fois le poste de contrôle passé.

Roulant vers l'est Boone suivit sur quelques kilomètres une ligne de chemin de fer qui longeait une rivière.

Ayant réquisitionné le rétroviseur Tarrés y jetait un œil à intervalles réguliers, histoire certainement de s'assurer que personne ne les suivait. La Grèce ayant commencé à déconfiner en ce mois de mai il y avait d'ailleurs suffisamment de trafic sur la route pour le tenir occupé, et Boone amusé.

Une petite dizaine de minutes plus tard, aux abords de la ville de Kalamáta, célèbre pour ses olives éponymes et pour le tabac oriental de ses cigarettes ovales (du moins était-ce le cas jusqu'au rachat des établissements George Karelias & Sons plus que centenaires par une multinationale), Boone ralentit l'allure et s'enquit pour savoir s'il devrait poursuivre vers le centre-ville.

– Prenez plutôt vers Paralia Vergas et le sud, lui répondit Tarrés.

– Nous allons dans le Magne ?

– Nous allons dans le Magne, répéta machinalement Tarrés.

Il ne compte tout de même pas m'emmener jusqu'à Geroliménas, marmonna en son for intérieur Boone, à qui cela n'augurerait rien de bon. Il faut dire que Geroliménas, au sud du cap Tainaron – autant dire au fin fond du Magne qui est déjà un fin fond en lui-même –, abritait une caverne censée être l'une des portes des Enfers chez les Anciens Grecs, et la dernière chose que Boone aurait voulue était que cette affaire finisse au royaume souterrain d'Hadès.

– Jusqu'où pousserons-nous ? demanda-t-il.

– Vous le saurez bien assez tôt, lui répondit sèchement Tarrés.

Ce ton ne lui ressemble guère, se dit Boone. Et de fait, jusque-là Tarrés avait en tout fait montre de cette équanimité dont seuls semblent être capables les êtres qui savent qu'ils n'ont plus rien à perdre : ces êtres enfin libres parce qu'ils ont accepté l'idée de leur propre mort. Ôtant un instant ses yeux de la route pour les porter vers lui et voyant ses traits tirés et son teint d'un jaune profond qui tranchait sur le bleu de ses cernes, Boone se demandait si sa mauvaise mine et sa mauvaise humeur étaient simplement dues à la fatigue du voyage ou si – sait-on jamais avec ce mal en particulier –, la fin ne serait pas proche. Le voyant ensuite jeter des coups d'œil répétés dans le rétroviseur il se dit aussi qu'il prenait bien trop de précautions pour s'assurer qu'ils n'étaient pas suivis. Et tout cela en vain car personne ne les serrait de près. Grâce à la petite balise qui se nichait dans le talon de sa chaussure gauche, l'équipe que le Neveu avait dépêchée dans le Péloponnèse pour les suivre à la trace pouvait en effet se payer le luxe de rester à bonne distance. Non seulement cela, mais le Neveu, qui semblait être homme à doubler sa ceinture avec des bretelles pour mieux assurer son froc, en avait fait poser une autre dans la crosse du pistolet Glock qu'il lui avait remis la veille au soir. « Au cas où ils vous tendraient un traquenard, sait-on jamais », lui avait-il dit, et Boone, qui avait deviné le fond de sa pensée, avait compris que si cela devait mal tourner pour lui, Tarrés et ses complices, avant de prendre le large en l'abandonnant ligoté, blessé, voire mort, n'iraient pas jusqu'à le délester auparavant de ses chaussures (on n'était pas au Far West, après tout, ni en Afghanistan), mais qu'ils s'empareraient par contre certainement de son arme, emportant ainsi avec eux à leur insu la balisc de secours. Ce qui n'était pas pour déplaire au Neveu.

Ils roulaient à présent à très faible allure le long d'une route aussi sinueuse qu'étroite et Boone, qui avait encore Geroliménas à l'esprit, se disait qu'il n'aurait pas cru qu'une descente aux Enfers puisse être si lente. Comme s'ils s'étaient donné le mot ni lui ni Tarrés ne disaient mot. Ce qui se comprenait, d'une certaine façon, puisqu'ils se trouvaient en Laconie.

Une bonne demi-heure plus tard et une petite vingtaine de kilomètres plus loin, à la sortie du petit bourg de Kardamýli où Patrick Leigh Fermor, l'un des derniers hommes debout, avait longtemps vécu, Tarrés rompit finalement le silence pour lui demander de rebrousser chemin.

– Prenez la direction de l'aéroport, lui dit-il ensuite alors qu'il manœuvrait le véhicule pour le pointer dans le sens opposé.

Se pourrait-il, se demandait Boone tandis qu'ils remontaient vers le nord, que le Péloponnèse, voire la Grèce, ne soit pas leur dernière destination ? Tarrés entendait-il prolonger le suspense en réquisitionnant de nouveau le Falcon pour les amener Dieu sait où, semant du coup pour de bon l'équipe envoyée dans le Péloponnèse par le Neveu et faisant par la même occasion souffler un vent de panique sur la tour de contrôle d'Armilla ?

Une fois, cependant, revenus à leur point de départ, ignorant l'aéroport Tarrés lui demanda de continuer à rouler vers l'ouest, et Boone crut alors entendre le grand soupir de soulagement poussé à plus de deux mille kilomètres de là, tant un autre périple en avion vers une autre destination inconnue aurait été pour la Trinité un casse-tête.

Roulant en direction de la mer Ionienne ils passèrent à proximité de l'ancienne Messène, cité fondée jadis par le peuple des Hilotes qui avait été asservi jadis par les Spartiates soucieux de se libérer sur lui des travaux des champs afin de pouvoir se consacrer entièrement à l'art de la guerre. À croire que deux bons millénaires avant Baudelaire les Lacédémoniens savaient déjà qu'il n'existait que trois êtres respectables, le prêtre, le guerrier, et le poète, tous les autres, sans exception, étant taillables et corvéables à souhait.

Bien qu'ils aient déjà quitté la Laconie pour la Messénie ils roulaient toujours dans le plus grand silence. C'était comme si, en dépit du passage du temps, l'esprit de Lacédémone imprégnait encore le Péloponnèse tout entier. Une heure plus tard, ayant parcouru une petite cinquantaine de kilomètres, ils arrivèrent en vue de Pylos sur la baie de Navarin. Et Boone, qui ne s'était jamais rendu dans cette ville, aurait été pardonné de croire alors, qu'il ne se trouvait plus en Grèce mais en France. Et pour cause, fruit du fort sentiment philhellène qui s'était emparé de l'Europe au début du XIXe siècle (Byron, Berlioz, Pouchkine, Delacroix et tant d'autres comme eux en attestant) et qui avait amené les puissances européennes à voler au secours des Grecs alors sous domination turque, Pylos avait été entièrement conçue en 1829 par des officiers du génie français selon un modèle d'urbanisme calqué sur le schéma géométrique triangulaire caractéristique des bastides du sud-ouest de la France.

Il n'eut cependant pas loisir de s'attarder sur les éléments architecturaux français de cette petite ville grecque baignée par la mer Ionienne car Tarrés, qui tenait les rênes, l'entraîna aussitôt vers le sud et, une dizaine de minutes plus tard, ils pénétraient dans le petit bourg de Methóni (l'ancienne Pédase que, dans l'*Iliade*, Agamemnon offre à Achille, espérant calmer ainsi son courroux) où, sur instruction de Tarrés, Boone alla droit jusqu'au port, lequel se nichait entre le château fort que les Vénitiens avaient jadis construit là pour protéger leurs lignes commerciales avec l'Orient mais qui n'avait pas réussi à résister aux assauts répétés des Ottomans, et les îles Inoússes qui, au large, avaient fait bien mieux, au fil des siècles, pour garder le port de la furie des vents.

Lorsque leur voiture s'engagea sur le quai, quatre hommes qui jouaient aux cartes devant la capitainerie du port interrompirent leur partie pour les suivre des yeux. Il faut dire que depuis le déclenchement de la pandémie les distractions offertes aux locaux par les étrangers étaient devenues bien rares, et même si la Grèce déconfinait, dans les pays d'où venaient vacanciers et plaisanciers ce n'était pas toujours le cas.

– J'espère que vous avez le pied marin, lui dit Tarrés, car nous allons en mer.

– Ne vous en faites pas pour moi, le rassura Boone que seule la déferlante des événements inquiétait. En sortant en mer, se disait-il, Tarrés pensait peut-être pouvoir échapper à toute surveillance. Mais c'était oublier les satellites qui tournaient inlassablement en orbite.

Prendre le large, se disait-il aussi, ne voulait plus rien dire depuis que, la haute technologie aidant, la mer n'est plus l'espace lisse qu'elle fut des millénaires durant.

Quand, sur un signe de Tarrés, il alla se garer en épi à une dizaine de mètres de la capitainerie, l'un des joueurs de cartes, un barbu en net surpoids, lâcha ses compagnons et se précipita vers eux avec une agilité que son gabarit ne laissait pas soupçonner.

– Je vous recommande vivement de mettre un masque, dit Boone en voyant le gros barbu s'avancer démasqué.

Et, tendant un masque à Tarrés, il en mit lui-même sagement un.

– Les gens du coin semblent ignorer jusqu'à l'existence des masques sanitaires et des gestes barrière. Il ne faudrait pas que vous chopiez ce méchant virus.

Ayant dit cela, et prenant conscience de l'absurdité de cette recommandation adressée à un homme qui se mourait, il se mordit la langue. Car même s'il n'y avait eu aucune arrière-pensée dans sa remarque il se rendait bien compte que Tarrés pouvait l'interpréter comme signifiant : « Ne t'avise surtout pas de clamser dans mes bras avant que notre affaire ne soit réglée. »

Entre-temps, ayant contourné la voiture le gros barbu était venu s'accroupir au niveau de la portière côté passager et, s'adressant à Tarrés à travers la vitre baissée, il s'était joyeusement écrié :

– Hello, monsieur Ripley ! Bienvenue à Methóni !

– Salut à vous, capitaine Stavros, lui répondit Tarrés sur un ton tout aussi enjoué.

– Vous arrivez d'Amérique, c'est ça, monsieur Ripley ?

– C'est bien ça, capitaine.

– L'agence de location n'a pas trouvé mieux à vous donner, monsieur Ripley ? Cette guimbarde n'est vraiment pas digne de vous.

– C'était tout ce qu'ils avaient sous la main, s'excusa presque Tarrés, et nous étions pressés.

– Je suis ravi de vous revoir, monsieur Ripley. On peut même dire que je m'attendais à vous voir. Aussitôt qu'ils ont annoncé à la télé qu'ils allaient déconfiner je m'étais dit que M. Ripley n'allait plus tarder. Qui aurait imaginé, lorsque nous nous étions entendus en février sur la location de mon bateau, qu'il ne vous serait pas possible d'en profiter avant le mois de mai ! Alors que vous le payez !

Ainsi, se disait Boone, Tarrés et ses amis avaient dès l'hiver préparé dans ses moindres détails la logistique de ce dernier acte.

– Une vraie saleté ce virus, monsieur Ripley, poursuivait Stavros. Methóni est désert, comme vous le voyez, et il en va de même pour tout le Péloponnèse et la Grèce.

– Et vous qui craigniez qu'à l'approche de la saison touristique votre bateau ne vienne à vous manquer cruellement. Vous avez bien fait d'accepter en février de me le louer pour six mois.

– Il est vrai que cette épidémie et ce confinement ont tout changé. Grâce à vous, monsieur Ripley, ma famille ne manquera de rien cette année. Je ne peux malheureusement pas en dire de même de tous mes collègues ici.

– Disons que vous avez été bien inspiré de me le louer.

– Et vous de venir jusqu'ici. C'est le ciel qui vous a envoyé, monsieur Ripley. Vous comptez sortir en mer ?

– C'est justement ce que nous pensions faire, mon ami et moi.

– Vous avez de la chance il n'y a pas de vent aujourd'hui. Ce sera une belle promenade. En tout cas, j'ai suivi vos instructions à la lettre ces derniers mois, monsieur Ripley, m'assurant que les moteurs tournaient bien, vérifiant le plein des réserves en carburant et en eau potable, et testant évidemment la radio et les équipements de secours : canot et gilets de sauvetage, fusées éclairantes, etc. Tout est en ordre, comme vous me l'aviez demandé lorsque vous aviez exigé que le bateau soit prêt à sortir à n'importe quel moment et sans délai. Il vous attend à son point de mouillage, à l'endroit précis où vous l'aviez laissé.

– Parfait. Nous allons de ce pas embarquer. Auriez-vous la gentillesse de demander à la taverne de nous préparer un petit casse-croûte à emporter ?

– À votre service, monsieur Ripley, dit Stavros et se levant. Je préviendrai aussi la capitainerie que vous sortez. Vous pensez aller vers Sapientza, ou longer la côte ?

– Sapientza, et les autres îlots du coin… Schiza, Aghia Marina… On verra ensuite où l'envie nous prendra.

– La chance que vous avez, vous les Américains, dit le Grec en se levant, de pouvoir suivre vos envies.

– M. *Ripley*, Andrés ? Ai-je bien entendu ce Grec vous appeler Ripley ?

Boone avait attendu qu'ils soient sortis du port avant d'évoquer l'étrange pseudo que Tarrés s'était choisi. Son porte-bébé à nouveau sur sa poitrine ce dernier tenait alors la barre, et Boone profitait de la bâche protégeant le cockpit pour fumer à l'abri des embruns.

– Si je me fais passer pour un Américain, c'est parce que les gens d'ici pardonnent volontiers leurs excentricités aux riches Américains sans se poser trop de questions. Surtout quand ces derniers paient la location d'un bateau d'avance et en espèces.

– Ça, je peux le comprendre. Mais Ripley, Andrés ? Pourquoi Ripley ? Ripley, comme cet odieux personnage qui, dans un film, assassine un jeune homme en pleine mer, jette son corps à l'eau, usurpe son identité, et s'approprie sa fortune ?

– Plutôt Ripley comme dans le roman *Le Talentueux Monsieur Ripley* de Patricia Highsmith, dont la publication précède certainement le film dont vous parlez.

– J'oubliais que vous ne juriez que par le présentiel et que les films étaient pour vous un anathème. Votre choix de ce nom-là m'interpelle néanmoins.

– Voyez-y une allégorie sur les richesses matérielles. Richesses qui transcendent les individus, lesquels n'en sont que les éphémères dépositaires, simples véhicules qui, quoi qu'ils en pensent, ne contrôlent pas vraiment ce qu'ils croient être leur propriété. N'en va-t-il pas ainsi, ajouta-t-il ensuite en tapotant son porte-bébé, de cette fortune en pierres précieuses qui, à la faveur d'un crime – certes un crime pas aussi sordide que celui dont Ripley s'était rendu coupable, mais un crime quand même –, aura, en l'espace de quelques jours, transité des poches de ses propriétaires vers celles des patrons des Big Tech pour ensuite passer dans les miennes ? Qui sait d'ailleurs entre quelles autres mains elle se retrouvera demain à la faveur de Dieu sait quelque autre crime ? Ce n'est pas, comme le dit la chanson, l'argent qui fait tourner le monde, voyez-vous, mais l'argent qui tourne et tourne à travers le monde. Hier en Europe, aujourd'hui en Amérique, demain en Asie. Croyez-vous qu'il soit possible d'arrêter cette ronde folle ?

Ils venaient d'atteindre les Inoússes. À leur gauche se trouvait Schiza, et à leur droite l'île un peu plus petite mais bien plus pittoresque de Sapientza, avec son phare, ses grands arbousiers, et sa population de mouflons Kri Kri. Tarrés ne s'y arrêta cependant pas. Ayant mis les gaz à fond il fit jouer les trois cent soixante-dix chevaux du moteur Volvo Penta du Cranchi à bord duquel ils étaient embarqués et piqua droit vers le large en prenant la direction du sud-ouest. De toute évidence il ne s'était approché des Inoússes que pour donner le change à Methóni.

Il finit par ralentir l'allure quelques milles plus loin. Après quoi, près de deux heures durant, ils poursuivirent leur chemin à la vitesse confortable de quinze nœuds en se dirigeant toujours vers le sud-ouest. Boone en était à se demander si Tarrés n'espérait pas réussir le pari fou de rallier la côte africaine avec son butin quand, sans crier gare, ce dernier coupa le moteur, immobilisant le bateau au milieu de nulle part. Boone, qui commençait à gamberger sérieusement, se demandait à présent si, loin de vouloir de rejoindre la côte africaine comme il l'avait pensé Tarrés ne prévoyait pas plutôt d'attendre à ce point de rendez-vous des complices venant de Libye, où les mercenaires – Turcs, Russes, Syriens – ne manquaient pas.

– Nous attendons quelqu'un ? hasarda-t-il en allumant un cigarillo.

– Vous voulez bien tenir la barre, Harry, se contenta Tarrés de lui dire, et tandis que Boone s'exécutait il alla jusqu'à l'arrière du bateau.

– Attrapez cela, dit-il ensuite à Boone, qui lui tournait maintenant le dos.

Ce dernier eut juste le temps de se retourner pour attraper au vol un petit objet que Tarrés venait de lui lancer. Ouvrant le poing il vit une chose qu'il connaissait bien. C'était l'une de ces petites pochettes en feutrine dans lesquelles Tarrés glissait les pierres précieuses qu'il sélectionnait après examen.

– C'est quoi ça ? lui demanda-t-il, perplexe, tout en retirant de la pochette un saphir de la taille d'un œuf de caille.

– Un petit présent pour notre chère Maria, lui dit Tarrés. Un souvenir de notre aventure.

– Je ne puis en aucune façon accepter cela !

– Vous ne le pouvez pas ? Jetez-le à l'eau dans ce cas !

– Vous n'y pensez pas !

– Et pourquoi pas ? lui dit Tarrés en sortant une autre pochette de son porte-bébé et en en retirant cette fois un énorme diamant. Je le fais bien, moi.

Sous ses yeux ébahis, d'un geste désinvolte Tarrés lança alors la pierre par-dessus bord et elle s'enfonça dans les flots dans un bruit qui résonnerait longtemps après cela dans les oreilles de Boone.

– Mais que faites-vous là, nom de Dieu ! s'exclama ce dernier tout en se disant que c'était là le plouf le plus cher qu'il lui arriverait jamais d'entendre.

– Savez-vous où nous sommes, Harry.

– Je n'en ai aucune idée et je m'en fiche ! s'indigna Boone. Mais expliquez-moi un peu à quoi tout cela rime !

– Nous sommes à 36° 34' de latitude nord et 21° 8' de longitude est.

– Est-ce une raison pour jeter un diamant à la mer ? Vous n'allez tout de même pas me faire croire qu'il y a là-dessous des plongeurs prêts à récupérer la rançon !

– Vous n'y êtes pas du tout. Ce ne sont pas des plongeurs qu'il y a là-dessous mais la fosse abyssale de Calypso. À plus de cinq mille mètres de profondeur bathymétrique, c'est le point le plus profond de la Méditerranée. Une fosse insondable, Harry.

– Et vous venez d'y jeter un diamant !

– À présent, Harry, je vais vous demander de bien vouloir remettre le moteur en marche et d'avancer lentement.

Alors que, contraint et forcé, Boone s'exécutait, un œil sur la manœuvre qui ne lui était guère familière, un autre sur Tarrés qui, lui, l'était soudain de moins en moins à ses yeux, tous les vingt brasses ou presque ce dernier plongeait sa main dans son porte-bébé, en sortait une pochette en feutrine et, sous les yeux sidérés de Boone il en balançait le précieux contenu dans les flots.

– Pourquoi diable faites-vous cela, Andrés !

– Ces pierres sont à moi, non ? J'en fais ce que je veux. Tournez gentiment à bâbord, s'il vous plaît.

– Et le marché que nous avions passé, alors ? Les pierres contre les clefs pour neutraliser les ides de mars ?

– Je tiendrai mes engagements, le rassura Tarrés tout en jetant une énième pierre à la mer. Ces clefs, vous les aurez avant la fin de la journée. Et vos maîtres pourront enfin respirer.

– Et vos complices ? Vous pensez qu'ils vont gentiment nous les donner, ces clefs, alors que du fait de votre coup de folie la rançon faramineuse qu'ils convoitaient gît à présent à plus de cinq mille mètres de profondeur dans une fosse abyssale ?

– Ne vous en faites pas pour mes complices, comme vous les appeler, et tournez de nouveau à bâbord. Quant à ces clefs auxquelles vous tenez tant, rassurez-vous, c'est moi qui les ai.

Après quoi, sous les yeux toujours aussi incrédules de Boone qui continuait de tourner en rond autour du point 36° 34' de latitude nord et 21° 8' de longitude d'est, une bonne vingtaine de minutes durant, armé de ses rubis, de ses saphirs et de ses diamants, Tarrés lui servit une parfaite imitation du semeur de Van Gogh, ou de Millet, si vous préférez, voire du gentil monsieur ou de la gentille dame donnant à manger aux canards dans Saint James's Park. Et ce n'est que lorsqu'il eut confié l'ultime pierre de la rançon aux flots qu'il demanda à Boone de stopper le bateau.

– Et maintenant que fait-on ? s'enquit Boone, qui se sentait aussi vidé que la besace de Tarrés à présent l'était.

– Et maintenant on attend.

– On attend qui ? s'agaça Boone.

– On attend que les pierres touchent le plancher océanique et s'enfoncent dans la vase. D'après nos calculs ça devrait prendre deux bonnes heures. Nous avons tout le temps pour manger tranquillement.

Nos calculs, se dit Boone, il a dit *nos* calculs. Il s'agirait donc d'un choix collectif et réfléchi. Boone aurait pu à la rigueur expliquer ce geste insensé par le désespoir nihiliste d'un homme qui se savait condamné, mais il avait du mal à croire que la bande organisée qui avait si soigneusement planifié et si judicieusement exécuté cette opération hors normes se prive ainsi de cette rançon de roi.

– Je ne comprends vraiment pas ! répéta-t-il pour la énième fois, une fois les deux heures passées.

Il était encore si estomaqué par l'acte dément de Tarrés qu'il n'avait pas touché à la collation que Stavros leur avait apportée, s'étant contenté de fumer un cigarillo après l'autre.

– Vous venez de dire adieu à cinq milliards de dollars, Andrés. Sans compter la beauté intrinsèque de ces pierres, perdues à tout jamais.

– Du moins en aurez-vous pour votre part sauvé une, Harry. Ce gros saphir sera votre Moïse sauvé des flots.

– Ne comptez pas sur moi pour ça, répliqua Boone en tâtant le saphir qu'il avait tantôt instinctivement empoché. Le sortant alors de sa poche, sous le regard amusé de Tarrés, d'un lancer rageur il l'envoya rejoindre les autres pierres de la rançon dans l'abysse de Calypso.

– Serait-ce votre culture classique et polythéiste qui vous empêche de sauver des flots un grand prophète du monothéisme, Harry ? plaisanta Tarrés.

– J'ai peine à comprendre ce qui se passe là, dit Boone, ignorant sa boutade.

– Est-ce pour comprendre qu'on vous a envoyé ici ou pour rapporter les clefs qui vous délivreront du cauchemar que vous vivez ? Je vous avais promis ces clefs qui neutraliseront les ides de mars, et je vais maintenant vous dire où vous les trouverez.

– Je vous écoute.

– Alors que nous déjeunions, j'ai cru voir qu'il y avait dans la cabine de quoi écrire, dit Tarrés en se levant pour disparaître ensuite aux yeux de Boone dans les profondeurs du bateau. Vous direz de ma part à Maria qu'elle ne s'était pas trompée, dit-il lorsqu'il réapparut tenant à la main une feuille de papier pliée en deux.

– Qu'elle ne s'était pas trompée sur quoi ? demanda Boone, de plus en plus perplexe.

– Ce qu'elle cherchait était bien là où elle pensait qu'il était, mais elle n'avait pas bien regardé. Il faudrait qu'elle retourne y jeter un œil frais.

– Que vient faire Maria dans cette histoire ?

Boone était de plus intrigué. Inquiet, même.

– Vous le saurez en lisant cela, lui répondit Tarrés en lui tendant la feuille de papier.

Ayant assisté, effaré, au spectacle de Tarrés jetant impassiblement par-dessus bord une vraie fortune en diamants, saphirs, et rubis, Boone pensait avoir tout vu. Il n'était cependant pas au bout de ses surprises. Ayant déplié la feuille il y lut en effet : « Quand dans la

Justice tu baigneras ; Et que de ton cœur, la Vraie Foi toute superstition balaiera ; En t'attachant au troisième précepte d'Allah ; Le Noble Reflet tu dévoileras ; Et pour ta plus grande joie tu le contempleras. »

24

Assis sur sa terrasse sous la glycine toujours en fleur, Harry Boone savourait son premier cigarillo de la journée accompagné d'un café tout en regardant d'un œil nonchalant les palais rougeâtres de l'Alhambra qui se découpaient contre les sommets blancs de la Sierra Nevada. Trois bons mois s'étaient écoulés depuis sa sortie en mer avec Andrés Tarrés au large du Péloponnèse, quand ce dernier avait, sans ciller, englouti une fortune en pierres précieuses dans la fosse abyssale de Calypso, et quand il lui avait aussi fait part de la manière la plus surprenante qui soit de l'endroit où les clefs USB se trouvaient.

Cette même nuit, le Falcon, qui les attendait à l'aéroport de Kalamáta, les avait ramenés Tarrés et lui jusqu'à la base d'Armilla où les trois membres de la Trinité, qui les y attendaient fébrilement, avaient été aussi choqués d'apprendre de la bouche de Boone que la rançon était perdue à tout jamais que soulagés à l'idée que les clefs qui neutraliseraient le virus des ides de mars se trouvaient à portée de main.

Au petit matin Boone les avait tous trois entraînés jusqu'à l'Alhambra, lourdement investie par les militaires ce jour-là, comme pour empêcher ces fameuses clefs de prendre la clef des champs. Là, juché sur une grande échelle adossée à la porte de la Justice, un mécano de la base réquisitionné à cet effet pour ses talents de maçon avait descellé au burin le petit bloc de marbre rond encastré dans l'arc unissant les deux bastions de la porte et, ayant plongé la main dans la cavité ainsi ouverte, de là où le Noble Reflet aurait dû se trouver si seulement il avait existé, il avait retiré cinq petites clefs USB bien réelles, elles, dont le Neveu s'était aussitôt emparé.

Facétieux comme tout Andrés Tarrés et ses amis leur avaient donné à chacune un nom différent – Gloria, Amanda, Fanny, April et May –, l'initiale de chacun de ces noms indiquant semblait-il laquelle clef revenait à quel membre des Big Tech. La seule incertitude avait concerné les deux noms commençant par la lettre A, lesquels pouvaient référer autant à Apple qu'à Amazon. Cela posait problème dans la mesure où, pour s'assurer que le virus serait effectivement neutralisé, il fallait à tout prix insérer les cinq bonnes clefs simultanément, à la seconde près, dans chacun des cinq AS vérolés. Tarrés et ses amis leur ayant néanmoins donné une autre indication à travers leur choix de la deuxième lettre de chacun des deux noms commençant par la lettre A, on en avait à juste titre conclu que la clef marquée Amanda était destinée à Amazon, et celle marquée April à Apple.

À peine les clefs empochées, le Neveu avait ensuite couru jusqu'à la base d'Armilla d'où il avait vite rallié Washington. Et là, lors d'une réunion aussi confidentielle que solennelle qui s'était tenue peu après son arrivée, les patrons des cinq Big Tech conviés d'urgence à la Maison-Blanche s'étaient formellement engagés, en contrepartie de la remise par le président des clefs USB, à ne rien faire qui pourrait contrecarrer le travail de la nouvelle présidente de la Commission fédérale du commerce, et à s'abstenir aussi de chercher à saborder le nouveau projet de loi antitrust lors de son passage au Congrès. Après quoi les Big Tech avaient pu relancer leurs pompes à fric qui tournaient à vide depuis le début du printemps, les *netizens* confinés, qui suffoquaient jusque-là, avaient recommencé à respirer, la fièvre qui avait menacé d'emporter la société avait nettement baissé, et les gouvernants avaient enfin pu souffler.

Pendant tout ce temps Boone s'était bien gardé de faire part à qui ce soit de la petite note manuscrite que Tarrés lui avait remise alors que leur bateau tanguait au-dessus de la fosse de Calypso et qui lui avait permis de conclure que les clefs USB se trouvaient au-dessus de la porte de la Justice à l'Alhambra, à l'endroit précis où Maria avait été persuadée que le miroir d'Aïcha avait été caché. S'il s'était tu à ce sujet c'était parce qu'il ne comprenait pas comment Tarrés et ses complices avaient pu être mis au courant de l'existence de l'énigme du juriste andalou Yûsuf al-Faqîh, personnage fictif créé de toutes pièces par l'orientaliste oxonien commandité par Archie Briggs, et sur laquelle Maria et ses trois collègues du comité scientifique mis sur pied par Archie Briggs et la Doña avaient longtemps planché en vain. Et, ne le comprenant pas, et se rappelant aussi que Maria n'avait pas été totalement insensible aux charmes d'Andrés Tarrés, il en était venu à se dire, peut-être pas qu'elle aurait pu se confier à Tarrés comme à un amant, mais qu'elle aurait pu s'en ouvrir à lui un jour en sa qualité d'historien de l'art susceptible de l'aider dans sa quête du Noble Reflet. Quoique, quoique… Quoique, il y avait aussi ce maudit saphir que Tarrés aurait aimé offrir à Maria ! Toujours est-il que, soucieux de préserver la femme qu'il aimait, il avait détruit la petite note manuscrite avant même de quitter la Grèce, et une fois de retour à Grenade il s'était contenté d'informer les membres de la Trinité que selon Tarrés les clefs USB tant convoitées se trouveraient sous leur nez, cachées dans l'Alhambra même, dans une petite cavité au-dessus de la porte de la Justice.

Quant à Tarrés lui-même, étonnamment, malgré la gravité des charges qui pesaient contre lui il n'avait plus été inquiété. Convaincus qu'une fois bien mis en condition ils finiraient par lui faire cracher le morceau les Américains avaient certes lourdement insisté pour qu'on le leur livrât pieds et poings liés, mais arguant du fait qu'il avait déjà un pied dans la tombe et que personne n'en tirerait rien par la pression ou la coercition, appuyée par son Premier ministre la Doña avait refusé toute idée d'extradition. En vérité, la rançon, qui aurait très bien pu les mener jusqu'à ses complices si Tarrés n'avait pas eu la fâcheuse idée de la confier à Poséidon, étant perdue à tout jamais et avec elle toutes les pistes qu'elle aurait pu générer, la Doña avait voulu garder Tarrés sous la main, et même lui lâcher un peu la bride histoire de voir si l'un ou l'autre de ses complices ne chercherait pas à établir le contact avec lui.

Très vite il avait donc été autorisé à rentrer chez lui à Arenas del Rey. C'est dans une ambulance qu'il y était arrivé, d'ailleurs, et, son état de santé s'étant nettement dégradé depuis son retour de Grèce, nul ne s'était étonné de voir des infirmiers se relayer alors à son chevet. Lesdits infirmiers se trouvaient en réalité être les yeux et les oreilles de la Doña, notant diligemment le nom de tous les visiteurs que le malade recevait, et rapportant consciencieusement tout ce qu'ils voyaient et entendaient. Mais tout cela pour rien car chez Tarrés, ça n'avait pas désempli. Amis, adeptes, disciples, étudiants, ou simples connaissances tout juste désireuses d'un bol d'air frais après des semaines de confinement urbain, ils avaient été une bonne centaine à se rendre chez lui pour s'enquérir de sa santé. Alex et Elena avaient été du nombre, d'ailleurs, et lorsque Maria avait proposé à Boone de les accompagner à Arenas del Rey, pour donner le change ce dernier avait accepté. Ce qui, à vrai dire, n'avait pas fait l'affaire des Peñistas que la Doña avait infiltré dans la place : avec tant de visiteurs divers et variés, ils avaient eu toute la peine du monde à séparer le bon grain de l'ivraie.

Le va-et-vient incessant au chevet du malade avait duré jusqu'à la mi-juillet quand Andrés Tarrés avait fini par succomber au mal qui l'avait rongé. Il laissait derrière lui un Harry Boone sur sa faim et se posant toujours autant de questions (notamment sur sa bien-aimée), une Doña en plan, ainsi qu'une bonne vingtaine de veuves nerveuses éplorées, tant à Arenas del Rey que dans la bonne société grenadine et à l'université.

Mais si l'implication d'Andrés Tarrés dans la Grande Déconnexion ne s'ébruita pas, il en alla tout autrement des diamants, des rubis et des saphirs perdus en mer. Personne ne sut comment la nouvelle de la perte irrémédiable de toutes ces pierres inestimables fuita, mais elle fuita. Quoique, de façon très déformée. On racontait qu'un avion transportant une quantité astronomique de gros diamants de couleur, de saphirs remarquables et de rubis d'exception appartenant à un grand conglomérat minier s'était abîmé en mer dans le Pacifique ouest, et que la précieuse cargaison de l'appareil était allée se disperser à onze mille mètres de profondeur de là, au fond de l'abysse marin de Challenger. Ce qui eut pour effet de provoquer la ruée sur les lieux supposés de l'accident d'une véritable armada de chasseurs de trésor, rendant ainsi particulièrement nerveux les militaires américains basés sur l'île stratégique de Guam toute proche. À l'abysse de Calypso en mer Ionienne, en revanche, où, contrairement à Challenger, plus de cinq mille bons carats de pierres précieuses ne profitaient qu'aux mollusques et au plancton du coin, seuls des bâtiments de guerre grecs patrouillaient, inlassablement, sous l'œil vigilant des satellites américains. Officiellement dans le cadre d'un exercice impromptu de l'Otan qui s'éternisait sans que personne ne sache pourquoi, mais en réalité dans le vain mais tenace espoir que les complices d'Andrés Tarrés viendraient récupérer la rançon Dieu sait comment, quand on leur mettrait le grappin dessus.

L'ébruitement de la nouvelle eut pour autre effet de multiplier par trois, voire par quatre, le prix des diamants de couleur, des rubis du Siam et de Birmanie et des saphirs du Cachemire. La hausse du cours ne se calma d'ailleurs guère lorsque le Smithsonian de Washington assura pour neuf cents millions de dollars son Hope

Diamond bleu de quarante-cinq carats qui en valait le quart du prix quelques semaines seulement auparavant.

Personne, cependant, ne fit le lien entre cet épisode des pierres précieuses perdues en mer et cet autre, qui venait de se terminer, de la Grande Déconnexion. Soulagés d'être de nouveau connectés, très vite les gens oublièrent tout ce qui s'était passé et bientôt la vie retrouva un semblant de normalité. Rien qu'un semblant, car l'ombre du virus venu neuf mois plus tôt de Chine continuait de planer sur l'humanité. Ce qui, il faut l'avouer (et c'est bien triste à dire), ne désolait guère Harry Boone. Car, d'une part, un nouveau confinement qui l'aurait bien arrangé n'était toujours pas à exclure et, d'autre part, le gouvernement de Sa Majesté étant, comme tous les autres gouvernements de la planète, toujours focalisé sur la lutte contre l'épidémie, la question de l'avenir de Gibraltar et de l'indépendance de l'Andalousie à laquelle il était censé consacrer son temps et ses efforts restait reléguée au second plan. Il continuait néanmoins à s'y intéresser, d'assez loin, il est vrai, ne manquant jamais, histoire d'ôter à Archie Briggs toute envie de le rappeler, une occasion pour envoyer au Club-House un petit rapport sur tel ou tel aspect ésotérique de l'indépendantisme andalou. Tout compte fait, se disait-il donc ce matin-là, un sourire satisfait aux lèvres et le regard perdu au loin, tout, mais absolument tout, allait pour le mieux pour lui.

Il en était là de ses pensées lorsque Maria, qui venait de le rejoindre sur la terrasse et qui était allée se mettre un peu plus loin, là où elle pourrait attraper le soleil du matin, s'exclama : « Zut ! »

– Que se passe-t-il, ma chérie ? s'inquiéta-t-il.

Par une journée pareille où tout, pour lui, baignait, il aurait aimé que nul autour de lui ne soit contrarié.

– Je suis allée à la cuisine me faire un café et j'y ai oublié mes notes sur le miroir d'Aïcha. Ce matin dans mon bain une idée m'est venue, que j'aimerais tester, et pour cela j'ai besoin de vérifier deux ou trois petites choses.

– Ne te dérange pas, lui dit-il en voyant qu'elle s'apprêtait à quitter la chaise longue où elle s'était confortablement installée, je vais aller les chercher.

Bien plus que la galanterie ce fut la culpabilité qui le fit alors se lever pour aller jusqu'à la cuisine y chercher ce fameux dossier. C'est qu'il s'en voulait encore d'avoir menti à Maria et de l'avoir embarquée dans cette longue et vaine quête d'un miroir qui n'avait jamais existé. Et de voir qu'après des mois de recherches infructueuses elle ne baissait toujours pas les bras ne faisait qu'ajouter à la honte qu'il ressentait. À présent il était évidemment bien trop tard pour tout lui avouer. Le mal était fait. Il pestait donc contre lui-même comme contre Archie Briggs et son maudit miroir. Nos mensonges nous suivent pour ne plus jamais nous lâcher, se disait-il, et ô combien Walter Scott n'avait-il pas eu raison de s'exclamer : « Quelle inextricable toile nous tissons dès lors que nous commençons à nous exercer au mensonge ! »

Il trouva le dossier près de la cafetière. S'en saisissant, il sortit de la cuisine. En passant devant la glace qui occupait tout un pan de mur du salon il laissa les notes et croquis de Maria glisser par inadvertance de leur chemise verte cartonnée, et ils s'éparpillèrent par terre. « Zut », se dit-il à son tour en s'accroupissant pour les ramasser.

C'est alors que, tranchant sur les grandes feuilles de papier étalées sur le sol, il vit une petite carte de visite. Ou plutôt, c'est dans le miroir qu'il la vit, cette carte de visite. C'était une toute petite carte, et elle portait le nom de Tarrés précédé de l'initiale de son prénom. Il s'en étonna. Comment, se demandait-il, cette carte de visite se trouvait-elle en possession de Maria ? Et quand Andrés la lui aurait-il remise ? Est-ce à dire qu'elle l'aurait rencontré sans lui en dire mot ? Rencontré plus d'une fois, peut-être ? Il cogitait fort, et plus il cogitait, et plus l'Othello en lui remontait à la surface. Mais lorsque, ayant précautionneusement ramassé la carte en question comme on le ferait d'une pièce à conviction, il la porta à ses yeux pour l'examiner de plus près, il vit que ce n'était pas le nom de Tarrés qui y était imprimé mais celui de Serrat. Loin d'appartenir, comme il l'avait cru, à Andrés, cette carte de visite était l'une de celles qu'Alex s'était fait faire chez un imprimeur-graveur milanais, et que Maria avait un jour ramenée à la maison.

Il est difficile de dire ce qui l'avait induit à lire Tarrés là où il aurait dû lire Serrat. Était-ce l'image de cette carte de visite inversée dans le miroir du salon ? Était-ce plutôt que le dossier de Maria lui avait rappelé le manuscrit arabe de Yûsuf al-Faqîh, écrit de droite à gauche et non de gauche à droite ? Ou alors était-ce le démon de la jalousie qui se réveillait en lui à chaque fois qu'il associait Maria à Andrés ? Sans doute était-ce un mélange de tout cela. Quoi qu'il en soit, il avait laissé sa perception émotionnelle prendre le dessus sur sa perception sensorielle et n'avait plus vu dans cette carte de visite que ce qu'il avait voulu y voir : Tarrés au lieu de Serrat, et le A d'Andrés au lieu du A d'Alex. Tarrés, il s'en rendait à présent compte, étant un palindrome de Serrat. Ramassant les feuilles qu'il avait fait tomber, il se sentait ridicule. Et ce sentiment ne l'avait pas quitté lorsque, ayant fini de tout remettre dans la chemise cartonnée, il s'était dirigé vers la terrasse pour aller rejoindre Maria et lui remettre son dossier.

Arrivé cependant à la porte-fenêtre, il s'arrêta d'un coup. Tournant sur lui-même, comme dans une espèce de transe il plongea alors son regard dans le grand miroir. Une foule d'images fugaces se bousculaient en kaléidoscope dans sa tête : la carte de visite d'Alex qu'il avait confondue avec celle d'Andrés, bien sûr, mais aussi leur première rencontre avec Andrés chez Alex et Elena ; Alex taquinant Elena au sujet d'Andrés ; Elena disant que si Netflix n'était pas rétabli elle irait vivre chez Andrés et ses amis ; Alex et Elena étudiants à l'université de Barcelone ; le colonel Ortiz lui disant sur un ton dédaigneux qu'Andrés était catalan ; Andrés lui disant que lui et ses amis n'avaient voulu avoir à faire qu'à lui ; ce saphir qu'Andrés avait voulu offrir à Maria en souvenir ; Andrés lui tendant un bout de papier sur lequel il avait transcrit la charade sans queue ni tête de Yûsuf al-Faqîh ; le conservateur du musée de l'Alhambra, parent par alliance de la mère d'Elena, lui faisant un clin d'œil complice lors de ce déjeuner dominical chez les Rosales ; le Noble Reflet imaginaire miraculeusement transsubstantié en clefs USB au-dessus de la porte de la Justice ; cette pièce de théâtre parfaitement chorégraphiée, aux ramifications certes mondiales et à l'impact assurément planétaire, mais dont la régie semblait se trouver ici même à Grenade ; cette opération hors norme, réglée comme une horloge, et qui ne pouvait être que le fruit d'un intellect d'exception ; et puis, Alex et sa science de l'intelligence artificielle, son travail de consultant qui avait précédé de peu le déclenchement des ides de mars ; et son client, un grand patron des Big Tech assurément, même si cela restait à vérifier.

Le kaléidoscope finit par s'immobiliser sur une forme précise. Prises séparément les images qui avaient jusque-là défilé dans sa tête dans le plus grand désordre n'avaient pas signifié grand-chose. Mais à la lumière du déclic qu'il venait d'avoir devant ce miroir, et de l'intime conviction acquise depuis, elles se trouvaient maintenant investies d'un sens particulier et semblaient former ensemble un tableau cohérent. On m'avait envoyé à Grenade sous prétexte d'y retrouver un miroir qui n'a jamais existé, se disait-il à présent, et ne voilà-t-il pas qu'un autre miroir, un vrai, celui-là, quoique, un miroir mensonger, promettait, justement parce qu'il était mensonger puisqu'il inversait l'image de tout ce qu'il réfléchissait, de me mener jusqu'aux complices d'Andrés. Et dire qu'il en est encore pour croire que seule la rationalité permet de toucher à la vérité.

Laissant le dossier de Maria choir négligemment sur le grand canapé du salon et s'y éparpiller, sans une pensée pour sa compagne il dévala alors les escaliers et, sortant dans la rue, il alla sonner une cinquantaine de mètres plus haut à la porte de leurs amis les Serrat.

25

À la soubrette en robe noire et tablier et bonnet blancs qui lui ouvrit le portail il demanda à voir le maître de maison. Elle l'invita à rentrer attendre son patron au salon mais il préféra demeurer dans le jardin et alla s'asseoir près du bassin. Des poissons y tournaient en rond. Un peu comme moi ces derniers mois, se dit-il.

Peu après, suivi de la même soubrette portant un grand plateau avec du café et des *mostachones*, petits gâteaux plats d'Utrera, Alex Serrat vint l'y rejoindre. Il en allait toujours ainsi chez les Grenadins. On n'attendait pas, pour vous servir, de savoir si quelque chose vous ferait plaisir.

– Triste affaire, que celle de la mort d'Andrés, finit par dire Boone une fois la soubrette repartie.

– Bien triste affaire, oui. Elena en est encore très affectée. Elle était très attachée à Andrés.

– Maria aussi semble être affectée.

– Andrés était un être très attachant. Très singulier aussi, comme tu le sais. Même sa mort fut singulière. Alors qu'autour de lui les gens succombaient à l'épidémie, lui a trouvé moyen de mourir de tout à fait autre chose.

– Oh ! il n'y a pas qu'en cela qu'Andrés était singulier. Bien que la chose ne se soit pas ébruitée, tu dois certainement savoir qu'il était mouillé jusqu'au cou dans l'affaire de la Grande Déconnexion du printemps dernier.

– J'avais de fait entendu une rumeur à ce sujet, dit Alex, plus *poker face* que jamais. Mais je n'y avais pas prêté attention. Il est vrai qu'Andrés prêchait en tout le présentiel et imputait à l'Internet toutes sortes de maux, mais de là à croire qu'il ait pu être impliqué dans cette affaire…

– Tu as dû entendre plus que des rumeurs à ce propos. Si je ne me trompe pas, depuis plusieurs mois déjà tu conseilles l'un des grands patrons des Big Tech. À ce titre, tu devais être au cœur des choses tout au long de cette crise.

– S'il faut parler cartes sur table, Harry, lui dit Alex en trempant un *mostachone* dans sa tasse de café, j'imagine, pour ma part, que ce n'est point en ta qualité de directeur du Centre culturel britannique de Grenade que tu es au courant du rôle qu'Andrés a pu jouer dans cette affaire.

– Je ne vois aucun inconvénient à jouer cartes sur table, Alex. Nous sommes amis après tout. Si je ne t'ai jamais rien dit sur ma véritable fonction – fonction que tu devais néanmoins soupçonner, cette ville étant ce qu'elle est –, c'était pour ne pas vous causer d'embarras, Elena et toi. C'est une chose de fréquenter quelqu'un dont on murmure dans les salons qu'il serait l'agent d'une puissance étrangère, c'en est une autre de continuer à le fréquenter après l'avoir appris de sa bouche.

Mais au point où nous en sommes je peux maintenant t'avouer que j'ai eu affaire à Andrés après son arrestation. C'est même moi qui l'ai interrogé. À sa propre demande, ajouterai-je. Preuve qu'il n'ignorait pas qui j'étais.

– Une affaire bien compliquée, que celle de ce virus qui a mis à bas les systèmes autonomes des Big Tech. Apparu comme par magie, et disparu comme par magie. Il nous aura donné une vraie leçon d'humilité.

– Une affaire très compliquée, comme tu dis. J'avais d'ailleurs voulu te consulter à ce propos. Vu ta connaissance du numérique. Mais tu étais rarement là, occupé, sans doute, à plancher sur le sujet là-bas, aux États-Unis.

– Mon client, tu l'imagines bien, était paniqué par ce qui lui arrivait. Ses propres gens ne comprenaient pas ce qui se passait. Pas plus d'ailleurs que les experts de l'AS – du système autonome de serveurs que sa société utilisait. Ils n'auraient jamais imaginé qu'une telle chose puisse arriver. Ce virus informatique auquel ils se trouvaient confrontés était tout à fait inédit. Un zero-day, comme on dit dans le jargon, face auquel, malgré tout leur savoir et tous leurs moyens, ils étaient totalement désarmés. Et comme ils avaient tous leur nez dans le guidon, mon client a fait appel à moi pour apporter un peu de hauteur et de pensée latérale à la discussion.

– Mais tu n'as pas plus réussi qu'eux, n'est-ce pas ?

– On s'est tous planté, en vérité. Moi, les experts des Big Tech, ceux du système autonome, ceux du gouvernement américain, tout le monde. Il s'est avéré impossible de savoir comment le virus avait pénétré les systèmes autonomes de serveurs – ces AS utilisés par les Big Tech –, où il nichait, et comment il opérait. D'où le paiement de la rançon. Pour en finir une fois pour toutes, évidemment. Pour tourner la page. Et les criminels, eux, courent toujours, apparemment.

– C'est que nous n'avions pas affaire à n'importe qui. Celui qui a imaginé, planifié et exécuté cette opération est un vrai génie. Non seulement son attaque était un zero-day, comme tu dis, mais son mode opératoire l'était aussi. Du jamais vu, là encore. Et ce n'est pas qu'il ait juste eu une longueur d'avance technologique sur nous. Il avait aussi sur nous une longueur d'avance psychologique.

– Psychologique, dis-tu ? Dans quel sens entends-tu cela ?

– Lorsqu'on planifie une opération d'une telle envergure, on s'efforce évidemment de ne rien laisser au hasard dans les actions qu'on entreprend. Ce qu'on peut difficilement contrôler en revanche, c'est la part de hasard contenue dans la réaction de la partie adverse. Car tout comme le moindre caillou lancé à la surface de l'eau provoque une onde de choc et des remous, de même la moindre de nos actions suscite-t-elle une réaction. Le bon stratège y remédie en prévoyant la réaction de la partie adverse. C'est ce qu'on appelle avoir un coup d'avance. Ce coup d'avance lui permet de minimiser la part de hasard dans la suite des événements. Mais le stratège de génie, lui, fait beaucoup mieux que cela. Beaucoup, beaucoup mieux. Il s'arrange pour empêcher toute réaction de la part de la partie adverse. Et à défaut, s'il sait qu'il ne peut éviter cela, il s'arrange pour que la réaction de la partie adverse se mue en prolongement de sa propre action. Ainsi, d'un coup de dés génial abolit-il le hasard. L'homme qui est derrière tout cela est à mon sens de ce calibre de stratèges.

– Intéressant… Et tu penses que c'est ainsi qu'il aurait procédé dans cette affaire des ides de mars ?

– À commencer par sa toute première action, son préambule, dirais-je. Je veux parler des attentats perpétrés contre les terminaux de câbles sous-marins. Action éminemment hasardeuse, je le concède, mais qui avait justement pour but d'abolir une fois pour toutes le hasard dans la chaîne des événements qui devait suivre.

– Explique-toi.

– L'attaque lancée contre la station de câbles sous-marins à Estepona avait focalisé notre attention sur l'Andalousie. Puis, aussitôt le virus des ides de mars injecté dans les AS gravitant dans l'orbite proche des Big Tech, voilà qu'il nous sert, ici même, un coupable sur un plateau d'argent : Andrés. Tous nos efforts se concentrèrent alors sur Andrés, à l'exclusion de tout autre suspect, notamment aux États-Unis, chez les Big Tech et chez les AS. Vue sous cet angle l'arrestation d'Andrés, dans laquelle j'ai moi-même joué un rôle rétrospectivement peu reluisant, apparaît moins comme une avancée de notre part que comme le prolongement de l'action de ce stratège à la pensée particulièrement originale qui nous faisait face. Il s'est en fait servi de notre propre intelligence et de notre propre force de déduction, les mettant à son service et nous faisant croire que nous agissions dans notre intérêt alors que nous œuvrions pour le sien.

« Non seulement cela, poursuivit-il, mais en faisant d'un Andrés sous les verrous son représentant et son négociateur, il évitait d'étirer dangereusement ses lignes, réduisant ainsi considérablement les risques inhérents à toute négociation à distance : écoutes téléphoniques, traçage d'appels, pistage des IP, triangulation radio, filatures, etc. Et en nous désignant en la personne d'un Andrés gravement malade un interlocuteur qui menaçait d'expirer dans nos bras, il mettait sur nous la pression et s'assurait ainsi qu'il demeurerait maître du temps.

« Mais son coup le plus surprenant, reprit-il après un temps d'arrêt et voyant qu'Alex ne disait toujours rien, celui que nous n'avions pas du tout vu venir, c'est le sort qu'il réserva à la rançon mirobolante qu'il venait d'extorquer aux Big Tech. Je connais des hommes qui tueraient leur propre mère pour quelques milliers de dollars, Alex, mais ce diable d'homme n'a pas hésité à cracher sur une rançon de plus cinq milliards de dollars.

– Comment cela ?

– Tu l'ignorais ? Ton client ne t'en a rien dit ? Notre homme avait exigé plus de cinq mille carats en diamants, saphirs et rubis d'exception. L'équivalent de cinq milliards de dollars. Bigrement plus aujourd'hui, en vérité. Et sous mes yeux, Andrés a tout balancé à la mer. Perdues à tout jamais, ces pierres précieuses reposent désormais, dispersées sur plusieurs kilomètres, dans une fosse marine abyssale profonde de plus de cinq mille mètres.

– Fascinant ! Cela dit, je comprends mal la logique financière de ton stratège de génie, Harry. Pourquoi exiger une rançon, si c'est pour ne pas en profiter.

– Ça, nous ne le savons pas encore. Il se pourrait que sa motivation n'ait pas été vénale mais purement politique, et qu'il n'ait exigé une rançon que pour nous donner le change. Mais alors, pourquoi avoir voulu qu'elle lui soit versée en pierres précieuses ? Mystère. Il se pourrait aussi qu'il ait voulu se prouver à lui-même qu'il pouvait obtenir des Big Tech une rançon de cet ordre. Comme il se pourrait, bien sûr, qu'il ait souhaité demeurer fidèle à son mode opératoire.

– Dans quel sens ?

– Un vieux dicton voudrait que nos actes nous suivent. Version occidentale « light » du karma oriental. Or notre homme dément tout cela. Il entend agir sans que ses agissements se retournent contre lui. On aurait pu remonter jusqu'à lui par l'entremise d'Andrés. Mais Andrés gît désormais six pieds sous terre et il a emporté son secret, et le nom de cet homme-là, dans la tombe. On aurait aussi pu remonter jusqu'à lui en suivant la rançon. C'est souvent ainsi qu'on finit par mettre la main sur ce genre de criminels : en pistant leur butin, que ce soit des billets de banque, un virement, ou de la cryptomonnaie. Or la rançon gît désormais à plus de quinze mille pieds sous la mer. Dans les deux cas que je viens d'évoquer, loin de nous mener jusqu'à lui les actions de ce stratège-là nous auront conduits dans une impasse. Ne me disais-tu pas tantôt qu'on n'avait pas plus trouvé l'empreinte des ides de mars dans les AS infectés ? Cet homme-là est passé maître dans l'art de brouiller les pistes. Et lorsqu'on sait qu'un faucon peut remonter jusqu'à un petit mulot caché dans les hautes herbes rien qu'en suivant ses traces urinaires, on le comprend. Comme je te le disais, Alex, cet homme ne laisse rien au hasard. À chaque fois qu'il ouvre une porte, il s'assure qu'elle s'est bien refermée après lui. Il ne laisse rien traîner derrière.

– Il court donc toujours et pourrait encore sévir.

– Il court toujours, oui, mais quelque chose me dit qu'il ne sévira plus. C'est bien à Barcelone que tu avais connu Andrés, n'est-ce pas ?

– Andrés ? Nous avions fait sa connaissance ici même. Après notre déménagement à Grenade.

– Andrés était de fait venu s'installer en Andalousie une petite année avant votre arrivée ici, Elena et toi. Mais avant cela, à son retour des États-Unis, il avait, comme vous, vécu à Barcelone.

– C'est possible. Barcelone est une grande ville, tu sais.

– Et il était tout comme toi catalan. Tarrés, c'est un nom catalan. Un village dans la province de Lleida à l'ouest de la Catalogne porte même ce nom. C'est d'ailleurs là, à Lleida, qu'Andrés était allé à l'université avant de se rendre aux États-Unis. C'est à croire que, très jeune déjà, il cultivait le localisme, et cet *ipse* qui qualifiera plus tard sa petite communauté.

– Il est possible que Tarrés soit un nom catalan, Harry. Je ne suis pas très féru en topologie et en nomenclature, à vrai dire. Mais où veux-tu en venir ?

– Je pense que, contrairement aux apparences, Andrés était pour toi bien plus qu'une simple connaissance, Alex. Je pense que vos chemins s'étaient croisés il y a très longtemps de cela, et que vous étiez très liés. Mais tout cela devrait être assez facile à vérifier.

– Tu veux dire que tu n'as pas déjà vérifié, Harry ? lui demanda Alex Serrat, qui en était à son quatrième *mostachone* trempé dans du café. Comment devrais-je interpréter cela ?

– Vois-y un gage d'amitié, Alex. Pour l'instant cette affaire reste entre nous. Mais si tu n'éclaires pas ma lanterne sur certains points j'irai chercher les réponses à mes questions ailleurs. Et si je devais faire cela tout ça ne pourra plus rester entre nous, tu comprends ? Si je devais faire cela je ne contrôlerais plus rien.

– Tout est bien trop énigmatique à mon goût, Harry. Que veux-tu savoir au juste ?

– Je veux savoir pourquoi je suis ici.

– Pourquoi tu es ici ?

– Pourquoi me trouvé-je dans ce beau jardin assis en face de toi ?

– Parce que tu es venu tout à l'heure frapper à ma porte.

– Mais je ne suis venu te voir qu'en réponse aux messages subliminaux que tu m'as envoyés.

– On nage en plein ésotérisme, là.

– Si les voies du Seigneur sont impénétrables, comme on dit, celles du cerveau derrière les ides de mars le sont semble-t-il autant. Et ce cerveau-là, c'est toi, Alex.

– Moi ??? Qu'est-ce qui t'a mis cette idée saugrenue dans la tête, Harry ?

– Le fait que j'aie été pour ainsi dire « choisi ». Parce que, dans son casting, la personne qui a planifié cette opération m'avait réservé un rôle de choix : celui de l'interlocuteur privilégié, pour ne pas dire exclusif, d'Andrés. Une fois sous les verrous Andrés avait refusé de parler à qui que ce soit d'autre que moi. Celui qui a imaginé tout cela devait penser me connaître aussi bien qu'il connaissait Andrés et aussi bien qu'il connaissait les vulnérabilités des Big Tech. Et là, Alex, comme c'est à présent à mon tour de faire le casting, je ne vois que toi dans ce rôle.

– Tout ce que tu me dis là est bien peu convaincant et pourrait tout autant s'appliquer à des centaines de personnes un peu partout dans le monde. Aux États-Unis, notamment, où les Big Tech sont basés et où Andrés avait étudié et où il aurait pu les rencontrer. Pourquoi serait-ce moi en particulier ?

– Parce que j'ai bien vu ta façon de jouer aux cartes.

– Ma façon de jouer aux cartes ! C'est bien mince, ça, tu ne trouves pas ?

– Pas tant que ça. Vois-tu, même quand tu joues à un jeu de hasard tu t'efforces de ne rien laisser au hasard. Dans cette opération des ides de mars tu as planifié la moindre de tes actions aussi soigneusement que tu planifies tes coups sur le tapis vert. Tu as fait plus que cela, d'ailleurs. Pour t'assurer que tu contrôlerais tout de A à Z tu es allé jusqu'à choisir toi-même les joueurs.

– Tu as une imagination très fertile, Harry. Mais continue, s'il te plaît, j'aimerais suivre ton raisonnement.

– Et une fois que tu m'eus choisi, comme dans un jeu de signes de piste tu as posé des jalons sur mon chemin pour me montrer la voie et m'empêcher de me disperser et de m'égarer. Des jalons, telle cette remarque que tu avais faite à Elena devant Maria, comme quoi Andrés ne devrait pas être mécontent que l'Internet se soit crashé. Tu avais sans doute dit cela en espérant que Maria me le rapporterait.

– De plus en plus passionnant. Mais as-tu des preuves de ce que tu avances.

– Je ne te savais pas si vieux jeu, Alex. Qui s'embarrasse encore de preuves de nos jours ? Que ce soit pour détruire la réputation de quelqu'un ou pour en faire un saint, nulle preuve n'est nécessaire aujourd'hui. Nous ne vivons plus au temps de la Vérité mais à celui de la Convenance, Alex. J'aurais cru que, baignant comme tu le fais dans le numérique depuis si longtemps, tu serais le premier à le savoir. Une simple rumeur émanant de bonne source – la Maison-Blanche, disons –, lancée sur ton compte, suffirait amplement pour faire de toi un paria. Tu seras fliqué jusqu'à la fin de ta vie. Ils éplucheront tes livres de comptes, écouteront tes conversations, harcèleront tes proches, bloqueront tes transferts et feront de ta vie privée un véritable enfer.

– Des menaces, à présent. Je ne m'attendais pas à cela de ta part. Tu ferais vraiment cela, sachant que tu agirais sur de simples présomptions ? Parce que ce ne sont là que présomptions ?

– Je le pourrais.

– Vraiment ?

– S'il y a pire furie que celle d'une femme humiliée c'est bien la furie de quelqu'un qui se rendrait compte qu'on lui a fait jouer un rôle à son insu, dit Boone, oubliant que, dans l'affaire du faux miroir d'Aïcha, il n'avait pas agi différemment avec Maria.

– Soit, finit par dire Alex, et le moins qu'on puisse dire c'est qu'il surprit beaucoup Boone, qui s'était attendu à bien plus de résistance de sa part.

– As-tu entendu parler des Cinq Sœurs, Harry ? lui disait-il à présent.

– Des Cinq Sœurs, non, mais des Sept Sœurs.

– Tu veux parler des sept géants pétroliers du siècle dernier.

– Les cinq grandes compagnies américaines et les deux Anglaises qui, jusqu'à la crise pétrolière de 1973, avaient contrôlé près de quatre-vingt-dix pour cent des réserves mondiales d'hydrocarbures.

– Un beau monopole.

– Comme tu dis.

– Eh bien, les Cinq Sœurs, c'est ça mais en pire. En bien pire, Harry. Pire, parce que le monopole des Sept Sœurs d'hier s'était exercé sur le seul secteur du pétrole, alors que celui des Cinq Sœurs est par essence transsectoriel et affecte tous les domaines de l'activité économique. Il y a un peu moins d'un an de cela, vois-tu, une réunion secrète tout à fait inédite s'est tenue sur un petit îlot touristique de l'océan Indien. Un îlot touristique vidé de ses touristes pour l'occasion. Cinq personnes y ont assisté : les grands patrons des Big Tech. C'était la première fois qu'ils se retrouvaient tous les cinq ensemble autour d'un ordre du jour précis, et ce jour-là ils se mirent d'accord – oralement évidemment, pour qu'il n'y ait nulle trace écrite – pour former un pacte qu'ils appelèrent le pacte des Cinq Sœurs, et pour placer près de la moitié de leurs budgets respectifs de recherche et de développement dans un fonds commun pour financer la recherche dans les quatre domaines des ordinateurs quantiques, de l'intelligence artificielle, de l'espace, et de la génétique. Le budget annuel global de recherche et de développement des Cinq Sœurs s'élevant aujourd'hui à plus de cent milliards de dollars, on parle donc là d'au moins cinquante milliards de dollars, qui seraient consacrés annuellement à quatre disciplines de pointe qui, crois-moi – et là, je ne t'ennuierai pas avec les détails –, conditionneront chacune à sa façon le monde de demain : le traitement en un temps record de problèmes ultra-complexes qui demeuraient hors de notre portée, l'affinement à l'extrême des algorithmes existants, l'épuration de la modélisation, le perfectionnement des simulations en biologie moléculaire comme en génétique, la recherche d'une planète de substitution qui accueillerait l'élite une fois épuisées les ressources de la planète Terre, et l'inversion du processus de vieillissement, voire, pourquoi pas, l'abolition pure et simple de la mort elle-même. Et tout cela sous l'égide exclusive des Cinq Sœurs. Tu conviendras qu'il ne s'agit plus là d'un simple monopole sur le présent, sur l'existant, comme cela avait été le cas auparavant avec les Sept Sœurs pétrolières et avant elles avec les grands monopoles commerciaux tel celui de la Compagnie des Indes orientales, mais d'un véritable monopole sur l'avenir qui, en déterminant ce qui existera et n'existera pas, prendrait l'humanité tout entière en otage et assoirait le pouvoir des Cinq Sœurs sur tout un chacun.

« Maintenant, Harry, poursuivit-il après s'être tu pour laisser à Boone le temps de digérer tout cela, imagine un instant que, sollicités chacun de son côté par les Cinq Sœurs ès qualité pour participer à ce projet grandiose de construction d'une nouvelle Arche de Noé devant mener des Élus éternellement jeunes vers une vie éternelle sur quelque planète lointaine, imagine que cinq scientifiques œuvrant pour les Big Tech – des physiciens, des mathématiciens, des généticiens, et non des moindres – loin d'être emballés à cette perspective, horrifiés, plutôt, à l'idée que l'avenir puisse céder la place à un présent immuable, aient formé pour leur part un pacte des Cinq Frères, pour ainsi dire, et qu'ils se soient juré de tout faire pour contrecarrer les projets des Cinq Sœurs. Imagine aussi que, pour ce faire, aidés en cela par quelques collègues et amis informaticiens et cybernéticiens bien placés et qui partageaient leurs craintes, ils aient décidé qu'il leur fallait à tout prix empêcher les Cinq Sœurs de donner libre cours à leur démesure, leur faire passer une fois pour toutes l'envie d'un cartel qui hypothéquerait l'avenir de l'humanité et, en pointant du doigt leurs vulnérabilités, leur faire perdre confiance en elles-mêmes. Les frapper aussi là où ça fait le plus mal en s'attaquant aux énormes bénéfices qu'elles engrangeaient quotidiennement et en les contraignant à verser une énorme rançon pour qu'on les laisse en paix.

– Je vois, dit Boone lorsqu'il prit enfin la parole. Les Cinq Frères Hall contre les Cinq Sœurs, en quelque sorte.

– Les Cinq Frères Hall, dis-tu ? Et pourquoi Hall ?

– Theodore Hall était un jeune physicien qui, dans les années 1940, a travaillé sur le projet Manhattan, à Los Alamos au Nouveau-Mexique. Sur la Bombe. Mais en même temps il refilait des secrets atomiques aux Soviétiques. Et tout cela au nom, disait-il, de la loi de l'équilibre : pour éviter que le monde ne soit dominé par une seule superpuissance nucléaire monopolistique. Tes Cinq Frères m'ont tout l'air de partager ses idées sur la nécessité de l'équilibre.

– Il y a de fait beaucoup à dire sur les avantages de l'équilibre. Même quand il s'agit d'un équilibre de la terreur.

– Mais, dis-moi, Alex, par quel mystérieux moyen avez-vous pu paralyser les Big Tech des semaines durant sans être détectés ? Comment avez-vous réussi à pénétrer sans effraction dans les AS pourtant bien gardés ? Comment avez-vous fait pour y demeurer tout ce temps sans vous faire repérer, et pour en sortir ensuite sans laisser de trace ?

– Grâce à l'intelligence artificielle et à l'apprentissage automatique – au Machine Learning, comme on l'appelle, lui répondit à mi-voix Alex Serrat, et en se penchant vers lui par-dessus la table comme si, le prenant dans sa confidence, il aurait voulu en faire son complice. Ces deux disciplines de pointe, qui se rejoignent aujourd'hui, nous ont permis de cloner des logiciels utilitaires utilisés par les administrateurs des AS situés au plus près des serveurs des Cinq Sœurs. Ayant frappé à la porte, ceux-ci furent reconnus par les cerbères numériques en gardant farouchement l'entrée comme étant de bon aloi, et le tour était joué : le virus était dans la place. L'intelligence artificielle nous offre des possibilités inimaginables, Harry. C'est grâce à elle que nous avons pu concevoir nos ides de mars. Parce qu'il s'agit là d'une véritable conception, Harry – d'une conception comme pour un bébé, et non d'une simple programmation. Nous avons d'ailleurs conçu les ides de mars de façon tout à fait évolutive – évolutive, comme pour un être humain –, de manière à ce qu'il puisse anticiper sur toutes les contre-mesures possibles et imaginables lancées contre lui.

– Comme lorsque votre virus faisait systématiquement échouer les tentatives des Big Tech de migrer, des AS contaminés vers d'autres AS sains.

– Entre autres choses, oui.

– Un peu comme le coronavirus, en quelque sorte, lequel semble déjà muter et annoncer des variants à venir.

– Précisément. Et le plus drôle, Harry, le plus drôle c'est que le développement d'ides de mars aura été financé sur le budget que les Cinq Sœurs avaient alloué aux quatre technologies disruptives sur lesquelles elles ont misé pour prendre une option monopolistique sur l'avenir. Ce qui me fait dire que leur obsession avec l'avenir leur aura, pour un bon moment du moins, coûté le présent.

– L'arroseur arrosé, c'est ça ? Et pour ce qui est de la rançon sacrifiée, alors ? Serait-ce l'arroseur s'arrosant lui-même ?

– Mieux vaut s'arroser que se faire arroser, ne penses-tu pas ? Dans le premier cas on garde le contrôle, dans l'autre on finit par être soi-même contrôlé. Aller prendre la rançon et tenter ensuite de l'écouler aurait fait courir des risques énormes aux… aux Cinq Frères Hall, comme tu les as appelés. Ne le disais-tu pas toi-même tantôt ?

– Je comprends qu'ils aient voulu vite refermer la porte de la rançon pour nous empêcher de remonter à travers elle jusqu'à eux, dit Boone qui, après avoir vu dans Alex une figure de Theodore Hall, voyait à présent en lui celle de Janus, dieu romain des portes et passages. Mais tout de même ! Cracher ainsi sur cinq milliards de dollars !

– Qui a dit qu'on a craché sur cinq milliards de dollars ?

– Les diamants, les rubis et les saphirs sont au fond de l'océan, Alex. Jamais tu n'y mettras la main.

– Il y a deux façons de s'enrichir, Harry : en amassant toujours plus de biens, ou alors en se contentant de ce que l'on possède tout en réduisant considérablement la masse globale des biens en circulation.

– Je ne te suis pas, là.

– N'est-ce pas toi qui disais que, depuis qu'Andrés avait jeté toutes ces pierres précieuses à la mer, le prix du carat d'exception avait augmenté de trois ou quatre fois ?

– Et ?

– Tu ignorais peut-être que mon beau-père collectionnait des pierres précieuses.

– Le gros rubis que ta belle-mère portait à ce déjeuner !

– Une énième pierre d'exception venue s'ajouter à toutes celles dont Elena, en sa qualité de fille unique, héritera un jour.

– Je vois, dit à mi-voix Boone, qui commençait à comprendre.

– Une collection que l'arrière-grand-père d'Elena avait commencé à se constituer il y a une bonne centaine d'années de cela et à laquelle ses descendants et héritiers n'ont depuis fait qu'ajouter. Rien que des diamants roses et bleus, Harry, des saphirs du Cachemire, aussi, ainsi que des rubis du Siam et de Birmanie. Mais rien d'autre.

– Je vois, répéta Boone sur le même ton morne. Ça explique qu'Andrés ait insisté pour que la rançon soit payée uniquement en diamants roses et bleus, en rubis et en saphirs. Si les autres pierres précieuses – diamants blancs, diamants rouges, diamants jaunes, émeraudes et autres – ne l'intéressaient pas, c'était parce que ton beau-père n'en possédait pas.

– Précisément. Et quand le moment fut venu pour vous de réunir la rançon, le principal fournisseur de mon beau-père, un gros négociant en pierres précieuses de Delhi, vint le voir. Il voulait lui racheter toutes les belles pierres qu'il lui avait vendues. Il avait déjà un client pour cela, tu vois, et le prix qu'il lui en offrait était si alléchant – plus de deux fois le prix du marché –, que mon beau-père, qui n'était pourtant pas vendeur, n'en fut pas moins tenté de lui en céder ne serait-ce que quelques-unes.

– Et c'est toi qui l'en dissuadas. C'est ça, Alex ?

– Et à raison, semble-t-il. Car lorsque le bruit courut plus tard que des centaines si ce n'est des milliers de gros diamants de couleur, de beaux saphirs du Cachemire et de merveilleux rubis de Birmanie et du Siam avaient été engloutis dans la fosse abyssale de Challenger, le prix de ces pierres…

– Grimpa en flèche. Il fallait y penser. Et c'est bien sûr à toi qu'on doit d'avoir ébruité l'affaire.

– Tu as tout compris, Harry. Estimée à quelque neuf cents millions de dollars avant toute cette affaire la collection de mon beau-père en vaut sans doute aujourd'hui quatre fois plus. C'est te dire qu'on est loin d'avoir, comme tu le crois, craché sur la rançon. Certes, on n'est pas à cinq milliards – pas encore, en tout cas –, mais la prudence l'exigeait. Et comme on dit, un oiseau en main vaut mieux que dix sur la branche.

– Serait-ce une certaine sagesse orientale qui t'aurait soufflé cette idée de la soustraction plutôt que de l'addition pour augmenter la valeur de tes avoirs, Alex ?

– Orientale, dis-tu ?

– Si c'est le savoir que tu cherches, disait un philosophe chinois, ajoute quelque chose chaque jour. Mais si c'est la sagesse que tu cherches, alors, soustrais quelque chose chaque jour.

– Bonne philosophie et bon sens se confondent nécessairement, Harry. Et maintenant que tu sais tout ou presque, dis-moi, es-tu toujours aussi déterminé à me jeter aux chiens ?

– Et pourquoi ne le ferais-je pas ? Tu m'as bien manipulé, toi. Tu devais être bien sûr de toi pour cacher les clefs USB au-dessus de la porte de la Justice à l'Alhambra et de me remettre ensuite la charade par l'entremise d'Andrés, histoire de me faire savoir tout en te riant de moi où tu les avais cachées. Je t'avoue que l'espace d'un moment j'avais craint que ce ne fût quelque chose que Maria aurait dit à Andrés en rapport avec les recherches qu'elle effectuait à l'Alhambra, qui vous avait donné l'idée de placer ces clefs USB à l'endroit justement où elle-même était passée. Mais je me trompais. Maria n'avait rien à voir là-dedans. Elle n'avait pas soufflé mot à Andrés de ce qu'elle faisait. C'est par le conservateur du musée que vous l'aviez appris. Le conservateur du musée qui se trouve être un parent par alliance de ta belle-famille. Et c'est sans doute aussi lui qui, usant de son autorité, vous a permis de glisser discrètement les clefs USB dans la petite niche au-dessus de la porte de la Justice. Après tout, l'Alhambra est son domaine. Tu as joué avec le feu, là. Tu devais être bien sûr de toi.

– Sûr de moi, dis-tu ? Sûr de toi, plutôt.

– Sûr de moi ? Comment ça sûr de moi ?

– Je t'avais bien observé, Harry. Et j'en avais conclu que si tu finissais par comprendre ce que j'avais fait tu comprendrais peut-être aussi pourquoi je devais le faire. Et je m'étais aussi dit que je réussirais peut-être même à te convaincre de fermer les yeux sur mes… sur mes agissements, comme disent les bien-pensants.

– Et c'est pour cela que tu m'as choisi.

– Choisi, et aidé aussi, comme tu le disais. Chaque avancée que tu faisais dans ton enquête grâce aux coups de pouce que je te donnais réduisait d'autant l'appétence de tes supérieurs à aller explorer d'autres pistes, à interroger d'autres suspects, et les chances, aussi, que quelque zélé serviteur de l'État ne résolve l'affaire en tes lieu et place et ne vienne frapper à ma porte comme tu l'as fait ce matin. Je tenais à ce que tu aies en permanence une bonne longueur d'avance sur tout le monde. Si quelqu'un devait remonter jusqu'à moi, m'étais-je dit, autant que ce soit toi.

– Ha ! Si je comprends bien, j'aurais été cette porte qui, une fois ouverte, t'assurait que toutes les portes que tu ne contrôlais pas resteraient fermées. Porte que tu aurais ouverte sachant que tu pourrais la refermer à ton gré.

– C'est une façon imagée de voir les choses.

– Je peux aller encore plus loin dans les images si tu veux, Alex. Je pourrais dire que dans cette affaire j'aurais joué le rôle du spermatozoïde qui, parti en compagnie de centaines de millions de ses semblables vers les trompes utérines puis l'ovule, aurait, grâce à toi, réussi à franchir tous les obstacles et à devancer tous ses concurrents, obtenant ainsi le privilège d'être le seul à féconder l'ovule. Et tu voudrais que je te couvre après cela ? Pourquoi ne te ferais-je pas arrêter, dis-moi ?

– Demande-toi plutôt pourquoi tu me ferais arrêter. Pour de l'avancement ? Une médaille ? La fierté d'être adoubé par la reine ? Je ne pense pas me tromper en disant que tout cela ne te ressemble pas. Tu aurais l'air de quoi, dis-moi, en Sir Harry ? Pour quelle autre raison le ferais-tu, d'ailleurs ? Le sentiment du devoir accompli ? Mais du devoir envers qui et envers quoi ? Envers les Cinq Sœurs, peut-être ? Ou alors envers nos dirigeants qui, quoi qu'ils en disent et fassent, sont bien contents que les Cinq Sœurs soient là pour abêtir les populations et les endormir ? À moins bien sûr que tu ne veuilles me faire payer de t'avoir... manipulé, comme tu dis... Mais je ne le crois pas. Je ne pense pas que tu ferais cela rien que pour te venger et panser ta vanité blessée. D'autant que cela ferait trop plaisir à des gens pour qui, j'en suis sûr, tu as peu d'estime.

– Jusqu'à quel point as-tu mis Elena dans le secret de ce que tu as fait, Alex ? demanda Boone après s'être tu un instant.

– Jusqu'à quel point as-tu mis Maria dans le secret de ce que tu fais, Harry ? lui rétorqua Alex Serrat.

Boone ne lui répondit pas. Il était bien trop occupé à réfléchir. Ayant fait une croix sur le Liban crucifié, Maria, se disait-il, venait d'acheter une maison à

Albayzín. Elle envisageait en outre de louer « un petit quelque chose », comme elle l'avait appelé, sur la côte, à La Herradura plus précisément, non loin de chez les Serrat. Maria se plaisait ici. Et elle n'envisageait pas d'aller de vivre ailleurs. Ça, il le savait. Tout comme Alex l'avait su, et tout comme il avait aussi apparemment compté dessus lorsqu'il l'avait « choisi ». Or si, grâce à la maladie d'Andrés Tarrés puis à son décès, il avait jusque-là réussi à tout cacher à Maria, il en irait tout autrement si Alex devait être arrêté, jugé, condamné et emprisonné. Comment Maria réagirait-elle s'il devait y avoir demain une retentissante « affaire Alex Serrat » et si Elena devait elle aussi être inquiétée ? Tout, alors, remonterait à la surface, et son couple n'y survivrait sans doute pas.

– Qu'as-tu décidé, Harry ? Alex Serrat le pressait-il à présent. Puis-je considérer que cette porte s'est refermée derrière moi à tout jamais ou entends-tu toujours jouer au bon petit soldat et me dénoncer ?

Il est des êtres, se disait Boone, pensif, qui réussissaient des choses inouïes. Bonnes ou mauvaises, recommandables ou moralement discutables, tout cela était finalement question d'époque et de point de vue. Et il en était d'autres, se disait-il aussi, dont la seule mission sur terre semblait être de mettre des bâtons dans les roues aux premiers pour les faire chuter. Ne se faisant aucune illusion sur son propre compte, il savait qu'il n'appartenait pas à la catégorie des êtres remarquables. Mais rien, se disait-il, ne l'obligeait à rejoindre les rangs de ceux-là qui tiraient leur gloire de les avoir mis à bas.

– Tu peux, Alex, dit-il donc en se levant, considérer que cette porte s'est bien refermée.

Et déjà il pensait à ce qu'il dirait à Maria, qui expliquerait sa soudaine disparition de ce matin.

FIN

Remerciements

Georgy Kfoury ; Y. Z. ; Dominique Tertzakian ; Pedro de Aranda ; Yves Lenoir ; Bruno Delamotte ; Isabelle Hajjar ; Étienne Sacquin ; Camille Tawil (†) ; Georges Nasr ; Raquel X. ; Fernando X. ; Armel Job ; Marlène Onfreuil ; Michel Dahdah ; Anne K. ; Hassan Ghaziri ; Désirée Lenoir ; Ahmad Ismail ; Marc Zaidan ; Margot Dor ; Cynthia Odsi ; Joëlle Berberian ; Marie-Pierre Mabesoone ; Jean-Christophe Brochier ; Marie-Claire Chalvet ; Antoine Toureix ; Éric Deleporte ; Pierre Hild ; Karine Louesdon ; Sylvie Kempler ; Naoufel Brahimi El-Mili ; Karim Sader ; Melhem Chaoul (†) ; Wikipedia ; Ian Fleming (†) ; Béatrice Leroy ; Rachel Arié (†) ; Joseph Pérez (†) ; Jean-Pierre Molénat ; Pierre Guichard (†) ; P. G. Wodehouse (†) ; Gus Curley ; Guy Debord (†) ; André Miquel.

DU MÊME AUTEUR

ROMANS

Musc
Albin Michel, 2000

Moore le Maure
Albin Michel, 2001

Le Système Boone
Albin Michel, 2002

Le Muezzin de Kit Kat
Albin Michel, 2004

Et le coucou, dans l'arbre, se rit de l'époux
Albin Michel, 2005

Le Vrai Cul du Diable
Le Cherche Midi, 2009

Noon Moon
Seuil, 2010
réédité en Points n° 2677, 2011 sous le titre
Le Mercredi des Cendres

Le Grand Jeu
Seuil, 2016

La Promesse d'Hector
Les Belles Lettres, 2018

NOUVELLES

Histoires courtes
L'Orient des Livres, 2014

ESSAIS

Territoires d'Islam
Sindbad-Actes Sud, 1982

Majnûn et Laylâ
(en collaboration avec André Miquel)
Sindbad-Actes Sud, 1984

Le Prince
Seuil, 2013

DANS LA MÊME COLLECTION

Antoine Brea
Récit d'un avocat

William Gay
Petite sœur la mort

Clayton Lindemuth
En mémoire de Fred

Mimmo Gangemi
La Vérité du petit juge

Sam Millar
Au scalpel

Franz Bartelt
Hôtel du Grand Cerf

Thomas H. Cook
Danser dans la poussière

Jacky Schwartzmann
Demain c'est loin

Gordon Ferris
Les Adieux de Brodie

Cyril Herry
Scalp

Petros Markaris
Offshore

Parker Bilal
Le Caire, toile de fond

Sophie Chabanel
La Griffe du chat

Mike Nicol
Power Play

Renaud S. Lyautey
Les Saisons inversées

Joseph Kanon
Moscou 61

Benjamin Myers
Dégradation

Jacky Schwartzmann
Pension complète

Jean-Yves Martinez
Les Enchaînés

Julien Capron
Feux de détresse

Petros Markaris
Trois jours

Sophie Chabanel
Le Blues du chat

Pierre Gobinet
Nitrox

Maïko Kato
À l'ombre de l'eau

B. Michael Radburn
L'Arbre aux fées

Franz Bartelt
Ah, les braves gens !

Benjamin Myers
Noir comme le jour

Cyril Herry
Nos secrets jamais

Max Monnehay
Somb

Carlos Zanón
Pepe Carvalho

Cesare Battisti
Indio

Petros Markaris
Le Séminaire des assassins

Catherine Dufour
Au bal des absents

Sophie Chabanel
L'Emprise du chat

Arnaud Salaün
Mogok

Maïko Kato
La Belle Suicidée d'Aoyama

Thomas Fecchio
L'Heure des chiens

Franz Bartelt
Un flic bien trop honnête

Pierre Gobinet
La Confrérie des espadons

Nadine Matheson
L'Équarrisseur

Emma Viskic
Un monde en feu

Julien Gravelle
Les cow-boys sont fatigués

Tyler Keevil
Tu marches parmi les ruines

Max Monnehay
Je suis le feu

Nicolas Leclerc
Toujours vivantes

Luc Chartrand
L'Affaire Myosotis

Jonathan Kellerman
Des ombres dans la nuit

Cesare Battisti
Le Guet-apens

Renaud S. Lyautey
La Baignoire de Staline

À paraître

Nadine Matheson
Le Châtiment des fidèles

RÉALISATION : NORD COMPO À VILLENEUVE-D'ASCQ
IMPRESSION : CPI FRANCE
DÉPÔT LÉGAL : JANVIER 2023. N° 151485 (172254)
Imprimé en France